髙森美由紀

# 藍色ちくちく

## 魔女の菱刺し工房

中央公論新社

# 目次

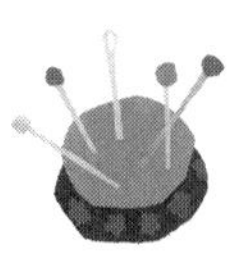

装画　原田俊二
装幀　田中久子

# 藍色ちくちく

## 魔女の菱刺し工房

# 一章　魔女の菱刺し工房

お元気ですか？


「おーい、武田ー。進路調査票、おめだけ、まンだ出してねえべ。早ぐ出せー」

　帰りのホームルームが終わるとすぐに、胸元に「青森県立三津高校」とプリントされたパツパツの深緑色のジャージを着た担任が、出口へ向かいながら告げてきた。

　返事をするのもだるい。ため息をつくのがせいぜい。机から教科書をリュックに投げ込んでいく。

「あんたまだ出してなかったの」

　前の席の栗生賢吾が振り向いて、襟足をねじりながら呆れた声を出す。襟足の内側は青色だ。ここは校則が緩い。染めても見逃してもらえる。何より担任が緩い。ジャージはパツパツだけど。だからみんなが四月に提出した進路調査票を五月の今も提出していない私を叱りはしない。生徒の進路なんて、ぶっちゃけどうでもいいってことかもしれないけど。

　もしくは、学校側としては校則を緩くすることによって生徒を集めたいのかもしれない。

二〇二二年現在。三年生は六〇人。二年生は四〇人。一年生は二〇人。順調に減ってきている。廃校の話も出ている。

　あたしとすれば、学校は三年きりの居場所なので、卒業後に廃校になろうとどうなろうと知ったこっちゃない。何で残そう存続させようとしているのか理解できない。

　賢吾に、出してないと返事をすると、ボーっと生きてんじゃねーよ！　と言ってきた。テレビのクイズ形式バラエティ番組で、頭のでかい少女のキャラクターが誤解答者にそう叫ぶらしい。

「ボーっと生きさせてくれ。あと一年あるじゃん。二年になったばっかりで将来を決めろなんて横暴すぎる」

「くそ真面目だねえ」

「はあ？」

「真面目に考えてるから決められないんでしょ。適当でいいじゃない。別に、それだけで未来が決まるってわけじゃないんだし」

「そうかもしれないけど、そうじゃないかもしれない。適当に選んだ道が大失敗だったらどうするの。取り返しのつかないことになるかもしれないんだよ」

「は〜っ大袈裟っ」

賢吾は目を剝いて、頭のてっぺんから素っ頓狂な声を発した。あたしの顔前に長い人差し指を立てる。

「まず、人ってのはたいてい失敗するの。どんだけ賢かろうが年食ってようが、失敗はする。うちの九九歳のひいばあちゃんは毎日失敗してるよ。毎日禁煙に失敗してるし、咳した時に漏らしたとか、くしゃみした拍子に入れ歯を便器に落としたとかって。でも笑ってるよ。九九なんて、つくも神つってね道具だって妖怪になろうかってくらいなんだよ。そんだけ生きてきて、まだ失敗できるものが残ってることに感心するわ。何が最大の失敗だったかって聞いたら、『生まれたことだね』って絶望的なことをひ孫に向かって言い放つんだから始末に負えないよ。生まれたこと自体が失敗だって言うんならもう、怖いことなんかないじゃない」

あたしはリュックを背負った。教室には数人しか生徒が残っていない。みんな忙（いそが）しい。部活だ塾（じゅく）だ趣味（しゅみ）だと、やることがある。あたしには何もない。

「賢吾は進路、決まってるの？」

「ワタシはもちろん、ヘアメイク専門学校」

賢吾も立ち上がり、のしいかみたいにペタンコのリュックを肩に引っかける。

「よくそんなあっさり決められるね」

「好きなんだもん」

「もし、途中で『これなんか違う』って思ったらどうするの」

「思わない」

「思うかもしれないでしょ」

あっはっはと賢吾が笑う。背の高いやつの哄笑（こうしょう）は、殊更よく響（ひび）く。

「そうなったら引き返せばいいだけの話じゃない」

「引き返せないところまで来てしまってたら？」

「はあ？　そんなことある？　引き返せないって思い込んでるだけなんじゃないの」

「あるでしょ。戻れるとしても勇気要（い）るし」

「進んできた勇気があったら引き返すのだって同じ勇気でできるでしょ」

「二倍は要る」

教室を出て階段を下りると、賢吾は部活のために家庭科室へ足を向けた。家庭科部では現在、着物の着つけをやっているらしい。昨日、「浴衣（ゆかた）がつんつるてんになっちゃった。西郷（さいごう）さんみたいなの」と笑っていた。つんつるてんが何か分からず、キョトンとしていたら丈（たけ）が短いことをそう言うと教えてくれた。「あんたも入れば？　少なくとも言葉くらいは覚えられるよ」と誘われたが、興味が湧かない。昇降口を出ると、曇天が広がっていた。教室の隅の年季の入った綿埃を貼りつけたようだ。

湿った葉っぱの香りがしている。悪くない香りだ。しっとりして密度の濃い空気に、穴を空けんばかりに校庭からカキーンという金属音が響いた。

ボールを投げ、バットを振り、キャッチする部員たち。張り巡らされたネットの中で、必死に走り、土埃を舞い上げてスライディングしている。

校門へつま先を向けたまま、あたしは束の間眺めた。何の感慨もない。

背後を、金属的な笑いを放ちながら女子生徒たちが通り過ぎていく。強い柑橘系の匂いが鼻をかすめ、葉っぱの匂いは押しやられた。

私だけがモヤモヤして、何となく重たい気持ちで、何にも楽しくなくて、だるくて、憂鬱なのだろうか。世の中の高校二年生はみな、何かに夢中で、キラキラしていて柑橘系の匂いをさせたり襟足を染めたりしているのだろうか。

そうではないあたしは死んでるみたいだ。袖をかいでみる。線香の匂いでもしてるんじゃないかと心配したけど、何の匂いもしなかった。

ウグイスとヤマバトの鳴き声が響いている。目の前をセキレイが横切っていく。

初夏に突入した緑滴る町を見下ろしながら坂を下っていく。

青森県南に位置する、盆地のこの小さな三津町はのどかだ。

青々とした田んぼ、白い花が満開のリンゴ畑、常時護岸工事中の川、古い公民館、人っ子一人いない運動場、老朽化が進む体育館、空き家の町営住宅、トタン屋根の家、簡易郵便局、休耕地、昔酒屋だったスーパー、八百屋、庭が広い家、南部せんべい屋、消防署、病院、寺、田んぼ、リンゴ畑、廃屋、リンゴ畑、リンゴ畑。リンゴの花は白い。縁がピンク色で、恥じらっているように見える。

学校から徒歩三〇分の住宅街。似たような二階建てが並ぶ中の一軒がうち。

鍵を開けて中に入る。この辺りの家は、在宅中だと大概鍵をかけないが、さすがに不在時にはかける。ただ稀に、鍵をかけずに外出する猛者もいる。高齢者に多い。

リビングのソファーに腰を下ろしたら、すぐにスマホを出す。これを見るくらいしかすることがない。SNSに投稿された写真は作り物のようにキラキラしている。とても現実を写し取った物とは思えないくらい。そこに添えられているコメントも、プラスチックみたいに軽くて安くて嘘くさい。プラスチックは時間がたつと小さく砕けて海へ流れていき魚に取り込まれ、そこから人の体に入りいつまでも残るという。気づかないままどんどん溜まっているらしい。授業で習った。

プラスチックみたいに軽くて安く、嘘くさくても、見ていると羨ましくてしっかりみじめな気持ちになる。なのに、見ずにいられない。

キラキラした投稿の一方で「〇ね」「頭大丈夫ですか」「早くいなくなってください」などの攻撃的な言葉も散らばる。人が死んだという事件。電車の飛び込み。悪口。マウント。いじめ。クルマの逆走に、あおり。批判。罵詈雑言。愚痴。悪意の吹き溜まり。

「何、ため息ついて」

ふいにその声が耳に入ってきた。顔を上げると母が覗き込んでいる。

あたしは、リビングのソファーにうつぶせになっていた。スマホの時計は、七時半。不快になるためにSNSを三時間も眺めていたらしい。

SNSを閉じたあと、胸に残るのは、サメ肌のような感覚と疲労。煌びやかな世界も、不幸な状況も、あたしの芯の部分を緊張させ続ける。

「おかえり。いつ帰ってきたの」

「今」

母は農機具屋の事務服のままだ。葱がはみ出したエコバッグを突き出される。

「ため息をつくくらいなら見なきゃいいじゃない。着替えてくるからコレ冷蔵庫に入れといて」

母がリビングを出ていく。

起き上がる。土嚢でも括りつけられているかのようにダルイ。

立ち上がった拍子にソファーからずるりとリュックが落ちた。開けっ放しだった口からノートやら教科書やらが滑り出て床に広がる。とりあえず放置して、エコバッグをキッチンへ運ぶ。

「綾ー。夕飯作るから手伝って。お父さんは遅くなるから、要らないってー」

廊下をはさんだ寝室から母の声がする。

あたしは冷蔵庫に葱やら豆腐やら牛乳やら鮭の切り身やら卵やらをしまっていく。将来を決めるというのは生活を決めるということで、こういうことをやっていかねばならないということだ。これを死ぬまで繰り返すということだ。やれそうにない。今すぐ死にたくなる。

新聞紙に包まれたしっとりした物をテーブルに出し、

「お父さんがいないなら、夕飯、作らなくていいじゃん」

と提案してみる。寝室からクローゼットのドアを開け閉めする音が聞こえてくる。

「じゃあ、何食べるのー」

「コーラがあるよ」

ドアポケットに、一週間前に口をつけたコーラのペットボトルが挿さっている。炭酸は嫌になるほど抜けているだろう。

「あ〜もう何やってんの」

非難の声にリビングを振り向くと、エプロンの紐を後ろで結びながら母が、広がった教科書などを見下ろしていた。

あたしはエコバッグを丸めて、冷蔵庫の側面にマグネットでくっついているホルダーに突っ込んでから、リビングに戻って、教科書などをかき集めてリュックに押し込む。

「もっと丁寧にやりなさい」

「口やかましいのが母親という生き物、とノーベル生物学賞辺りの権威が言っていたような気がする」

「違うでしょ。水木しげるとか楳図かずお辺りなら言うかも――ちょっと、それ進路の紙じゃない？」

母が、教科書の間からはみ出ていた紙に気づいた。

「老眼老眼って愚痴ってるわりによく見えてるね」

「老眼だからこそ、見える物があるのよ」

「やだな」

母が紙を取り上げて目を眇める。

「真っ白け」

「そう。真っ白け」

「決めてないの？　子どもの頃は、忍者になりたいとか、モデルになりたいとか、デザイナーになりたいとか、わりと支離滅裂な夢を語ってたじゃない」

「どれもそこまでなりたいものじゃなかったみたい」
「まあモデルはね、無理よね」
「モデル以外にも無理なのが出揃(でそろ)ってるよ」
「早く決めなきゃいけないんじゃないの。こうやって紙が来てるってことは」
「そうでもないよ。みんなまだ提出してないから」

嘘だけど。母の手から紙を抜き取ってリュックに押し込む。リュックをまたいでキッチンへ戻る。またがない、とお叱りが飛んできた。

テーブルの上の新聞包みを開くと、青い匂いが立った。山菜だ。親指みたいな形をしている。

「それ、農家の田向井(たむかい)さんからもらったタラの芽(め)よ」

天ぷらにするそう。

母が天ぷらの衣(ころも)を作る。

あたしはスマホで動画を流しながら水道全開でジャバジャバと洗う。コント、トーク、K－POP、猫ブログ、怪談、カフェ巡り。みんなはこの動画をどう見てるんだろう。気になる動画はコメントまでチェックする。そこでも辛辣(しんらつ)な批判が散見する。七つの称賛(しょうさん)に対して一つの批判のほうが強く頭に刻(きざ)まれる。見なきゃよかった。でも、気になる動画に出会うと、目を通してしまう。自分と同じ感想のコメントには頷(うなず)き、自分は正しいと自信を持ち、批判にはハッとして、自分まで批判された気がしてみじめな気持ちになる。

菜箸(さいばし)のお尻(しり)で手をつつかれた。

「ほら、手元がお留守になってる。気を取られてるけど、それ、そんなにおもしろいの？」
「いや、さほど」

「そんなら見なくたっていいじゃない」

呆れられた。

あたしも自分自身に呆れている。動画を消せば批判も消える。でも、頭の中からは消えない。いい気分はふわふわ軽くてすぐに消えるが、嫌な気分は冷たい粘土を擦りつけられたみたいにいつまでも残る。

カラッと揚がったタラの芽の天ぷらにあら塩を振ってかぶりついた。パリパリサクサクして、山の香りが鼻に抜ける。癖がなく、いくらでも食べられる。

山菜は平和だ。のどかで真っ正直で、マトモで、健やかだ。

食べながらスマホを操作し、毎日チェックしているブログを覗く。

そのブログはキラキラしていない。装飾がない。素朴。薄い藤色を背景として、静かだ。夜明け前の、世の中が一番落ち着いていて清潔な時間帯に似ている。

ブログのテーマは、青森県南の太平洋側地域、つまりこの辺りに伝わる刺し子の南部菱刺し。

南部菱刺しの説明が書いてある。訪問者は毎回必ずこれを目にする。

南部菱刺しは、横長の菱形を基本とした幾何学模様。横長になっているのは、布の縦糸を二本、四本、というふうに偶数本またいで刺していくから。

菱形の幾何学模様が規則的にみっしりとつながって、布の広範囲を覆っている物や、ワンポイントとして一つだけの物がある。

布と糸の色の案配で、和風から欧風にもなれば、アジア風にもなる。

この辺で菱刺しが伝わったのは、昔、木綿が育たないほど寒冷だったので、育てやすい麻を植え、それを衣類に織ったかららしい。

そこまではよかったのだが、麻の織物は目が粗くて、風が半端なく通ったのが痛恨のミス。木綿が育たないほど寒い地域なのに、布の目と目の間を寒風がビュービュー吹き抜けるのだ。思ってたのと違う……である。そこで、その隙間を埋めるべく、刺し子に頼った。

何本も撚って太くした糸で、布の糸と糸の隙間を埋めていくのである。気の遠くなる話だ。おかげで、隙間風は通らなくて温かいし、また、丈夫でもあったらしい。そりゃそうだ。言ってみれば、一枚の布を追加で織ったようなものだから。天ぷらならしっかり二度揚げだ。

一方で、重そうではある。天ぷらはカラッと軽いが二度織りは重いだろう。

それを着て、農作業をしたり、柄がいい物やカラフルで映える物は縁日や、町へ行く時のよそ行きにしたりしたらしい。

ブログには、手作りのコースターだったりバッグだったり、暖簾だったりが載っている。

他には、日常風景。海沿いを走る鉄道。林を抜けた先の浜辺。岸壁で伸ばした後ろ足をなめている三毛猫。ホタテやウニがたっぷりのったラーメン。青い海上を舞う白いウミネコ。工事中の水産工場のビル。使い込まれた漁船にデッキブラシをかける漁師。要塞の見張り台のような葦毛崎展望台から見える海原。芝生が広がる種差海岸。蕪嶋神社。ホテルの教会。

ページの下のほうのメッセージ欄を確かめた。これも習慣。

そこにはあたしが送った、お元気ですか？　のメッセージだけで、返事はない。

あたしは『マーサのダイヤモンド』というブログを閉じた。

終業のチャイムが鳴り終わらないうちに、生徒たちがいっせいに教室を出ていく。その様子は、小学生の頃、課外授業でイワナの稚魚を放流した思い出をよみがえらせる。

パッパッジャージ担任は、あくびをしながら、進路ば出せ、と催促して出ていった。

「まだ提出してないの？」

賢吾が聞いてきた。

「うん」

あたしはリュックにテキストやノートを放り込んでいく。入れっぱなしの進路調査票が潰れる音がした。

「誰かが決めてくれれば、楽なんだけど」

「なら、綾もヘアメイク目指したら？」

「あたしに才能があるとでも？」

決めてくれというわりに文句言うね、と賢吾は肩をすくめた。

「じゃあどうすんの」

「どうしようかね」

自分のことなのにやりたいことが分からない。やりたいことがない。今、やりたいことがないのだから、将来に突然出てくるとも思えない。スマホを見てる時間があったら、進路について調べたり考えたり、セイチョーのためのユーイギなことに時間を使えばいいのに。それは分かっているのに、気が乗らない。

「何か劇的なことでも起これば、変わるんだろうなあ」

「素敵っ。ワタシにも起こってほしい」

神様よろしく～、と賢吾が両手を握り締めて天井を仰ぐ。神社に下がる鈴のように天井からクモの巣が垂れ下がって埃が絡みついている。

あたしは賢吾の相手をするのを切り上げ、ペンケースのファスナーをジャッとスライドさせた。途中でがっちり止まる。しまった。布をかんでしまった。にっちもさっちもいかない。

「あ〜あ、ぶきっちょだねえ。貸しなさいよ」

賢吾が差し伸べた大きな手にペンケースをのせる。ちゃちゃっといじって戻してくれた。簡単に戻せる人はいい。

「ありがとう。賢吾がいなかったらどうにもできなくて捨ててたとこ」

「落ち着けばどうにかなるのよ」

リュックを背負う。

「帰るの？」

「あんたは部活？」

「うん。そのあと部員と八戸に出て、お茶して帰る」

「八戸まで遠征するの？」

電車で三〇分はかかる。といっても、あたしだって家まで徒歩三〇分だ。

「この町にはカフェが少ないじゃない」

そうだ。カフェどころか店自体が少ない。

昇降口で、あたしは上履きを下足箱に放り込み、スニーカーを取り出して足元に放った。靴は跳ねてあっちこっち向く。

「綾は真っ直ぐ家に帰るんでしょ」

「そうだよ。まいんちまいんち、寄り道せずに真っ直ぐ帰宅。全世界の高校二年生の鑑。健康的」

「病気」

あたしは肩をすくめ、下足箱の扉を叩きつけた。扉が弾かれて開いた。

校門の外は空が広い。圧倒的な曇天。空気が潤って膨らんでいる。野球部のバットの音がよく響く。

坂を県道まで下りてきた時、ぽつり、ときた。アスファルトの道に黒い水玉模様が浮かび上がる。坂を上って傘を取りに戻るのも面倒だし、それだけでずぶ濡れになってしまう。

あたしは五〇メートル先の公民館に駆け込んだ。

公民館はめったに来ない。正直、何をやる場所なのかぴんと来ない。

玄関のたたきはタイル敷きで、欠損している部分が目立つ。元は白かったのかもしれない壁はくすみ、ヒビが元気よく走っている。

左手の受付の小窓を覗くと、事務室に職員さんが三人ほどいて、パソコンに向かっていた。

正面に顔を戻すと、予定表の看板が立っている。一〇時から二階小会議室にて俳句の会、と書かれている。一一時半から大会議室で生き生き健康教室、一三時からは楽しく学ぶ年金講座、一五時には写経と続く。

あたしは目を逸らした。

看板の向こうのロビーには茶色いソファーとガラステーブルのセットがあり、カラーボックスには池波正太郎と藤沢周平の文庫本が挿さっている。

アルミサッシの窓の向こうに、雨に煙る道路と重苦しいブロック塀が見える。非常口の蛍光管が、瀕死の蛾のようにチカカ、チカカと瞬いていた。

古いビニールの臭いと、寂しい石の匂いが溜まっている。辛気臭くて、気が重くなる。気が重くなるのに落ち着く。全く不思議だ。

右手に視線をずらしてハッとした。

壁に、畳一枚分くらいの菱刺しが額に入ってかけられている。すみれ色の布にどん、と一つの大きな白いダイヤモンド。

光を放っているよう。

ブログでは見知っていたが、本物を見るのは初めてだ。

雨音がしているはずなのに、それを見つめていると、音が消える。

辛気臭いロビーには不釣り合いなほど目に鮮やかで、そこだけ空気が生き生きと力強く感じられた。

どういう仕かけか浮き上がって見える。

導かれるように近づく。

よくよく見てさらに驚いた。

白い糸だが、一口に白と言っても数種類の白色があって、それを根気強く重ねて陰影を出しているのだ。

布に糸を刺しただけでこの立体感が出せるなんて。まんまとしてやられた。

やわらかく、豊かなグラデーションは、まるでこちらを受け入れてくれるよう。遠くから見ると硬質なのに、近くからだとやわらかく見える。印象が変わるなんて、魔法みたいだ。

顔を近づけて目を数えてみる。ブログに書かれていた通り、偶数の目だけ拾っている。一日一目がふっくらしている。縫い目には厳かな秩序があり、思慮深い。淡々と刺されたそれから醸し出される静けさ。

じんわりと色が移り変わっていくところは季節みたいだ。そこには窮屈さも閉塞感もない。自然とそういうふうに変わっていく。ダイナミックな流れを感じた。

「すごい……」

ため息が出る。思わず手が伸びた時、

「そちら、豊川(とよかわ)より子さんという方が刺した南部菱刺しです」

ふいに、背後から説明され、手がビクリと跳ねた。振り向くと首からネームタグを下げた女性が立っていた。節度あるふんわりとした笑みを浮かべている。

ネームタグには、田向井結菜(ゆうな)と書いてある。二〇代半ばくらいか。色白で、一六五センチのあたしより背が低い。一六〇センチないな。緩めのパーマがかかった茶色い髪を右耳の下でまとめていた。

「南部菱刺しを知ってますか？」

「……少しだけ……画像で見たことがあります」

田向井さんは顔を輝(かがや)かせる。急に人懐(ひとなつ)っこい笑顔になった。

「きれいでかっこいいでしょう」

「はい。とても、その、細かくて、すごいなあって」

「うんうん。どうして刺すのか分かる？」

「布の補強と保温のため……でしょうか」

田向井さんは目を細める。

「あなたくらいの若い子が知ってるのは嬉(うれ)しいな。似たような物でこぎん刺しっていうのがあるけど、それは知ってる？」

「津軽(つがる)地方の刺し子ですよね」

それもブログ情報。

「でも、こぎん刺しは奇数の目を拾う刺し子で、菱刺しは偶数の布目を拾って刺していくっていうくらいしか、違いは分かりません」

「奇数目を拾うこぎん刺しはキリッとした雰囲気になるの。今は糸の色も増えてカラフルだけど、昔は藍色の布に白い糸一択だったのよ。今でもそれを厳守してる人たちもいるらしいわ。対して菱刺しは、のっけからカラフルなの。今はくすみ色が流行ってるけど、昔は祭りの山車くらい派手だったのよ。そこに偶数目で刺すから、菱刺しは横長で大らかな雰囲気になるの」

あたしは頷いた。髪の毛からしずくが落ちる。

「あら肩が濡れてる。これどうぞ」

田向井さんがハンカチを差し出してくれる。小さな菱刺しが角に施されていた。

「ありがとうございます」

肩を押さえる。ハンカチを持ち歩いていないことが急に恥ずかしくなる。

「布の目をふさぐなんて、途方もない労力ですよね。何というか、涙ぐましいですね」

昔は物不足で苦労したんだろうな。想像すると、気が滅入ってくる。

服は余るほどある現代に生きているのに、将来の進路調査票も埋められない自分が、甘えていると責められている気分になってくるのだ。

「そうねえ。それのみを考えればね。でも刺してる時間は楽しいのよ。完成するのが惜しいくらい」

田向井さんがにこっとする。年上の人に言うのもなんだけど、愛らしい。

完成するのが惜しいという感覚はあたしには理解できない。それじゃあ、いつまでも完成しないじゃないか。

「たとえるなら、おいしい物をずーっと食べていたいような感じ」

「そうなんですか。菱刺しをやったことがあるんですか？」

「うん。今もやってる。ここから五分ほどの菱刺し工房（こうぼう）というところでね。公民館に勤めてから工房があるって知って二年くらい通ってるよ。工房は、この作品を制作されたより子先生のご自宅の敷地内にあって、先生も制作してるの」

「え、本当ですか。町内にそういう工房があるっていうのも、活動している人がいるっていうのも知りませんでした」

「よかったらおいでよ。他にも何人か通ってきてるし。見学もできるから、気軽にね」

田向井さんが去ったロビーで、このまま雨宿りさせてもらうことにする。

ソファーに落ち着いて、スマホを出した。ネットにつないで菱刺し工房を検索する。でも引っかかってこない。ホームページやＳＮＳ発信はやっていないようだ。ついでに『マーサのダイヤモンド』を開く。

このブログとの出会いは七年前。一〇歳の頃、親のパソコンを使ってネットをさまよっていた時に偶然行き当たった。

ブログの主はマーサと名乗る女性で、八戸市に住み、趣味の菱刺しをブログにアップしていた。

初めて「とても細かくて、みっしりしていますね」とメッセージを送ったら、翌日に「緻密（ちみつ）であればあるほど没頭できて気持ちがいいですよ」と返信があった。

緻密、という言葉を覚えた。細かいという意味なのだろうというのは分かったが、メッセージ全体の意味は分からなかったから、あたしはさらにメッセージを送った。菱刺しをやろうとは思わなかったけど、「緻密であればあるほど没頭できて気持ちがいいですよ」の理由というか、そう思える仕かけを知りたかった。マーサさんは律儀（りちぎ）に返信をくれた。

『何か没頭できるものはありませんか？　それと同じですよ』

——ないです。

そんなあたしの取りつく島もない返しにも、マーサさんはつき合ってくれた。

『パズルとか絵とかスポーツとか』

——ないです。

『音楽とか。あたしは、菱刺しをしていると、質のいい音楽を浴びてるのと同じ心地になるよ』

——ないです。

『それならラッキー。試しにやってごらんよ。菱刺しが没頭できるものになるかもしれない』

勧められても、やるとしたら道具を揃えなきゃいけないし、そばで実際に教えてくれる人もいない。やってみる選択肢はなかった。

菱刺しは当時のあたしにとって、画面を通して鑑賞(かんしょう)する物だった。

マーサさんとやり取りを重ねるうちに、菱刺しだけじゃなく、クラスで絵本読み聞かせ係になってしまってうんざりしていること、伸ばしていた髪をショートにしようか迷っていること、初めて友だちだけで八戸市まで遊びにいったことなども伝えていて、マーサさんからは「おもしろいことって、たいてい初めは、うんざりさせる顔してやってくるんだよ」「えいや、と試してごらんよ、迷ってるってことは、やってみたいからだよ」「やったね！　おめでとう」などと分かるような分からないような返信がきた。それが楽しかった。一年ほどのやりとりだった。

スマホをしまう。

あたしが送った最新のメッセージは、六年前。

顔も本名も電話番号も知らない人からの返信は、まだない。

透明(とうめい)感のある緑色をした蕗(ふき)の皮を剝きながら、菱刺し工房って知ってる？　と母に聞くと、ここで生まれ育ったわけではない母は、町の細かいところまでは把握しておらず、父に聞いてみなさいと促された。

「お父さんかあ……」

気持ちが重くなる。

父とは中学に入ったくらいからあまり会話らしい会話をしていない。

家族が揃う夕飯を待って話を振った。

「お父さん」

呼びかけると、正面に座る父が視線を上げる。遠近両用の黒くて四角い眼鏡(めがね)が頭上のＬＥＤライトを白く反射させた。

せまい額に深い横じわが何本も走っている。木の年輪(ねんりん)に似ているが木のようなぬくもりはない。切り傷のような細い目も冷たく、鼻や頰骨(ほおぼね)は石が埋まっているみたいだ。信用組合の窓口にこの顔があったら立派な営業妨害。信用組合はそのことを心得ていたのだろう、ずっと内勤だ。

「菱刺し工房って知ってる？」

父は視線を落とした。田向井さんからもらったという蕗をサバの水煮(みずに)と一緒に煮た物に箸を伸ばす。蕗は、シャキシャキとした歯ごたえがあり、サバの出汁(だし)がしみている。細長い穴にも出汁が溜まっていた。

「そんなことより進路はどうなってる」

そんなこと……。

「考えてるよ」

「何が考えてる、だ。全く決めていないそうじゃないか」

父の声が微妙に強まる。雲行きが怪しくなってきた。

「先を見据(みす)えてちゃんと考えなきゃダメだろ」

あたしは顔を伏せ、小鉢(こばち)の中で蕗の角度をそっと変え、その穴を覗く。出汁に浸るサバのかけらが見える。せまい穴からは、閉塞感のある小さな景色しか見えない。先が見えたって、実際はこんなもんなんじゃないか。

「綾、聞いてるのか。お父さんは真面目な話をしてるんだぞ」

「お父さん、今日のネクタイはいただけなかったね。スーツと合ってなかったよ」

父の箸が止まる。視線をじろりと母へ流す。母は肩をすくめる。

「今朝は、お父さんが自分で選んだんでしょ。あたしは農機具屋の『わくわく！　はじめまして園芸』イベントの準備で早出しなきゃいけなかったんだから。それに、綾。変だと思ったら綾が選び直してあげたらよかったじゃない」

冗談じゃないよ。あたしはその話を振った自分自身に舌打ちしつつ、話を戻す。

「お父さん。菱刺し工房の豊川より子さんって知ってる？」

父はたくあんをバリバリかみながら、厳しい目を向けてきた。基本は内勤だが、借金の取り立てには行っているらしい。

小学生の頃、友だちが、

「綾ちゃんのお父さんってどこの組の人？」

と、純真無垢(じゅんしんむく)な目で聞いてきたのを思い出させるのに十分な眼光だ。

　あたしは蕗のどてっ腹を箸で次々刺していっぺんに口に運ぶ。

「――三津高校から南西に一〇分。熊原川(くまはらがわ)沿いを四四四メートル進んだところにあるせんべい屋を右に曲がって、二〇二メートル先にある。板塀で囲まれた広い敷地だ」

「さすが信用組合職員ね。地域のことはしっかり頭に入ってる」

　母が感心する。「構成員」と口を滑らせなかった彼女を尊敬する。

「まずは自分の進路をきちんと決めなさい。遊ぶのはそれからだ」

　あたしはむっとして食事に戻る。

「返事をしなさい」

「お父さん、組合の人にもこういうふうな威圧的な態度で臨(のぞ)んでるの？　パワハラだよ」

　口に出すと、父は目を見開いた。二つの傷がさらに裂(さ)けたようにしか見えない。その奥の小さな瞳(ひとみ)に、蛍光灯の光が反射する。公民館よりずっと明るいライトの下にいるのに、菱刺しのほうが輝いていた。

　成り行きを見守っていた母が、

「お父さん、はいこれも食べて。根曲がり竹の肉巻き照り焼き～。焼き肉のたれで焼いたの」

　と、大皿から父の取り皿に分ける。こんがり焼き目がついた豚肉に甘辛いたれが絡んで艶々光っている。細い筍(たけのこ)は本来クリーム色だが、たれがよくしみて茶色になっていた。

「この筍もこの間、田向井さんがくれたのよ」

「田向井って、結菜って人がいる家？」

　あたしは思わず身を乗り出す。

「ああ、そうね。確かお嬢さんがそんな名前だったかも。あら、何で綾が知ってるの？」

「こう……」

工房、と言いかけて父をチラッと見る。今はこれ以上、工房には触れないほうがよさそうだ。

「雨宿りさせてもらった公民館で働いてた」

「傘持っていかなかったの？」

「途中で降ってきたんだもん」

「もお」

「他人(ひと)様から何でもかんでもいただくんじゃない」

父が横から入ってくる。

「いいじゃない。くれるって言うんだから、ありがたくもらわなきゃ。綾もどんどん食べなさい。あんた栄養不足のせいでやる気が出ないんじゃないの。それじゃあ進路も決めきれないってものよ」

あたしの皿にも取り分けていく。もりもり食べれば進路も決まるらしい。

父とあたしが口に運んだのは同時だ。なんだか嫌で、急いで食べた。忌々(いまいま)しいことにむせるのも同じタイミングなら、味噌汁(みそしる)で流し込むのも同じタイミング。

母は、そんなに揃えなくたっていいのに、と笑う。

土曜日の昼過ぎに、あたしは菱刺し工房へ向かった。あたしにしてみれば行動を起こすことは非常に珍(めずら)しいことだったが、あの菱刺しのような本物をもっともっと見たいという衝動が、面倒臭さを蹴散(けち)らしたのだ。

ただ、一つ懸念はある。

田向井さんは見学していいみたいなことを言っていたけど、予約も取っていないただの高校生に本当に見せてくれるか分からない。田向井さんがいればいいけど、いなかったらしらっとした対応をされるかもしれない。でもいざとなったら……。

ポケットに手を入れる。洗濯して、初めて自分でアイロンをかけたハンカチがある。田向井さんから借りたハンカチを返しに来たと述べれば、無下に追い返されないような気もする。

父に聞いた道順で行くと、そこはすぐに分かった。

でかい。黒い板塀が張り巡らされていて、板塀の上から緑を濃くし始めた白樺や楓が見えている。

立派な門は、広く開け放たれていた。覗くと、敷地には白い玉砂利が敷かれ、草一本、生えていない。整然としていて眩しい。

二階建ての大きな家とシャッターが閉まったガレージがある。

西側に古民家風の平屋。

そのさらに向こうには、和風の庭が設えてあった。赤やオレンジ、白のツツジの間に小道がつけられている。道の先では青紫色の藤棚が満開だ。藤棚の下を抜けてきた風は、いい香りがしている。道はその青紫のトンネルの向こうに延びていて、古民家の裏手に続いているようだった。

視線を古民家に戻せば、格子引き戸の玄関前に、木目の美しい一枚板が立てかけられていた。

「菱刺し工房」

力強い筆文字でそう、浮き彫りしてある。

近づいていくと、「10：00～19：00　ご自由にどうぞ」と書きつけられているのが分かった。

雨戸もガラス戸も開け放たれており、縁側の向こうの屋内が丸見えだ。部屋には二台の丸いテーブルと、奥に四角い机がある。机の椅子には小さなおばあちゃんが腰かけ、丸いテーブルの一台では二人の女性が向かい合う形で針を持っていた。

こちらに向かって座っている女性が顔を上げる。

目が合う前にあたしは会釈（えしゃく）をした。

女性が「あ、この間の高校生の子？」と軽やかな声を上げる。

改めて彼女を見た。

「田向井さん……」

ラッキー。ちょうどいてくれた。

田向井さんが縁側まで出てくる。飴（あめ）色に磨き上げられた床は水面のようで、そこに彼女がにじむように映った。

白いシャツに、フレアスカートを身に着けている。ネームタグがないだけで雰囲気が違って見える。

あたしはハンカチを差し出した。

「あのこれ。ハンカチお返しします。ありがとうございました」

「どういたしまして」

受け取った田向井さんの後方で、針を持っていたもう一人の女性も振り向く。母より年上、五〇代くらいか。髪の毛を後ろで一つに結っていて、痩（や）せている。背筋（せすじ）がピンと伸びていた。

彼女にも会釈をする。

「香織（かおり）さん、この子三津高校の子で、公民館で会ったんです」

田向井さんがその女性にあたしを紹介してくれる。女性が頷いて「石田(いしだ)香織です」とかすれ声で自己紹介する。

「近くでせんべい屋をやってます。何年生？」

「二年です。武田綾と言います」

高校受験の面接を思い出し、背筋を伸ばした。

「今日は見学？　やってく？」

と、田向井さん。

「ああ、ええとまずは見学で……」

そう答えると、田向井さんが奥のおばあちゃんを振り向く。よく見ると、クッションを敷いた椅子に正座。背中が曲がって、胸と膝がくっつきそう。

「より子先生ー、見学のお客さーん」

大きな虫眼鏡を二枚並べたようなまん丸い眼鏡を取ると、こっちに来てくれた。

わあぁ。この人が豊川より子さん！

「おや、いらっしゃい」

ほっこりとした温かな笑み。声は細く、震(ふる)えているがほがらかだ。

立っても、ちんまりしている。田向井さんと並ぶと、おとなと子どもくらいの身長差だ。一四〇センチそこそこかな。背中が丸くて首を突き出すようにしているから余計に小さい。

あんなに大きくて迫力ある菱刺しを、こんなに小さなお年寄りが刺したなんて……。いつになく胸がじんと熱くなる。

玄関から上がるように言われて、あたしはそちらに向かった。

玄関を入って右手に小さなキッチンがあり、左手は田向井さんたちがいる部屋。手前の障子も開け放たれているので、若葉が輝く庭まで見通せて、心地よい風が吹き抜けていく。

「おじゃまします」

「ようこそ」

三人が声を揃えた。

真っ先にあたしの目を奪ったのは、壁にかかったタペストリー。両手を広げたくらいの大きさだ。

あたしは吸い寄せられるように近づいた。

すみれ色の布地に、下のほうに緑色のなだらかな三角形がほんのちょっぴり見えて、あとは、上へ向かって朱（しゅ）色と紺色のグラデーション。隅々まできっちり刺してある。タペストリーの外にまでこの色が広がっているかのような錯覚に陥る。あたしは鳥肌の立つ腕をさする。

「名久井岳（なくいだけ）だよ。朝焼けなんだ」

より子さんの声に振り向くと、作業机の椅子に腰かけていた。

自分が息をしていなかったことに気づき、深呼吸する。

名久井岳は町の東側にそびえる山で、この工房近くの熊原川から望める。

「これ、より子さんが作ったんですか？」

当たり前のことをうっかり確認せずにいられないほど、圧倒されていた。

「んだ」

よく見ると、赤い糸にも白やピンク色を交ぜて緻密に色の変化を表現している。

にこにこして穏やかなこのおばあちゃんは、なんて物を作るんだ。

作品に手を伸ばしていたことに気づいて引っ込める。

「なんぼ触っても構わねよ」

「え、いいんですか」

　触ろうとしていたくせに、そう言われるとギョッとする。より子さんは「みんななーしてだか、触っちゃなんねって思ってまるよんたども、布だもの。触ってなんぼだ」とカラカラと笑った。

「で、でも、汚したりほつれたりしたらと思うと……」

　より子さんは、ははは、と笑った。

「汚れだら洗えばいがべし、ほつれだら直せばい。だいたい、触ったくれぇでほつれるこたね。大丈夫だ」

　あっけらかんとしている。あたしはホッとした。

　指先で糸の凹凸（おうとつ）にそっと触れる。ふっくらしている。もっとギッチリ刺してあるのかと思った。逆に、布はしっかりしている。硬（かた）くてサラリとした手触り。

「布は麻ですか？」

「んだ」

　正解できたことが、この場にいてもいい許可をもらった気がして嬉しい。

　改めて室内を見回す。

　板張りの一〇畳ほどの部屋だ。天井は低く梁（はり）が太い。柱も頑丈そう。縁側と部屋の境（さかい）に立つ柱には、竹の一輪挿しがかけられていて、リンゴの花が飾られている。

　より子さんの作業机を寄せている壁には、カレンダーと三一の数字が記されたウォールポケットがかかっている。床にはラグが敷かれている。それらにも菱刺しが施されていた。カラーボックスの上には、職員室で見たことがあるファックス機。飾り棚やコーヒーカップなどが収められた低い棚には、菱刺しの財布（さいふ）やバッグなどが適度な間を空けて並んでいた。

奥に襖(ふすま)があり今は閉(た)てられている。そこから、カタタタタ。じゃろっじゃろっ。こくんこくんという音が断続的に聞こえてくる。

金属的な硬い音と、木製のような深くやわらかい音が交じって一定のリズムを刻んでいる。大きなゼンマイの音のよう。

これ、何の音だろう。音に注意を向けていると、ふふ、と田向井さんが笑った。

「不審な音かな？」

「え？」

「小首傾(かし)げて耳に集中してるみたいだったから」

あたしは一つ息をつくと、前のめりになっていた身を起こした。

「ミシンだよ」

「ミシンですか。家にミシンがあるなんてすごいですね。やっぱり工房って感じです」

「ご自宅に、ないの？」

目を丸くするのは石田さん。

「ないです」

そうなんだ、と石田さんはのみ込めない顔をする。

田向井さんは「今時は裁縫(さいほう)道具がない家も珍しくないですよ」と伝える。

「そうなの？　使いたい時はどうするのかしら」

「そもそも使わないんですよ。補修の必要が出てくれば外注ですし、ボタンつけなんかもクリーニング店でやってくれます。それ以外だと手っ取り早く買い替えるのが主流かな」

「そうなんだ……」

「学校で一回使ったことがあります。でもこういう音じゃなかったです」

首をひねると、

「こりゃ、足踏(あしぶ)みミシンだすけな」

と、より子さんが襖を見つめる。やわらかなまなざしだ。そのまなざしにぴったりの、のどかな音とリズムだ。

「足踏み……」

足踏みミシンなんて、小学生の頃に遠足で行った郷土資料館でしか見たことがない。博物館に展示してある「手を触れないでください」と札を下げているアレを動かしているのか。信じられない。動くのか。縫えるのか。

「ミシンで何を作ってるんですか」

どんな人が縫ってるんだろう。顔を見せてくれないかな。

田向井さんが飾り棚に顔を向ける。

「ほらこのお財布とかバッグ。ここに通ってる人たちが刺した物を亮平(りょうへい)さんがこういうのに仕立ててくれるの。あ、亮平さんっていうのは、より子さんのお孫さんね」

「へえ」

「あの子は器用だすけな」

と、より子さん。

ミシンの音が途切れた。田向井さんが口の前に人差し指を立てる。あたしは反射的に口を引き結ぶ。

「中は覗いちゃいけないの」

どうして、と問いかけるのを阻止(そし)するように、石田さんが、「覗かなくたって用は足りるから」と続けた。それでこの件は深掘りしちゃいけないのだと気づいた。

「綾ちゃん、時間ある？　よかったら、見学ついでにやってみない？」

田向井さんが誘う。あたしはより子さんをちらっと見た。より子さんはガーゼのような薄い水色の布に白い糸で刺している。縫っているというより、絵筆を動かすみたいに、布の上を滑らせている。針をすっかり手懐けているみたい。そんなより子さんと針と糸がどんな物を描(えが)いていくのか、その過程を見たい。

「はい、やってみたいです」

田向井さんが勧めてくれた椅子に腰かける。

テーブルをなでる。さっき外から見ていたこの席に自分が交じっているというのが不思議だ。しかもここへは自分からやってきたのだ。

田向井さんが、いそいそと椅子の背もたれにかけたリュックを漁(あさ)って、コースターくらいの大きさの白い布をテーブルに置いた。なでてしわを伸ばす。

「まずはこれでコースターを作ってみよう」

「はい」

と、手前に引き寄せてから、あ、と気づいた。

「この布のお代、払います」

「いいのいいの。こんなちっちゃい布でごめんねって感じなんだから」

「すみません、ありがとうございます。……ここは、出入り自由なんですね」

「そう。看板に時間が書いてあったと思うけど、その間ならいつ来たっていいし、いつ帰ったっていいの」

「たとえば、受講するとしたら月謝(げっしゃ)とかは」

「月謝？　ないない」

「お茶や光熱費代として月に一〇〇〇円出し合ってるのだけれど、学生さんは免除ね」

石田さんが教えてくれる。それじゃあ、あたしは実質タダってことか。それってすごいな。

「好きでやってることだすけな、仲間っこが来てければ嬉しいよ」

より子さんはにかっと歯を見せた。

さっそくより子さんが教えてくれる。

「ほんだら、まんつ始めっか。これ、針と糸」

「ありがとうございます。糸、素朴で優しい風合いですね」

「草木染の糸だすけな」

モスグリーンの糸は、何本か撚り合わさってできている。ふわふわした感触のそれを指で押し広げると六本だ。

針に糸を通す段階からコツを教わる。

針に糸を引っかけて折り目を作って、できた輪の部分を潰す。平たくすると穴に通すのが簡単だそう。やってみるとその通りで、糸が割れることなく、縦長の針の穴にスッと入った。

針の先端が鋭くない。丸みがあるような気がする。より子さんに聞くと、尖っていないから繊維を割らずにすむ、と返ってきた。

へえ。こんな些細なところにも、理由があって工夫がされているのか。

「ここさ来る人の中では、編み物の閉じ針ば代用する人もいるんだ。あれもいいと思う。さてさて、やってみたい模様っこはあるど？」

これまでに見知った模様を思い浮かべて、あ、と閃いた。

より子さんにスマホの画面を見せる。マーサさんからメールで届いた、やりかけの菱刺しだ。

より子さんはしげしげと見て、わずかに目を見開いた。

「先生？　どうかしました？」

石田さんが心配気により子さんをうかがう。

「いや、なんもなんも」

と、より子さん。ちらっと襖に注意を向けた。襖の向こうからは規則的なミシンの音が聞こえ続けている。

　横から模様を覗き込んだ田向井さんが、

「亀甲模様の中にべこの鞍があるなんて初めて見た。オリジナルかな」

と、感心する。石田さんも、私も見たことない、と興味深そうにしている。

「『べこ』っていうのは何ですか？」

「牛のことだよ。モーって鳴く、あの牛。この辺じゃ昔は『べこ』って呼ばれてらったんだ。方言だな。鞍ってのは、背中にのっける座布団みたいなもんだね」

　より子さんが説明してくれる。さっきよりも声が小さいような気がする。

　亀甲模様には銀色の糸が使われている。べこの鞍という模様は星の形をしていて、こちらはくすんだピンク色が使われていた。上品で、雰囲気が落ち着いていてシックだ。

　より子さんは方眼紙に、使い込んだ短い鉛筆でさらさらと図案を起こしてくれた。この模様をやってみたいと言っておきながらなんだが、菱刺しの現物を見て図案にできるってすごい。

「亀甲模様は、厄除けだの再生だのの意味があるんだ。べこの鞍の縁起はまあ、牛の縁起さなるんだども、昔っから、畑だの田んぼだので、牛には助けられてきたべ。牛はゆっくり確実に進む。力強くて粘り強い。しっかり十二支にも食い込んでる。道真さんもかわいがってた。だすけ、縁起がいいもんと知られてる」

説明しながら右手の小指の下を擦る。鉛筆の芯で真っ黒になっている。

みちざねさん？　あたしは首をひねる。それから急に閃いた。菅原(すがわらの)道真か。確かに授業で習った。牛に命を救われたとかも言ってたっけ。より子さんがあまりにさらっと下の名前で呼んだから、一瞬(いっしゅん)、友だちかと思ってしまった。

「模様に意味があるんですか」

「んだ」

マーサさんは、亀甲模様で囲まれたべこの鞍模様を「海のべこ」と呼んでいた。海にいる亀の甲羅(こうら)模様で囲ってるからなのかな。

メールには、完成させたらブログでお披露目(ひろめ)するとあった。

マーサさん、公開はいつになりそうですか？

「さて。布の縦横を見極める」

より子さんが布を引っ張る。布は縦横に引っ張って、伸びるほうを横向きにする。引っ張ってみたものの、今一つ違いが分からない。

「どっちも同じだけ伸びるというか伸びないというか。判断つきません」

「そン時ぁ、布の端がほどけねようにおっつけられてるほうば縦とする」

「ここですね。押し固められてるほうですね」

あたしは布を回して縦にする。

上のほうにチャコペンで「上」と書き込む。

「ちなみにこの布はコングレスっていうの。麻よりやわらかくて、目がはっきり分かるでしょ？」

と、田向井さん。コングレスは指に馴染(なじ)みがいい。布の目が指先にしっかり感じられる。麻布よりはしっとりした感じがあり、木綿よりはサラサラと乾(かわ)いた感じがする。帆布(はんぷ)に似て丈夫そう。

「縦横が決まったら、布を四つに折って中心を決める。ここから左に向かって刺していくんだ。まずは一つの模様っこの左側から作る」

玉結びをしようとしたら、止められた。端っこを一〇センチほど残しておけばいいそうだ。あとでその糸は、右側を刺していく時に使うという。

布の中心を決めたらいよいよ刺していく。緊張(きんちょう)する。でもワクワクもする。この感覚は久しぶりだ。

裏から針を刺し、針の先で縦糸を数えて四本またいだところに刺す。

「目が大きくて数えやすいでしょ」

田向井さんが手を止めて覗き込んでいる。石田さんも見守ってくれている。

図案にはその数字も書き添えてあって分かりやすい。

「数字の通りにやってごらん」

「はい」

針を刺す。繊維(せんい)の真ん中を突いてしまったが、針の先が丸いため確かに繊維が割れない。

ゆっくり糸を引っ張る。しゅるしゅると引き出されて、糸がちょっと毛羽立つ。

「緩く引っ張っておくといいよ。きつく引っ張らねんだよ？　コングレスがよれでまうすけ」

「はい」

四、八、六、二……。偶数で刺していく。

菱刺しのやり方を一言で説明するなら「数えて刺す」。単純明快な作業だ。

糸を引き抜く時、布と擦れ合うわずかな感触が心地よい。糸が布目を通るささやかでも確かな感触は、よしいいぞその調子、と背中を押してくれているような気がする。

縦糸を二本またぎ、針を刺して、裏に出た針を今度は縦糸六本またいで表に針を出す。端まで行ったら、コングレスを回転させてまた、左へ向かって進む。

次の目に移る前に、刺した場所が正しいか調べ、確かにあたしは正しかったと確証を得て、安堵(あんど)と充実感を覚え次の目に進む。目の数だけ、いちいち安堵と充実感が繰り返される。よしよし。いい調子だ。

「時々、コングレスを揉(も)んで、糸を馴染ませるといいよ」

と石田さんがアドバイスをくれる。

二段三段と模様ができていく。刺して糸を引き抜く。

安らぐ。ミシンの音と庭木の梢(こずえ)が揺れる音と鳥の声が聞こえているのだが、耳を澄(す)ますと、糸が布の目を通る音までも聞こえてきそう。

一つクリア、二つクリア、と一歩一歩着実に進んでいるのが目で見て分かる。

裏から刺す時、何度か変なところから針がひょっこり出てしまった。

より子さんたちは訳なく刺している。長くやっていると、透視(とうし)能力に目覚めるのかもしれない。

初めはおそるおそる慎重(しんちょう)に刺していたが、だんだん速くなってきた。

四、八、六、二……。

指の先にズキリと痛みが走った。

「いっ」

手を素早く引く。爪の間を突いてしまった。

「どうしたの？」

「刺した？」

田向井さんと石田さんがすぐに気遣ってくれる。

「大丈夫です」

布を点検する。よかった、汚さずにすんだ。

指をしげしげと見て、何ともないのを確認する。

自分の指を見ていると、なぜか父の指と重なった。

小学校三、四年生の頃だったと思う。ゴールデンウィークに父が単身赴任先から帰ってきていた。

母は農機具屋のイベントで留守にしていて、父とあたしで留守番だった。

友だちはキャンプに行くとか旅行に行くとかはしゃいでいたけど、武田家はそんなことは一切ない。あたしも別にキャンプにも旅行にも興味はなかったし家でごろごろしていられればそれでよかった。

ところが、残念なことに、父が家にいるのである。父つきの家にいるくらいならキャンプだろうと旅行だろうと行ってもいい気がしていた。

何しろ父は、背筋を伸ばしてNHKの囲碁(いご)対局を鑑賞し、生真面目な顔で民放のサイコロを転がしてトークをする番組を見ているのである。どうやってくつろげというのか。お父さんはあちこちの単身赴任先で、リラックスすることや笑顔なんかを落っことしてきたに違いないと思った。

リビングで寝転がってテレビでも見ようものなら、「勉強はどうした」「塾も考えなきゃな」などとこの世で一番不愉快な言葉を放つのである。始末に負えない。

ゴールデンウィーク初日の昼食は父が作ることになった。母は、よかったねお父さんが作ってくれるって、と絶望的なことを言い残して仕事に出かけてしまった。

部屋で勉強するふりをして、しっかりマンガ本を読んでいると、ドアが三回ノックされた。母と違って、父は誰に教わったのか、ノックをするのである。コンコンコン、という音が硬い。リズムは一定している。

あたしは素早くマンガを机の一番下の引き出しに放り込み足で閉め、代わりにドリルを開いて鉛筆を握ってから、はいと返事をした。

ドアが開いて四角い黒縁眼鏡をかけた青白い顔が覗く。

「昼ご飯を作るから手伝いなさい」

嫌だ。

「――はい」

一階のキッチンへ下りていくと、父はエプロンをしていた。腰のところで結ばれている紐が、縦結びになっている。父は不器用だ。

あたしにエプロンをするよう指示したが、あたしは持っていない。父はそれじゃあ家庭科はどうしているんだと問い質す。

「かてーかって？」

「家庭科を知らないのか」

父のこめかみが震えたように見えた。あたしのせいではないので、黙って見返す。

父が踵を返してキッチンを出ていく。

料理の手伝いの話は立ち消えになるのかと期待して、部屋に向かいかけたところで父が戻ってきた。

母のエプロンを手にしている。身に着けるよう差し出してきた。なんてこった。何が何でも手伝わせるつもりらしい。こんなことならキャンプに……。

渋々エプロンを受け取る。後ろをボタンで留めるタイプだが、そのボタンが取れそうだ。

「残念。これじゃあ、エプロンはつけれないね。エプロンがつけれないなら、お手伝いはできないね」

私は嬉しさを押し殺して精一杯渋面をこしらえた。学習発表会では、この特技を生かし、岩の役をやったのだ。人前に出ることが恥ずかしすぎて逆に頬が緩むのを堪えた表情が、どう見ても気難しがり屋の岩にしか見えなかったと絶賛されたという実績がある。

「直す暇がなかったんだろう。直せばいいんだ。裁縫道具を持ってきなさい」

「あたしできないよ。お父さんは、できるの？」

「できる。向こうで一人暮らししているんだ。なんだってできるようになる」

そっか。お父さんは料理もボタンつけもやれるんだ。少し見直した――のは、ボタンをつけ始めるまで。

父の不器用偏差値の認識が甘かったと反省し、父は「できる」と言ったが「まともにできる」とは言わなかったのを、私は父が指に針を三回刺したところで思い出すことになる。

母の裁縫道具は、えんじ色のクッキー缶に入っていた。真ん中に白い帽子をかぶった女の子がおすまし顔で横を向いている絵が描かれている。糸が通っている針が数本あった。

父はエプロンからボタンをむしり取った。ハサミは使わなかった。もしかしたら使えなかったのかもしれないが深く追及することは避けた。

ボタンをあてがって、生地の裏から刺す。ボタンの穴ではないところを突いたようで何度かガツガツと刺していた。穴から針が出てくるのが先か、父のこめかみの太い血管がブチ切れるのが先か静かに見比べていると、ボタンの穴から針の先がヒョコッと出た。

「出た！」

万感の思いが込み上げる、と言えばそれは大袈裟になるが、嬉しくて感動した。大変よく頑張(がんば)ったと思う。父のこめかみの膨らみもすぼむ。

引き抜いた表から穴に刺し、再び裏へ貫こうとした時。

「いっ」

父は指を刺した。父はあたしと違って、指をくわえるのではなく、ティッシュで押さえた。あたしは救急箱から絆創膏(ばんそうこう)を取って渡す。父は粘着テープの剥離紙(はくりし)を剝いだが、指に巻きつけようとして粘着面同士をくっつけてしまってどうにもできなくなり、絆創膏の一枚を無駄にした。父は不器用なのだ。

あたしは新たな絆創膏を用意して、父の指に巻いてあげた。すまない、と父が言う。あたしは、こういうこともあるよ、と慰(なぐさ)めた。こういうこともある、というほど稀な頻度(ひんど)であるかのようなあたしの慰めが、いかに場当たり的だったか明らかになるのは、早かった。再開一投目でまた刺したからだ。

あたしは手当てをする。

「お父さん、いつもやってるの？」

「そうだ。Ｙシャツのボタンをよくつけ直している」

あたしが聞いたのは、いつもこんなに指に刺しているのかということだったが、考えてみればわざわざ聞くまでもないのだ。

そういえば、Ｙシャツのボタンの周りに小さな茶色いしみが点々と残っているのを見たことがあった。その根性跡も、ネクタイを締めてしまえば見えなくなる。

父はどうにかボタンをつけ終えた。

ボタンはギチギチにつけられていて、ボタンホールに引っかけにくい。あたしがボタンホールになかなか引っかけられないでいるのを見た父が、不器用だな、と呆れて留めてくれた。

昼食は焼きそばだ。あたしはキャベツを洗って、紅ショウガを袋から器に空けるという任務を完遂した。焼きそばは異様に脂っこく、粉のソースがところどころダマになっていた。

半透明でビロビロになったキャベツと、脂身の多い豚肉と、真っ赤な紅ショウガのそれは、おいしかった。ジャンク的な味は屋台の焼きそばみたいで祭りの気分も味わえた。

ダイニングテーブルをはさんだ父が、眼鏡を曇らせ麺をすすりながら、目玉焼きをのっければよかったな、と呟く。

あたしは、殻入りの目玉焼きを想像して、別になくてもいいよ、と応えた。

父が真っ白い眼鏡の向こうからこっちを見つめてくるのが分かったので、あたしはもりもり食べて見せた。

父はそうか、と若干明るい声で言うと、自身も焼きそばをごっそりすくい上げて頬張った。

血が出ていない自分の指を見て、すっかり忘れていた出来事を思い出した。

あの時の父の指は関節が目立たず、青白い皮膚にまばらに生えている毛が目立ち、爪は神経質にカリカリに切られていた。あたしの手とは全然違うのに、どこがどうというわけではないが、似ている。しようがないよな親子だもん。

今度は注意深く裏から針を刺し、糸をしゅるしゅると引き出す。コングレスの布の目にしごかれて細くなって出てきた糸は、引き出されるとふっくらと膨らむ。その様子は、糸が呼吸をしているようにも見える。

　刺し終わりは、裏返して、刺した糸の上をなぞって四目刺し戻り、糸を切る。

　海のべこが一つできあがった。

　頭の中のモヤモヤしている物はいくら考えても見えてこないが、これは、刺せば刺しただけ成果が見える。

「おろぉ、上手(じょうず)だごどぉ」

「え、あ。ありがとうございます。不器用でもできるんですね」

「なも、器用不器用は関係ねのせ。目ば数えればできる」

　より子さんが気さくに言ってくれる。

　コングレスをひっくり返すと、表の模様がそっくり反転されていた。

「裏もきれいで、こっちが表って言われてもわかりませんね」

　感心していると、より子さんは、んだべ、とどこかいたずらが成功した子どものようにんまりし、田向井さんは丸くて小さな鼻を高くし、石田さんは吊(つ)り目(め)を細めて頷いた。

　あたしの菱刺しは、みんなのと比べるとちょっとぎこちなさが見える。糸がしっくりきてなくて、微妙に上に向いたり下に寄ったり、隙間もある。整然と並んだ布の目に刺しているのに不思議だ。

　田向井さんの菱刺しは糸が詰(つ)まって隙間がなく、豊かな感じがする。石田さんのは、とてもお行儀がよく、ピシッと整っている。あたしもああいうふうに作れるようになりたい。

　ボーン、という時計の音が空気を震わせた。壁時計の針が三時を指している。

　二時間、あっという間だ。気分が妙にスッキリしていた。

「三時か。母のところに行かなくちゃ」

石田さんはやりかけのベージュのエプロンをくるくると丸めると、トートバッグの一番上にのせ席を立つ。

「あ、香織さん忘れ物」

田向井さんがもう一つのテーブルから保冷バッグを取り上げた。

「忘れてた。それ蕗のアンゼリカ。うちの庭で採れた蕗よ。どうぞ召し上がってください」

「いつもありがっとうね。楽しみなんだよ」

　より子さんがお礼を言う。

「ほんのお口汚しです。それじゃ、私はこれで」

きびきびと出ていった。

田向井さんが保冷バッグを開ける。中には茶色い紙袋が、口を巾着絞りにされて収まっていた。その中から現れた物に目を奪われる。

ガラスの器にエメラルドグリーンのスティックが積み重なっている。長さは四、五センチほど。まとった白い粒がキラキラ輝いている。

「宝石みたいですね。蕗ってこんなきれいにもなれるんだ……」

見惚れていると、ふっふっふ、と田向井さんが笑う。

「ただの穴が開いた地味な山菜と思ってたでしょ。あたしもそう思ってた」

田向井さんが棚からお皿とフォークを出し、サイドボードの上にある電気ポットで濃い緑茶を淹れる。

「いただきます」

　初めて食べた蕗のアンゼリカはニッチリとした食感。ゼリーをギュッと圧縮したみたい。甘い。繊維が唯一、蕗感を残している。青臭さは感じない。苦みもなく食べやすい。

「これおもしろいね。ピールって言ったほうが馴染みがあるかも」

田向井さんがためつすがめつする。

「どうやって作ったんだろう」

「蕗ば茹(ゆ)でて、皮っこ剝いで、砂糖でことことと煮でいぐの。煮あがったら砂糖ばまぶす」

より子さんは、入れ歯にくっつくのか食べづらそうにアンゼリカをかじって教えてくれた。かじる瞬間、キュッとしかめる顔が猫みたいでかわいい。

「より子さん、作ったことあるんですか？」

「あるよ。昔はよーく作ったもんだ。砂糖が貴重だった我(わ)が学生の頃はあんまり甘くはできねかったども、それはそれで味わい深かったのせ」

懐かしそうにたっぷりと目を細める。

より子さん、本当に表情がやわらかいなあ。見ているほうまでくつろぐ。

ミシンの音が聞こえる。

庭いっぱいに、ヤマバトやウグイスの声がこだましている。

風が梢の間を渡っていく。吹き込んでくる風が頭や頬をなでていく。

「なんだか、気持ちがゆったりしてきます」

「それなのよ。カリカリしてても、ここに来るとぼちぼちやってってもいいわって余裕をもらえるのよね」

田向井さんが深呼吸する。

菱刺しをやっている間、誰も「早く早く」と急(せ)かさなかった。なんてありがたいんだろう。

「それはいかった。ぼちぼちがちょンどいいね。ぼちぼちは自分の速さだ。我は好きだよ」

より子さんはアンゼリカを摘(つま)み、しげしげと見て、蕗の穴からこっちを覗いた。にっこりする。それからまた、かじった。

あたしはぼちぼち刺したぎこちない菱刺しを見下ろす。

これが、あたしが二時間かけた菱刺しだ。二時間、これだけに向き合ってたんだ。

気持ちがじんわりとぬくもる。スカスカだった気持ちの密度が濃くなった感覚がある。

帰りにでも手芸屋さんに寄って菱刺しの道具を揃えようと考えていると、より子さんが、お古でよかったら、と針と糸と布をくれた。

「あ、先生の形見。いいなあ」

田向井さんが目を輝かせて天真爛漫（てんしんらんまん）に恐（おそ）ろしいことを言って羨ましがる。ミシンの音が止まる。

「形見」という表現はどうだろう。「お下がり」のほうがいいのではなかろうか。

より子さんが気を悪くするんじゃないかとうかがうと、小さなおばあちゃんは、カラカラと気持ちよく笑っていたのだった。


工房を出て、住宅の間の路地を行く。

石田せんべい屋の前を通りかかる。

サッシ戸に「お休み中」の札が下がっている。「CLOSE」でも「定休日」でもなく「お休み中」って、いいな。

熊原川沿いに出る。

心の中は凪（な）いでいる。ゆっくり糸を布に刺してするすると引き出して、目を数えてまた刺していただけだ。

茶色い紙袋を持った手をぐんと上げて空を仰ぎ、伸びをする。初夏の風が指先に触れ、体を包んで抜けていく。

もっともっと菱刺しをしていたかったし、もっともっとできそうだった。

天を見上げたまま、気づいた。

工房にいる間、スマホのことは忘れていたということに。

「これどうしたの？」

母が、蕗のアンゼリカを見て当然の質問をしてきた。

「もらった」

菱刺し工房に行ったと明かした。

嘘をつきたくなかったのは、菱刺しや、より子さんたちを裏切りたくなかったからだ。

案の定、母は眉間にしわを寄せた。

「あ～あ。そんなことしてる場合じゃないでしょ。進路も決めてないのにフラフラ遊んで」

説教を長引かせたくないので反論せず、進路も決めるし勉強もすると約束する。

すると、母の眉間からしわが消えた。

「何、どうしたの。今日はやけに素直ね」

「まあね」

蕗のアンゼリカは夕飯のあとに出された。

母に言われてお茶を用意しようと湯飲み茶碗を食器棚から取った時、ふと、食器棚の隅に目が行った。お客さんが来た時だけ使う、茶碗の下に敷くお皿がある。

あたしを釘づけにしたのは、お皿の下からはみ出ている布。

引き出してみると、菱刺しのコースターだ。三枚ある。生成りの麻布に、ごく薄い緑色で、模様はあたしが今取り組んでいるのと似ている。べこの鞍だ。でもこれは、六角形の亀甲模様に囲まれていない。

このコースター、見覚えがあるような、ないような。どっから来たんだろう。誰かのお土産(みやげ)か結婚式の引き出物か、その辺りだろうか。

そのコースターに湯飲み茶碗をのっけて出すと、父にも見覚えがあるのかそれとも、単に娘がうつつを抜かしている菱刺しだからか、じっと見下ろし沈黙。

母は、あらそのコースターどっから来たんだっけと首を傾げたが、思い出せないらしく、そのままにしてアンゼリカの出所のほうに話を変えた。

菱刺し工房のお土産と聞いて、父はムッとした。手をつけず、お茶だけをすする。

「おいしいよ、そうやって睨(にら)んでたら、お砂糖がガッチガチに固まっちゃうよ。食べてみなさいよ」

すでに味見ずみの母が、勧める。

「進路は決まったのか」

父はアンゼリカのわだかまりをあたしに向けてきた。

菱刺しをやる暇があるのかと非難したいのだな。決めようと思っていたのにそういうことを言われると腹が立つ。

「決まってないけど。別に悪いことしてるんじゃないじゃん。伝統工芸だよ。学習の一環として捉えられないかな」

「ダメだとは言っていない。やることをやってからだと言っているんだ」

あ、そうなのか、と思ったが、一応、もう一押ししておこう。

「だから、こういうのやってるうちに進路が見つかるかもしれないのに、ガッチガチの頭してると……」

父が湯飲みを置いた。コースターの上に置いたため、どっという重たい音を発する。その音があたしの耳の奥を打つ。心臓まで伝わった気がする。

眼鏡は蛍光灯の光を受けて真っ白。

父は席を立って部屋を出ていった。

母は、寝室のドアが閉まる音を聞くと、湯飲み茶碗にため息をつく。

「お父さん、今大変だからねえ」

「え？」

「上司の人が代わったら、少し厄介な人らしくて、こうね、揚げ足を取ったり、前と言ってることが違ったり、変化球的な要求を突きつけてきたりするらしいの。お父さん、カタブツでしょう？　柔軟に対応するのがなかなかできないようで苦労してるみたい」

「そうなの？」

「機嫌を損ねでもしたら、リストラ候補に抜擢されるのよ」

抜擢という華々しい言葉が適切かどうかはさておき、おとなの世界って嫌だなと気持ちが沈む。ちょっとしたミスで転落してしまうような危うい世界なんだな。警戒心を抱き、ピリピリとした緊張状態のまま数時間、閉ざされた空間で働かないと生きていけないのか。父と母はそんな環境で一日の大半をずっと過ごしてきたというのか。

学校でも人間関係には気を遣う部分があるけれど、基本的に嫌なやつとは関わらないようにすればたいていやり過ごせるもんな。でも会社は違うらしい。憂鬱になる。

「そこが信用できると受け取ってくれる人もいるけど、そうじゃない人もいるから。冗談の一つも言えればいいのにね」

あの顔で冗談を言われても、受け取る人によっては脅迫にしかならないだろう。

蕗の穴を覗く。リビングの格子ガラスのドア越しに、父の寝室のドアが見える。

父が今何を考えているのかは、見えない。


「なした？」

より子さんに声をかけられた。

「間違えたど？」

手元を覗き込まれる。

見下ろすと、刺す目を間違えていた。菱刺しがひん曲がっている。

「あ。どうしよう」

「間違えたら糸っこ抜いて戻ればいいだけ。なぁも難しいこたぁねの」

より子さんがおっとりとした口調でフォローしてくれる。

「やり直せるんですか。よかった」

取り返しのつかないことになったかと焦(あせ)ってしまった。

教わりながら針の尻に縫い目を引っかけ、引き抜いていく。

初めてここに来てから一〇日がたつ。ほぼ毎日来ている。

田向井さんや石田さんと出くわすこともあるし、知らないおばさんや若い女性、おじさん、おじいさんがいることもある。こんにちは、と挨拶(あいさつ)し合うと、あとは黙々と刺す。

布目を数え一目一目刺していく作業は安らぐ。指が縦糸と横糸の凹凸を感じられるようになってきて、コングレスも糸(いと)も愛おしくなる。

そして、何というか、この場の空気が、ふっくらと豊かに膨らんでいるのがいい。

くつろぎに満ちている。ここでは競争もないし誰かを出し抜こうなどということもないんだ。

失敗の始まりのところまで戻って一段落すると、作業机でより子さんがやっているのを眺める。

親指で目を数えている。四、六、八、二……。針を刺して糸を引き抜く。その繰り返し。

安心してため息が出た。

糸を切り、ハサミを置く。音がしない。そういえば、眼鏡もそっと置いている。見ていると、物がテーブルについてから手を放している。

気にしたことないけど――気にしたことがないってのがそもそも雑な証拠なのだろう、あたしはたぶん、途中で手を放している。

見ているうちに自分のほうも進めたくなってきた。失敗した布目にモスグリーンの繊維がほやほやと絡まっている目の、一つ手前の目に刺していく。

やり直した模様をなでる。糸のわずかな凹凸があたしへのなにがしかの返事のよう。

返事？　それならあたしは何か菱刺しに問いかけたのだろうか。

思いつかないけれどこの返事は悪くない。これまで、物はただの物だったけれど、一目一目時間をかけて刺した物は、ただの物じゃなくなっている。

家に帰ってからも刺している。ＳＮＳはしばらく見ていない。

『マーサのダイヤモンド』を見る頻度も減った。マーサさんはあたしが菱刺しを始めたと知ったら喜んでくれるだろうか。

気になり、リュックを漁ってノートや教科書、蛇腹(じゃばら)に押し潰された進路調査票をかき分けてスマホを取り出す。

少し考えて、

『菱刺しを始めました』

と、メッセージを打ち込む。

送信ボタンに指を近づける。

迷った末に送信せずにメッセージを削除した。まだ、送ったメッセージの返事をもらってないから。


下足箱からスニーカーを取り出して、コンクリートのたたきに置く。

「綾、なしたの」

賢吾の声に顔を上げると、仰天したような顔をしている。

「なんのこと？」

「靴よ靴。いつもはブン投げてたじゃない」

「そんなことしてないよ」

「しーてーたー、してましたー。靴、ひっくり返ってましたー！」

小学生のようにあたしを指す。そのまま「ちょっと男子ぃ」と言いそうで怖い。

脱いだ上履きを下足箱に入れ、扉を押し閉めた。

またしても賢吾がぽかんと口を開ける。

あたしは眉(まゆ)を寄せる。

「なんなのよ、さっきから」

「いつもはほら、バーンッて景気よく、うっぷん晴らしみたいに叩きつけてたじゃない。扉が弾かれて開いたじゃない。どうしちゃったのよあんた」

帰っていく生徒がチラチラ見る。どうかしちゃった人がどんな人なのか確かめたいのだろう。

「綾、最近何かやってるでしょ。何やってんの」

「あたしにも帰りに寄るところができたってことです」

「何それ。どこよ」

食いついてきた。

庭から爽(さわ)やかな風がそよそよと吹き込んできている。

石田さんはベージュの麻のエプロンの胸元に「ひょうたん」という模様を刺している。菱形の枠の中に六角形の模様が収まり、さらにその中に授業で習った雪マークを横にしたような、アスタリスクのような模様が描かれている。が、よくよく見ると、確かに菱形が上下に重なっている。くびれのあるひょうたんである。

田向井さんは「柳(やなぎ)の葉」という模様を刺している。ヨーロッパとかにある矢印形の案内板のような模様が上下に四枚セットで菱形の中に収まっている。布代わりにしている物が変わっている。穴がたくさん開いている手のひらに収まる長方形の物。メッシュで、白くて、薄くて、硬そうでもありやわらかそうでもある。

「それ、なんですか?」

「スマホカバーだよ」

「そんな物があるんですかっ」

「そうなの。シリコン製でね。血眼(ちまなこ)になって探したらネットにあった。メッシュを布目に見立てて刺せるから、オリジナルカバーが作れるのよ」

菱刺し、何にでもなるなあ。仕事選ばないなあ。懐が深いなあ。

感心しているあたしの隣で、天井を仰いで眠りこけているのは賢吾。初めて来た場所で、こんなに開けっぴろげに寝姿を披露できるのは天賦の才と称えていいだろう。

そんな賢吾を前に、より子さんは「寝る子は育つ」と頼もしそうに見て、田向井さんはくすくすと笑い、石田さんは地球外生命体を見るような目を向けていた。

ここに賢吾が来た時、ちょっとしたやりとりがあった。

より子さんが賢吾の名前を聞いて「賢坊」と呼んだら、すかさず「それ、嫌」と拒否した。

「ワタシ、男とか女とか分けられるのヤなの。常にニュートラルでいたいの」

こんな感じなので学校では、賢吾を嫌う人もいる。ただ、こいつは嫌われるのなんて屁でもないようなのだ。というか、嫌われていることに気づいてさえいないのかもしれないし、そもそも人の好き嫌いについてもどうでもよさそうに見える。

より子さんに抗議したことでギョッとしたのは田向井さんと石田さんで、あたしもそこそこひやりとしたけど、学校でのこいつと同じなので、一方では安心した。そして、賢吾はどこでだって賢吾であることを尊敬もした。

より子さんの反応は「おやそうかい」とあっさりしたものだった。

「『坊』は男女兼用よ」

石田さんが賢吾に小さな声で教えると、賢吾は「そうなの？」と意外そうな顔をする。

「だったら賢坊でもいいよ。ちなみに学校じゃそのまま『栗生』か『賢吾』って呼ばれてる」

「それはいかった。んだら賢坊って呼ぼうかね」

と、より子さん。初対面の高校生にバッサリ否定されたら、無礼だとカチンとくるのが普通だと思うが、フラットにこの件を受け入れたのである。

言いたいことを言った賢吾は、このゆるゆるとした空気の中で菱刺しを眺めているうちにいつの間にか眠りに落ちたというわけだ。

間違えたところの糸を引き抜いていると、

「綾ちゃんば見てると、初心ば思い出すねえ」

と、より子さんが言った。あたしの手元を見つめてほほえんでいる。

「より子さんは何がきっかけで始めたんですか？」

「服のおつくろいだな。おはじきだのあやとりだのと同じく、遊びの延長でやったもんだ。友だち集めてさ。我も最初は裏から刺すのが苦手での。布っこば持ち上げて覗き込んで刺したもんだ。別なこと考えながら刺して妙な形さなるのはしょっちゅうだった。だども、何べんもやり直しできる。気楽に失敗できたんだ。家族の着物っこさ刺してせ、喜んでもらえるのは嬉しかったねえ」

「へえ。着てくれましたか？」

「ん。上手でねかったどもな。我だって、子どもや孫が、我のために菱刺ししてければ、どんな物でも嬉しいもんだよ」

より子さんは、好物を食べたみたいな顔をして目を閉じた。

「アッパは擦り切れるまで着てけだもんで、我は大満足だったし、友だちともおしゃべりしながら刺すのは本当に楽しかったねえ」

アッパとは、母親のことらしい。父親のことはダダと呼んだそうだ。菱刺しは貧(まず)しく苦しい生活のせいで、やむなく刺したというような仄暗(ほのぐら)い印象があったけど、こうして実際刺したり、より子さんの表情を目の当たりにしていると、そればかりじゃなかったのかもしれないと思えてくる。

確か、田向井さんは「おいしい物をずーっと食べていたいような感じ」とたとえていた。それはある。加えて、菱刺しは単なる針仕事ってわけじゃない。家族や大切な人に温かな着物を着せたい。どうせなら色や柄を楽しみたい。そういう想いがある。

だからか。だから菱刺しをやっている間じゅう、満たされているのか。

それなのに。

お父さん、パワハラ――。

ガッチガチの頭してると――。

あの時の父の顔が目に浮かぶ。

いつも通り表情はほぼ動かなかった。だからこそ、うろたえているのが透(す)けて見えてしまった。

父と似ている指先を見る。針で突いた時の痛みを覚えている。

何も知らない癖に、あたしは頭に浮かんだ言葉をそのまま吐(は)いたのだ。スマホの予測変換で出てきた言葉をろくに意味も分からずにそれらしいからと反射的に使うみたいに。あたしはスマホじゃなく、人間のはずなのに。父がどう思うかなんて考えちゃいなかった。

とはいえ、改めて謝るのもなあ。他人相手ならできることが、親だとなぜか難しくなる。

視線をさまよわせたあたしの目を引き寄せたのは――。

「より子さん、そこに飾ってあるような財布とかバッグのような目の細かい布に刺す方法を教えてください」

コングレスを、本来刺したい生地にあてがってその上から一緒に刺す方法を教わった。

要するに目の粗い布を目印にするのだ。

刺し終わったらコングレスの糸を切って一本一本引き抜くと、生地に菱刺しが残るという寸法だ。

ワンポイントの模様はその夜のうちにできあがった。

ハサミを置くと、ゴツッと大きな音が出た。静かで慎み深い菱刺しの時間がぶつりと断ち切られる。

改めて持ち上げて、ハサミが机の上にのってから手を放してみる。音はせず、時間はつながり、余韻が残った。

あたしは通学用のリュックを引き寄せ、進路調査票を取り出した。テーブルの上の菱刺しの道具を脇に寄せ、調査票の折り目を丁寧に伸ばす。

翌朝。

「お父さん、これ」

洗面所で出勤準備をしている父に、昨夜完成させた菱刺しを施したネクタイを渡す。

父は鉄製であるかのような堅牢な眼鏡を押し上げて、まじまじとネクタイを見た。相変わらず鉄壁の無表情だ。

「気に入らなかったら、無理にしてかなくていいから。それから、あたし、八戸の工業大学で伝統デザイン勉強しようと思う。進路調査票にはそう書くつもり」

宣言すると、洗面所を出た。

父は締めてくれるような気がした。残念なことに、あたしと父は似ているから、あたしの前では一生締めないだろうけど。

藍色のネクタイに刺した模様は、海のべこだ。ネクタイの剣先に刺した。淡い水色の亀甲模様とくすんだピンク色のべこの鞍。かわいい。マーサさんの見本ではシックに見えたが、色遣いによってポップにもなるらしい。新発見だ。模様と色の組み合わせは無限だから、この菱刺しという物、一生飽きずに続けられそう。

厄介な上司はきっとネクタイに気づくだろう。揚げ足を取るような人なら見逃すはずがない。父とのギャップに驚き、話を振るだろう。笑うかもしれない。

娘はできることはしました。あとはお父さん次第です。

結果を言えば、帰宅した父はスーツのまま、背筋を伸ばし無表情であたしと母の前を無意味に往復した。

寝室に行ったあと、あたしと母は顔を見合わせ、ほくそ笑んだ。


「八戸の大学？　なーんだ、一緒に盛岡（もりおか）の専門行こうと思ってたのに」

と、賢吾が口を尖らせる。

「あんなにもたもたしてたのに急に決めちゃって」

「将来、監獄（かんごく）みたいな会社に入るにしろ、フリーランスになるにしろ、支えができたからね。なんだかできそうな気がしたんだ」

「ふうん。それにそれ」

あたしが貼ったポスターを指す。手製の「菱刺し部員募集」のポスター。三階廊下の掲示板から順に貼ってきて、今一階。

あたしはポスターを指してから、その指を賢吾に向ける。

「まずは一人」

「ワタシ？」

「やるでしょ？　家庭科部に入ってるくらいなんだからこっちにも顔貸してよ。三人集まんないと、部として申請できないんだから」

「綾がこんなことするなんて、どういう風のぶん回し？」

不信感いっぱいな顔を作るも、おもしろがっているのが透けてしまっている。

「吹いてる風向きが変わった。それだけだよ」

この学校が廃校になろうと知ったこっちゃなくて、何でおとなが存続させようとしているのか理解できなかったけれど、菱刺しをやるようになった今は分かる。

「あんたが言ってた、『劇的なこと』でも起こったの？」

「劇的なこと。うーん。……強いて挙(あ)げれば、菱刺し工房に行ったことかな。でもそれは、自分の足で行ったから『起こった』って言わないかも」

賢吾がバッンとリュックごとあたしの背を張った。

「あんたが珍しく、自分で起こしたってことか。やったじゃないの、おめでとう！」

「公民館でより子さんの菱刺しを見てなかったら動かなかったよ」

「よりちゃんは魔女よ。公民館に罠(わな)を仕かけといて、あんたをまんまと魔女の家に誘い込んだんだ」

「魔女の家じゃなくて平屋の古民家だよ。てか、よりちゃんなんて気軽に呼んで。殴られろ」

賢吾は鼻で笑って襟足をかき上げる。黄色だ。前は青だったはず。

「あんたそれ、次は赤に染めるとか言わないよね」

「それいい！　信号みたいじゃない」

「赤の次はどうすんの」

「青に決まってるでしょっ」

家庭科室へ向かう賢吾と別れて、正面玄関を出る。五月の放課後らしい空だ。あっけらかんと晴れて、高い。

瑞々(みずみず)しい風が吹き上がり、木の葉を一気に舞い上げる。あたしまで浮き上がりそう。

ポケットでスマホが震えた。

取り出してみると通知はない。気のせいだったようだ。

久しぶりにブログにアクセスする。

あたしが六年前に送った、

『お元気ですか？』

というメッセージは、読まれたのか読まれてないのかすら不明。返事はまだない。

ポケットからハンカチを取り出す。生成りのハンカチにも海のべこのワンポイントを刺した。

キンッと金属音が、響き渡る。

グラウンドで、野球部員がワーッと盛り上がった。ダイヤモンドを全力疾走している。彼の周りの景色が混じり合って尾を引く。

あんぐりと口を開け、空を見上げている部員もいる。

白い球が高く伸びていく。

スマホを撮影モードに切り替え、青い空に掲げ、どんどん上がっていく白い球に海のべこを添える。

カシャッ……。

撮った画像をブログのメッセージ欄に添付する。菱刺し始めました、という文言がなくたって一発で分かるだろう。

送信。

それから手を丸めて作った穴を覗いた。白い球はもう追えない。

穴から見える空は、予想外に広かった。

◆　◆　◆

緑滴る庭に面した縁側に座布団を敷いて、より子は木漏れ日の下で菱刺しをしている。

今手がけているのは、来年二月末に開催される美術工芸展に出展する暖簾だ。

鳥の囀りに呼ばれて顔を上げ、目の前に広がる瑞々しい緑を眺めると、綾を思い出し、初心がよみがえってきて懐かしい気持ちになる。

菱刺しをやるきっかけになったのは、山に山菜採りに行ったことだ。

より子が七歳の頃。

日の当たる斜面に生えている背の高いタラの芽を、二叉に分かれた枝で引っかけて引き寄せ、根元をポクンと折るのである。棘があるから革の手袋が必須だ。

当時、三津町は今よりずっと畑や田んぼが多くて、町の緑が濃かった。土の匂いは逞しく、風の匂いも湧き水の匂いもした。空が広くて、小鳥の声がよく響いた。「トテ」と呼ばれる乗り合いの馬車がトテトテと走っていた戦後すぐの頃だ。

五月の陽気のいい日。より子は子守もかねて五歳になる弟の亘を引きつれ、毎年入っている家の裏山へ入った。

五歳児に藪に覆われた斜面を歩くことがどれほど大変か、より子には分かっていなかった。自分が歩けるのだから弟も歩けるはずだと思い込んでいたのだ。

目の高さに茂った草をかき分けかき分け進む。

一つをもぐともう一つがその奥に見える。どんどん背負いかごが重くなってくる。こりゃあダダやアッパや爺様が大喜びするぞ、と採って採って採りまくっていると、背後の亘が「あっ」と声を上げた。

草が激しく擦れる音が続く。

振り向けば亘の姿がない。代わりに、斜面の藪が下へ向かって一直線に裂けていく。わああ！　という弟の悲鳴がこだました。

「亘！」

より子は飛ぶように斜面を滑り追いかける。途中で背負いかごが肩から外れた。笹や棘のあるツルが頬をかすめる。目を突きそうになり、首をすくめてすんでのところでかわす。埃のように羽虫がわっと舞い上がる。口に入ってきた。

弟は、木の根元に引っかかって座り込んでいた。頭にはクモの巣がびっしりと絡まっている。急におじいさんになったみたいに見えた。

より子の姿を見た亘は、火がついたように泣き出した。

股引きが裂け、膝小僧が露になっていた。ケガはないようでそこはよかったが、貴重な服が無惨な有様になっているのを見ると、暗い気持ちになる。アッパは鬼になるだろう。

かごを拾って、その辺に落ちているタラの芽をいくつか拾い集め、弟の手を引いて山を下りてきた。家の勝手口が見下ろせたところで、亘はより子の手を振り払い、転がるように駆け下りていった。

　より子は足を止めて、家の様子をうかがう。薄茶色に色褪(いろあ)せた藁(わら)ぶき屋根からひょろ長い草が、そよりそよりとなびいている。屋根の換気口からこちらにたなびいてくる煙は、煮物の匂いがした。鶏(にわとり)が数羽地面をつついているのが見える。離れた馬小屋は今は空っぽ。西のほうでは馬と同じ家に住んでいるところもあると聞いたことがあるが、より子の家やご近所さんちでは別々だ。

　間もなくして、家から母親の仰天する声が聞こえてきた。より子の名を呼んでいる。案の定、おかんむりの声だ。

　より子はゆっくりと草藪にしゃがんで身を潜める。視界が草でまばらに遮(さえぎ)られる。虫が耳元でぶんぶんうるさい。払っても払っても、くじけずにまとわりついてくる。

　家から、後ろ手を組んで爺様が出てきた。ひょろりと痩せていて、袴(はかま)ズボンをはき、上はいい色に黄ばんでくたびれ切った下着だ。草鞋(わらじ)を引っかけ両側に大きく開いた膝で、左右に揺れながら、爺様はやがてより子のところまで登ってきた。

「はあ、どっこいしょ」

　と、隣に座り込む。

「爺様、よく我がここさいるって分かったね」

「オラのまなぐは千里眼(せんりがん)なんだ」

　と自分の目を指し、歯のない口でふぁっふぁっと笑った。歯はないが、耳には毛がある。たまに聞き取れないことがあるが、家族はだいたい、何を言いたいのか分かる。

「千里眼じゃなくてローガンだべ」

「隠れでると思ってでも案外見えでるもんだ」

「なーんだ」

爺様は背負いかごを覗いた。かごに三分の一くらいしか入っていない。

より子は言い訳したくなる。

「ほんとはもっとたくさん採ったんだ」

「んだべな」

爺様は頷く。より子の意見を、爺様はいつもすんなり受け入れてくれる。

「だども、生でケば腹壊すど」

受け入れてくれるが勘違いをする。

「食べてねよ。落としたんだ」

「んだか」

爺様はより子の頭からクモの巣や葉っぱを取ってくれた。自分の頭にそういうのが絡まってるとは気づいていなかった。

眼下を見渡す。家から亘をおぶった母親が出てきて、手をかざし、こっちを見上げている。確かによく見えているのかもしれない。

「どりゃ、帰るべ」

爺様が腰を上げた。より子は膝を両手で握ったきり動かない。爺様が見下ろす。

「ここで一生、そうしてるわげもいかねべ」

「帰れば叱られる。じっちゃもここで一緒に暮らすべ」

「オラ、嫌ンた」

爺様は自分にビンタを食らわした。手のひらを向けてくる。虫が潰れていた。目に寄ってくる忌々しい黒い虫だ。

「虫もいる」

「虫くらい平気だもん」

「蝮（まむし）も出る」

「じっちゃは酒っこさ漬（つ）けでらべな」

「あもこ出る」

あもこは、おばけという意味だ。これにはより子も黙った。黙ったまま顔を俯（うつむ）けていって、額を膝に押しつけた。つま先を上下させて体を揺する。うーうーと唸（うな）る。

「あもこもおっかねえども、アッパもおっかね。どっこいどっこいだ」

「んだら、オラも一緒に叱られでける。ほれ、立で」

より子は爺様に腕を引っ張られて、抵抗せず、ゆらりと立ち上がった。本当は、こんな藪の中で暮らしたくはない。

下りていくと、アッパはより子を見て一瞬だけホッと息をはいたが、すぐに眦（まなじり）を吊り上げた。背中の弟は、べそをかいた顔で気まずそうにより子を見ている。姉（ねえ）が叱られると思っているようだ。

「こらっ！　危ねことしたらダメだべ」

アッパが怒鳴った。鬼どころか大噴火。亘が首を引っ込める。

「ご、ごめんなさい」

より子が身をすくめて謝ると、隣で爺様も頭を下げた。

「ごめんなさい」

アッパが面食らった顔をする。

「おじいさんは、謝ることなんか何もねえすよ」

「んだらこの子もだ。この子ぁ、ただ、みんなさ腹いっぱい食わせたくて採ってだだけだすけな。二人とも無事でいがったなあ」

ふぁっふぁっふぁっと爺様は笑った。

より子は爺様がより子の気持ちを代わりに伝えてくれたので、泣きそうになった。でも弟の手前、ぐっと堪える。

アッパがより子の背中からかごを外した。

「よぐ採ったね。ありがっとう。だども、山菜よりおめだちのほうが大事なんだすけ無理はしねの」

「うん。……亘の股引きが裂けちゃって、ごめんなさい」

「え？　ああ。だどもケガはねぇすけ安心せ。股引きはあとでつくろうすけ」

「ほんだら、より子もつくろいば習えばいがべ」

と、爺様。アッパは、それはいい考えだと顔を明るくする。爺様はより子に「裁縫ができるようになれば、なんぼ裂いでもいいおんな」とあっけらかんと同意を求め、アッパに、そういうことではねす、と窘（たしな）められた。

「あ〜あ。まったぐもぉ、顔さこったに傷作って」

アッパは前かけの端をしゃぶると、それでより子の顔をごしごしと擦る。

もう小さな子じゃないのにそういうことをされるのは極（き）まりが悪い。

「くっさぁい」

顔を背けると、

「臭ぐねっ」

と、頭を抱えられる。

アッパの背にしがみついている亘は、肩口から目を覗かせて、ちょっとだけほほえんだ。より子は顔面を擦られながら、苦笑いを返した。

少ないタラの芽を天ぷらにして、両親は自分たちは食べずにより子と亘に与えた。より子は食べる気になれず、箸が伸びない。その手のつけられない天ぷらに、爺様が箸を伸ばす。歯のない口で、誰よりももりもりと食べる爺様は両親に白い目を向けられていたが、より子にとっては、ケチがついてしまった山菜が目の前から見る見るなくなっていき、しかも、喜ばれるのだからありがたかった。

より子は、アッパに習って亘の股引きを菱刺しでつくろった。これがやってみると案外おもしろい。ただ単につくろうよりしゃれているし、数を数える練習にもなる。おまけに喜ばれる。おはじきやあやとりよりもおとなっぽくて、より子は気に入った。

アッパの前かけやダダの下ばき、爺様の袴ズボンにも刺した。爺様とアッパはすぐに使ってくれたが、ダダは身に着けてくれなかった。柄が気に入らなかったのか、目が粗かったのか。一時は悔しかったけど、そのうち忘れた。

学校のみんなにも教えた。下着や足袋（たび）もおしゃれにするのが友だちの間でも流行る。

だんだんと着物にも刺すようになって、友だちと示し合わせてお祭りや町に着ていった。

家族の物だけでなく、いつしか行商のおばさんの持ち物にも刺すようになった。

おばさんはほおかむりをして、足袋に草鞋をはいて三巾前垂れ（みはばまえだれ）をつけ、背負いかごと手かごに、うちでは育てていない長芋やにんにくなどを目いっぱい詰めて売りに来てくれる。おばさんちは大きな農家さんだと、母と近所のおばさんたちが話しているのを小耳にはさんだ。

より子の家でお弁当を食べていくため、その間に、藍色の手甲（てっこう）に真紅の糸で亀甲模様を刺してあげた。あげたというか、刺させてもらったのだ。亀甲模様は、伝統模様の「梨の紋こ」に含まれる六角形を抜き出したものだ。この辺りの人は、菱刺しではあまり刺していない模様だ。色の組み合わせにより、深みと渋さのある落ち着いた雰囲気を醸し出している。

行商のおばさんは、「丈夫さなったし、めんこくなった。ありがたいねぇ」と喜んでくれて、お礼にと南部せんべいに、めったに口にできない水飴をたっぷりはさんだ物をくれる。

南部せんべいとは、小麦粉と塩と膨らし粉を混ぜて焼き型で焼いただけの白いせんべいだ。ゴマや、この辺りでジュネと呼んでいるエゴマを散らした物もあるが、基本は白い。小麦の風味にほんのり塩気がのり、あっさりしていて食べ飽きない。

飴がついていないせんべいの部分はサクサクと軽く、飴がはさんであるところはニッチリみっちりして充分に甘く食べ応えがあった。

あれよりおいしい物を知らない。

亘もお相伴にあずかり、「姉、もっともっと菱刺しばやれ」と焚きつけ、かぶりついていた。

自分が刺した菱刺しが喜ばれて、おまけに飴せんべいに化けるのだから嬉しくてしょうがない。

毎日刺して、刺す物がなくなると探してまで刺した。

ただ、爺様が亡くなった時に、アッパの喪服に赤や黄色い糸で刺していたのがばれ、鬼になったアッパに大きな雷を落とされてしまったが。

思い出して、より子はふあっふあっふあっとあの時の爺様のように笑った。

それから名久井岳のある東へ顔を向ける。住宅と住宅の間に頂上が垣間見えた。

実家はもうないが、都会に生活の基盤を築き、年金生活をしている弟の亘は元気で、この間の正月に夫婦で来た。

母の背中で泣きべそをかいていた子が、真っ白い頭になって孫娘がプレゼントしてくれたという若者っぽいデニムをはき、

「姉、元気だったかい」

と東京のイントネーションで労(いたわ)る。

元気だよと答えると、それはいかった、とふぁっふぁっふぁっと笑っていた。

# 二章　今日の佳き日の矢羽根

菱刺しのコツはひたすら根気強く繰り返すこと。
毎日の生活のようだ。
結婚生活も、飽きずに倦まずに、そういうふうにやっていければいいなあ。

お盆が過ぎれば、朝晩涼風が吹くのでエアコン要らずだが、七月中旬の今は、やってられないほどの熱帯夜が続いているため必須だ。設定温度は二八度。暑い。理想は二五度だけど、国や電力会社や母がこぞって節電節電と口酸っぱく言うので、一応そのように心がけている。

あたしは、ローテーブルに立てたスマホに料理プランを向けた。

あたしの周囲には、ドレスやチャペルのパンフレットが散らばり、表紙に「河原木伸司様結菜様」と、名が入っている。

「こっちのケーキがよくない？」

『二段かあ。ちっちゃくないかな』

スマホには色白で面長の二六歳男性が映っている。夫となる河原木伸司だ。肌艶は年相応だが、高校時代からちらほら出てきた白髪は今や黒髪を凌駕した。しばらく散髪していないらしく、もっさりしている。本人が言うには、商品の研究開発部門にいて、部屋に閉じこもっているのでもっさりしてようとなんだろうと別に構わないらしい。

彼は今、出張先のホテルからこの電話をしている。仮に、今本当に一人なの？　と疑って見せた場合、冷静に「そうだよ」と答えるタイプと、「浮気なんかしてないよ」と慌てるタイプと、「怖いこと言うなよ」と身をすくめて辺りを見回すタイプと、そして「ぼくの腸内には一〇〇兆個という細菌がいるし、この部屋にも目に見えない菌が潜んでいるから一人じゃないよ」と瞳を輝かせる腸内細菌活性化の飲料開発製造販売会社に勤務しているタイプと、あとその他に分けられ、伸司は最後から二番目のタイプに当たる。

「一五人くらいなら、こんなもんでいいんじゃないの」

『せっかくなら大きなほうがいいよ。来てくれた人に楽しんでもらいたい』

「余っちゃうよ」

『持って帰ってもらえばいいって』

「え〜、荷物になるじゃん」

『荷物ったって、みんな近場から来るんだし』

彼がいつも忙しそうなので、打ち合わせや準備が煩雑になる挙式は、なしでいいと伝えたのだが、伸司はすっかり乗り気になっていた。

八戸市内にあるホテルの教会で式を挙げてから、小さなレストランを借り切っての披露宴。ぼくのほうの招待客は少ないから、結ちゃんのほうは遠慮なくね、と勧められていた。

パンフレットをめくり、次の議題に移ろうとした時。

結菜ーちょっと来てー、パソコンがなんだか変だー。

母が一階の居間から呼んでいる。この三〇分間で三度目だ。

聞こえないふりをして、料理内容の検討に入る。

『お酒は結菜に任せるよ』

「分かった」

結菜ー。またも居間から呼ばれる。

『呼んでるよ』

　伸司にも聞こえたらしい。

　あたしは顔の前で手を横に振る。

「いいよ、たいしたことないことで呼ぶんだから」

『家族にはたいしたことなくて呼ばれてるうちが華だよ。行っといでよ、待ってるから』

　伸司に家族のことを言われると、ないがしろにできない。あたしは渋々立ち上がった。

　ドアを開けると正面が兄の部屋だが、物音がしない。そういえば青年部の「会合」という名の飲み会に参加するっつってたっけ。兄がいたら、代わってもらいたかったのに。

　居間へ下りていく。両親は座布団を並べ、雁首（がんくび）揃えてノートパソコンを覗き込んでいた。夫婦は似てくるっていうけど、まさに。仕草とか姿勢とかそっくり。あたしたちもそうなるんだろうか。

　ノートパソコンにワードが開かれている。秋出荷のリンゴの営業はがきを作成しているらしい。

「何。どしたの」

「英語しか打たさんなくなった」

「変よねえ。何もしてねのさ」

　何もしてないのに変になるわけがないでしょと腹の中でツッコみつつ、パソコンの前に座る。両側から両親が覗き込んでくる。

「ちょっと。せまいんですけど」

　体をねじったが両親は画面を凝視したまま離れてくれない。

【半角／全角】キーを押した。これでばっちりと思ったが、ローマ字のまま変わらない。

「変わんねぇね」

「変わんねぇね」

ステレオで言われなくても分かっとるわい。

「ちょっと。暑いんですけど」

そうじゃなくても、テレビだの茶簞笥だのこけしだの重ねられた座布団だのレターラックにゴッチャリ挿さったはがきや封書だので占められた二八度設定の八畳間におとな三人がいるのである。

年を重ねると暑さ寒さに鈍感になるのか、離れる気配はみじんもない。

フッターのバツ印を右クリックしてトラブルシューティングを開き、診断する。これで日本語入力できるようになる。

「ありがっとう」

「や〜、いがったいがった」

さすが結だ。結がいでけでいかった。助かったじゃ、とひとしきりおだててくる。

「確かめでみるべ。おめ、ちょっとこれ打ってのか」

鉛筆書きの文面を差し出された。

「あたしに入力させようったってそうはいかないよ。頑張って」

あたしは文面を返す。

父は、バレたか、と笑うと老眼鏡をかけ直して、人差し指でキーを押し始めた。トラクターのハンドルを握ったり、サクランボやリンゴをもいだりしている筋肉質のごつい手が小さな四角いボタンをたどたどしく押しているのを見つめる。

あたしがやったら一〇分ではがきができあがるだろうが、あたしはいつまでもこの家にいられるわけじゃない。両親には自分でできるようになってもらわねばならないのだ。

部屋に戻る。

『大丈夫だった？』

仲司は生真面目にスマホの前にいた。

「うん、トラブルでもなんでもなかった」

『慣れてないと慌てちゃうもんね』

「ごめんね、何度も中断しちゃって。急にパソコン覚えるとか言い出して。何もこっちが結婚準備で鬼忙しい時に始めなくても」

アイコンがいなくなったとか、ポインターがいなくなったとか、メニューバーがいなくなったとかで呼びつけられると、こんなことも分からんのか、といよいよ腹立たしくなるのだ。

『ぼくたちに触発されて、新しいことに挑戦したくなったんだよ、いいことだよ。腸内細菌も活性化すると思う』

腸内細菌のことは知らないけど、そうだね、と同意した。家族の愚痴は、仲司の前ではそこそこで止めておく。

打ち合わせを終えて菱刺しをしていると、また母に呼ばれた。行ってみると次は、インターネットが変だという。

「えー、そんなことネットで調べてよ」

「ネットが使えねくなったんだ」

「あ、そうだった。あ、だったらスマホがあるでしょ」

「こりゃあ、使いずれぇ。ちっこくて見えね」

父が老眼鏡を取ってこれみよがしに目を揉む。

「そんなに揉んだら眼球が潰れるよ」

「結、ちょちょっと教えてくれればすぐだすけ」

母には、人の時間を奪っているという認識がない。

あたしはタスクマネージャーを表示させて、起動中のアプリを強制終了させた。これでもう一度ネットを立ち上げればスムーズに動き出す。

「次からはお兄ちゃんに聞いてよ」

「卓は忙しいから、つまらねえ用っこは聞きづぇんだよ」

跡取り息子に両親は甘い。兄なんて、両親の下で気楽に仕事して、あとはふらふら遊んでばっかじゃないか。いっぺん他人の中で働いてみろってんだ。

「あたしだって疲れてるんですけど。つまらない用事で煩わせてもいいっての？」

「なーに、ずっと座ってる事務仕事で疲れるわけねぇべ」

父が鼻で笑う。母が父の腕を叩く。

「お父さん、事務だろうと疲れることは疲れるんだよ」

と、わずかにあたしの肩を持ってくれた。母がこっちに顔を向ける。笑顔だ。前向きな笑顔をしている。

「だども、教えてくれても罰は当たらねべ。ほんのちょっとのことなんだすけ。あんまりカリカリしてると伸ちゃんに愛想つかされるよ。出戻りなんてことさなったら、ご近所さんさ恥ずかしいべな」

結局はそこに落ち着くのか。

部屋に戻ってローテーブルの前に座る。

呼びつけられて、任務を完了して、文句を言われる。何やってんだあたしは。

心がせまいため、しっかりイライラする。

イライラしつつも、途中にしていた菱刺しを手に取る。

スマホカバーと同時進行しているオーガンジーの藤色のショール。コングレスを重ねたショールの縁に紅梅色の糸で梅の花模様を並べているところだ。梅は言わずと知れた縁起物。それをアシガイと呼ばれる菱形の枠で囲む。

　ワンポイントだけ刺す場合は、模様を左右対称に展開すべく布の真ん中から始めるが、模様が一直線につながっている物は端っこがスタート。なので、織物や編み物に似たやり方となる。

　一度刺し始めると、あとは脈々と続く生活のように、ひたすら刺していく。

　狙い定めて、ゴマくらいの四角い隙間に針を指す。二目、四目、六目……。

　あたしはまだ一目一目数えて、一針ごとに糸を引き抜き、正しい位置を刺しているか確かめながら進めていくが、より子先生はさっさっさ、とほとんど並縫(なみぬ)いみたいに刺している。目と目の間隔を一瞬でつかんで、いちいち数えなくても次刺すべき場所にすんなり刺せるようだ。見ていると、まるで針が磁石(じしゃく)に吸いつくみたい。

　より子先生の域に達すると、見ているほうも気持ちがよくなる。

　あたしもこれで、菱刺しを始めて――中断していた時期もあるが、かれこれ……一〇年になるか。出会いは高校一年生の夏休みだ。あの年は確か、夏休みにロンドンオリンピックがあったんだった。日本勢がメダルラッシュだったので覚えている。

　もともとは編み物が好きだった。当時、流行っていて、女子のほとんどが編み物をしていたものだ。

　産直（さんちょく）に兄と、すももを出荷しに行ったら、店の脇のテントで郷土フェアなるものを催（もよお）していた。テントや幟（のぼり）に、八戸の大学名が記されている。

　兄が産直の中で納品と精算をしている間、あたしはテントを覗いた。県南に伝わる焼き物や裂（さ）き織（おり）などが並んでいる。その中に菱刺しもあった。

　一度か二度は、何かで見たことがあった南部菱刺しだったが、ここに並んでいる菱刺しはあたしが知っているのと、雰囲気が違っていた。

　ここの物は、ふんわりしたパステルカラーの色目で、目にも優しく、欧風に仕上がっている。菱刺しの形はよく見る物で同じなのに、糸と布の色の組み合わせでこんなにも雰囲気が変わるなんて。おもしろいなと感じ入った。

　パイプ椅子に腰かけて菱刺しをしていた女の人が、ひょいっと眉を上げて、それに引き上げられるように立ち上がった。

「こんにちは。どうですか？　見ていってくださいね」

　そう声をかけられた。赤茶色のカールしたショートヘアで、かなり高い位置でのオンザ眉。おでこが広くて丸い。生徒さんだろう。胸にネームタグを下げて、大学名がプリントされたTシャツを着ている。胸元に菱刺しのラインが一直線に入っていた。

「おしゃれですね」

　あたしが感想を述べると、彼女は満面の笑みを浮かべた。大きな前歯が覗く。年上の方にこう思うのは適切じゃないのかもしれないが、愛嬌（あいきょう）がある。

「時間ありますか？　ちょっとやってみません？」

「え、今ここでですか」

「ええ。ほら。あの方たちもお試ししてますよ」

彼女が視線を向けた先に、プラスチックの丸くて白いテーブルを囲んで、あたしの母親くらいの人たちが大学生の人に教わりながら刺している姿があった。和気あいあいとして楽しそうだ。

「目を数えて刺すだけですから、すぐに会得できますよ。さあ」

そう促され、あたしは首を縦に振っていた。

彼女は店番も兼ねているというので、テント内にパイプ椅子を並べて教わることになった。

渡された一五センチ四方ほどの麻布。シャリシャリした手触り。丈夫だし、芯がある。風をよく通して洗濯してもすぐに乾く。多少手荒に扱っても問題ない。夏向き。

あたしはこの布が好きだ。服もバッグも持っている。布に性格があるとするなら、麻は、あっけらかんと明るく、サバサバしているタイプ。

そんな麻布に対して糸は、ふんわりとやわらかい。布がしっかりしているのなら、糸はやわらかなほうが相性がいいのかも。

草木染だという。主張が少なくて奥ゆかしい。どんな生地の色にも馴染みそう。

「まずは布の縦横を決めます。引っ張ってみて伸びるほうを横向きにしてください」

「はい。……ちょっとよく分からないです」

「麻布は難しいかもね。糸がほつれないように固められてる一辺を縦にしましょう」

針を刺す。布の目を糸がしゅうっと抜けて、縦糸を四本またいでまた布を潜る。縦糸同士をつなぐ刺繡糸。

大学生の人は、一針一針、一緒に数えてくれて、正しい位置に刺すと「そうそうそう！上手！」と褒めてくれた。一段目がうまくいくと、さらにものすごく喜んでくれる。

そうして二段目ができた。やればやっただけちゃんとこうして結果が出る。分かりやすい。できると嬉しい。その時の喜びは理屈抜きにすごくシンプルでクリアで純粋な感覚だ。菱刺しっておもしろい、と思った。そう伝えると大学生の人は、

「よかった！　あたし菱刺しを広めたいんです」

と、キラッキラの笑顔を見せた。

菱刺しをやっている間も見物人やお客さんが来た。たいていは、農作物を買いに来た人や、観光客風の人たちだったが、そんな中、スーツをバシッと着たおじさんと若い男性の二人組が、産直の支配人に伴われてやってきた。

支配人は彼らに、テントの催しの説明をすると、店に戻っていった。

「土産にいいかもな」

と、菱刺しを眺めたおじさんが菱刺しのコースターに手を伸ばす。黒縁眼鏡をかけていて、顔は怖いが、コースターを取り上げた手つきは紳士的だ。

若い男の人が意外そうな顔をする。

「課長、こういうの趣味なんですか」

「いや私じゃない。三沢市のメイソンさんが、日本のこういった物を好まれるんだ。顧客データにそうあった」

「ああ、基地の近くでお店やってる人。ハンバーガー、おいしいですよね。でもメイソンさん、着物とか忍者とか超メジャーなところだけじゃなく、こういう、まあなんていうかあまりそのぉメジャーじゃない物もご存じですよね」

「海外の方の方がこういう物に明るかったりするな。君、営業行く時にこれ、土産に持っていくといい」

「ありがとうございます」

　おじさんが五枚選んでお会計した。

　菱刺しがプリントされた紙袋に、丁寧に収められたそれを手に、おじさんたちは駐車場へ向かう。

　と、おじさんが途中で踵を返して戻ってきた。再び、並んでいる菱刺しを素早く見回し三枚セットになってセロハンに入っている菱刺しのコースターを取る。生成りの麻布に、ごく薄い緑色の模様が全面に刺された物だ。

「これもいただきます」

「ありがとうございます！」

　紙の小袋に入れようとするのを、このままでいいですと受け取った。

　駐車場から近づいてきた「馬淵(まべち)信用組合」とドアに書かれた軽自動車がおじさんのすぐ後ろにつく。おじさんは助手席に滑り込むと、去っていった。

「今のコースター、不思議な模様ですね」

「べこの鞍っていう模様なの」

「べこ？」

「牛」

「よその国の人も、菱刺しを知ってるんですね」

「そうだね。知ってる人もいるんだね。その国に興味が湧けば、文化とか伝統とか食べ物とか、いろいろ調べたくなっちゃうんだろうね。文化とかそういうのが知れると、その国の人たちの気質みたいなものも何となく分かるんじゃないかな」

　あたしは、細かい布目をふさぐ緻密で整然と美しい菱刺しを見つめる。

「文化も物も人も、海外の人が認めると、日本で見直されたりするよね。元から魅力(みりょく)があるから海外勢にも受けたってだけのことなんだけど。本当はこういう物こそ自分たちが発信すべきだよ」

大学生の人は少し頬を膨らませた。

再び刺し始めると、空のトレイを抱えた兄が「帰るぞー」と戻ってきた。

あ～、終わっちゃう。残念。もっと続けたかったなあ。

「何してんの」

「菱刺し」

名残惜(なごりお)しさが顔に出ていたのか、

「やりたいの？」

と聞かれた。うんうん頷くと、並んでいるキットを買ってくれた。

大学生の人が満面の笑みを浮かべる。

「キットにはいくつかの模様の図案も入れてあります。それにネットでも図案が見られるんで、ぜひいろんな模様に挑戦してくださいね」

やりさしの麻布と糸ももらった。

受験勉強の息抜きに、菱刺しはちょうどよかった。

菱刺しをしている間は何も考えなくていい。数を数えている間は無になっている。勉強で火照(ほて)ってむくんだ脳みそが、クールダウンし、ごちゃごちゃしていた頭の中がスッキリと整理されていくのだ。

結～、スマホの音量が小せぇんだども。

部屋でスマホカバーに菱刺しをしていると、父から呼ばれた。集中していたところだったので、思い切り興醒（きょうざ）めして返事もおざなりになる。

居間では、父と、バスタオルに包んだ着替えを抱えた母がスマホを覗き込んでいた。

「音の調節はここ。横のボタンを押せばいいんだよ」

と教える。ふんふんと父は頷くが、たぶんまた聞いてくるだろう。これくらいでいい？　とテスト音を聞かせると、うんいいなとスマホを引き取った。

あたしが廊下に出ると、ポケットでスマホが震えた。表示に「父」と出ている。

眉を寄せた。スマホを手に居間に引き返すと、こっちに背を向けている父がスマホに向かって『お父さんだ』と言っている。

あたしは肉声で「知ってるよ」とその背に返す。どちらのお父さんですかと返さなかっただけあたしは偉（えら）い。

父と母が振り返る。父は、スマホに向かってまたしゃべる。

『音量を確かめたくって電話してみた』

「お母さんに電話すればいいでしょ。てか、ここでしゃべってたらスマホから聞こえてるのかどうか分かんないじゃん、それにねえあたし、忙しいの」

『お母さんは風呂（ふろ）に入るとこだすけ』

父の言葉に母が着替えをちょっと持ち上げて見せる。眉もちょっと上げる。なんで得意げなんだ。

『最近、菱刺しの調子はどんだ？』

「絶好調だよ、邪魔（じゃま）さえ入らなけりゃ」

『菱刺しはどうやるんだ？』

普段は全く聞かないのに。あたしのイライラを感じ取ったようだ。菱刺しについて言及するのはご機嫌取りのつもりらしい。

「縦糸を偶数本またいで刺すだけ。音量が分かったらもういいよね」

踵を返すと、背中に母の声が届いた。

「結婚ば控えていて神経質さなってんのよ、ね？　あるあるよ。マリンブルーっていうの」

無駄に明るい声で圧倒的にズレた意見。そしてマリンブルーじゃなく、マリッジブルーだが、訂正するのも面倒くさい。

「神経質さなるくらいなら、結婚はやめてもいいんだぞ」

と父。父の私の結婚に対するスタンスは、初めからこの調子で一貫している。

仲司が挨拶に来た時も、そっけない態度だった。仲司が、「以前、台風の際、会社に送っていただいた者です、その節はありがとうございました」と頭を下げても、そったことあったかね、と首を傾げていた。

「研究だか何だか知らねぇんども、日の当たらね部屋さ閉じこもって、ちまちまやってらんだべ？　青白い顔をしてひょろひょろして、頼りねえやつだったもんな。あんなんで一家の大黒柱が務まるか。どうせ、出世だって見込めねえべ。給料はたいしたことねぇし。会社もさして有名ってわけでもねぇ。何も自分から苦労しに行くこたねえよ」

仲司の悪口をしゃべり出すと止まらない。

カチンときた。言うまいと思ってはいたが、つい、口を衝いて出た。

「仲司は立派なんだよ。奨学金とバイト代で大学通って、ちゃんと就職したんだから。そして今度は奨学金の返済を続けてる。しっかり努力をしてきてるんだよ。お父さんもお母さんも、スマホとかパソコン、もうちょっと努力して自分たちで解決できるようにならなきゃ。

あたしは来月にはもうこの家にはいないんだよ？」

仲司は転勤を控えており、挙式後弘前（ひろさき）市へ引っ越すのだ。

調子よく語っていた父はぴたりと口を閉ざした。

父の心情は分かっていたけど、だからこそ、そこを突いてしまった。

「いねって言ったって弘前だし、新幹線とＪＡ乗り継げばすぐだべ。お父さんだってスマホ、使ってるうちに嫌でも覚えるんだすけ」

母がとりなす。だがＪＡは農協だ。

蟬（せみ）の声が響く工房の敷地には、蒸（む）されたような葉っぱの匂いが立ち込めている。

玉砂利が眩しい。目を細めながら工房へ足を向けると、その向こうの庭から草を踏む音がした。

より子先生が長男一家と暮らす母屋から続く、工房の向こうの広い庭には、日差しが木々の葉を透過して、翡翠（ひすい）色の陽だまりがあちこちにできていた。

風の通りがいい。庭の白樺は涼し気で、藤棚の藤の葉がそよいでいる。

その木々の間を、紺色のキャップを深くかぶった作業着の人が脚立を担いで藤棚のほうへ歩いていくのが見えた。ぽっちゃりした体形で、背は一七五、六センチといったところか。仲司より少し低いくらいかもしれない。木漏れ日でも分かるくらい肌の色が青白い。庭師といった感じではない。

男性は藤棚の下を抜け、工房の陰に入って見えなくなった。

工房から、ミシンの音はしない。

もしかして、工房の開かずの間にいるより子先生の孫だろうか——。

確かめようもないので、あたしは工房へ足を向ける。

玄関は開け放たれていた。藍染の長暖簾がわずかな風を取りこぼすことなく揺れている。

玄関のたたきには、大小のスニーカーとサンダルがあった。

暖簾を持ち上げると、風の通る部屋で菱刺しをしていたより子先生が顔を上げた。

「おや、いらっしゃい」

大きな眼鏡の奥の目が、細められる。ふんわりとした笑みに、気持ちがほぐれた。

縁側と部屋を隔てる格子ガラス戸は開け放たれている。

庭に時折迷い込む熱風が、木立の間を抜けるうちに冷やされ、緑の清々しい香りをまとって部屋を吹き抜けていく。クーラーをつけなくても充分快適だ。

今日来ているのはいつものメンバー。綾ちゃんと香織さん。綾ちゃんの横には賢坊。

綾ちゃんはつき合っていないと言っているが、はたで見ていれば勘違いしそうなくらい仲がいい。

確か賢坊は、高校卒業後、へアメイクの学校へ行くそうだし、綾ちゃんは八戸の大学のデザイン科を目指すという。

賢坊は綾ちゃんがやるのを、頰杖をついて眺めていて、たまに「あんた、そこ違うわ」と嬉しそうに間違いを指摘し、「貸してごらんなさい」と奪って、鼻歌交じりにやり直している。ちょっと変わった子だけど、コツをつかむのが早いようで仕事はできそうなタイプだ。綾ちゃんは「あたしが教えてあげたのに、先生気取りで」とムッとして奪い返すのが常。綾ちゃんは、公民館で出会った時よりずっと生き生きとしてきた。

あたしも伸司に教えたなあ。で、伸司ののみ込みの早さに舌を巻いたのだ。

高校一年生の夏休みに菱刺しを覚えて、休み明けに学校に持ち込んでやっていると、席替えをしたばかりで隣の席になった生徒が興味を示した。それが伸司だ。

彼の印象は、目立たず、白髪があって伸爺（しんじい）と呼ばれている人、というだけのもの。

「田向井さんがやってるそれ、おもしろそうだね」

話しかけてきたのは、それが初めてじゃないだろうか。この人、自分から話しかけられるんだと意外に思った。

「おもしろいよ。やってみる？」

「いいの？」

彼は、顔を明るくした。その嬉しそうな顔に、あたしの中で彼の存在は大きくなる。

伸司は、教えるとすぐにコツをつかんだ。

そうそう、うまいうまい。あたしは褒めちぎる。友だちは菱刺しに興味を持ってくれず、一緒に楽しめる人がいなかったのでテンションが上がる。

褒めると、伸司はちょっと極まりが悪そうに照れ笑いした。

「河原木、すごい。針とか糸を扱うのに慣れてるみたいだね。家庭科で縫製があったじゃん。うまくできたんじゃない？」

「うん、まあ。うち、母親がいないから、裁縫とか普段からやってるんだ」

伸司は針を動かす片手間に、さらりと答えた。家事全般を担っているらしい。

あたしにしてみれば、母親がいないというのはそこそこの衝撃だったが、彼があまりに自然に話したので、あたしもつられて「ああそうなんだ」と返せた。父親はどうしているのか気になったが、何も話してこないので、こちらからぐいぐい聞くのはためらわれた。

それからは、気づくとこの同級生を目で追うようになっていた。部活には所属していなくて、数学が得意。シャツにしわはなく、忘れ物はしない。人の話をうんうんとよく聞く。感情の起伏もなく、顔つきは常に穏やか。こうなってくるといよいよご隠居っぽくて、彼の頭に見え隠れしている白髪も違和感がなくなる。みんなはそんな彼をあだ名の伸爺の通り、おじいちゃんみたいと言い、あたしはもう一つ、水みたいな男だと思った。あるいは刺繡糸か。

「河原木、ほんっと会得するのが早いなあ」

「好きになったからね」

あたしは内心ドキリとしつつ、その言葉におおいに賛同した。

「まさに。好きこそ物の上手なれって言葉があるもんね」

伸司は、温和な顔で頷いた。

高校卒業後、あたしは青森市の短大へ、伸司は岩手（いわて）の大学へ入った。

それからは会うこともなかったが、再会したのは三年前の二〇一九年秋。

あたしは八戸市の小さなＷＥＢデザイン会社に勤めていた。

土曜日、車の点検をしてもらうために八戸のディーラーに持ち込んで、終わるのをカフェで待っているところだった。

アスベストのような鼠（ねずみ）色の禍々（まがまが）しい雲は、動きが速い。大きな窓ガラスを、雨がざあざあと流れていく。

台風が近づいていることは知っていたが、車検をすませてさっさと帰ればいいだろうと高を括っていた。メディアが大袈裟に騒いでるだけで、ふたを開けてみれば、下水があふれたとか、植木鉢が転がったとかその程度で収まるんじゃないかと見込んでいた。これまでだってたいてい、青森県に到達するまでに温帯低気圧に変わってきたのだから。

そこにスーツ姿の伸司が入ってきた。偶然にびっくりした。おお～河原木、久しぶりだねえ。ええ何、田向井さん全然変わってないね。そっちも、と再会を喜び合う。

伸司は腸内細菌を活性化させる飲料の開発製造販売会社に就職。今は八戸支社に勤めているそうだ。今日は、八戸駅から本社のある盛岡市へ向かうところで、新幹線の再開待ちとのこと。運転を見合わせてるらしい。

近況を話していた時だった。店中にエリアメールの通知音が鳴り響いた。

馬淵川が氾濫(はんらん)危険水位を超えたという。

予想外のことに腹の底がザワリとした次の瞬間、店内の明かりが消えた。

ＢＧＭも途切れた。

外から届く青みがかった灰色の光が、不安をかき立ててくる。

店内がざわつく。

赤ん坊が泣き出した。

自動ドアが風で揺さぶられる。

ガラスの向こうを、目にも留まらぬ速さで青いポリバケツがバウンドしながらすっ飛んでいく。

店員さんたちがうろたえながら、ここは土地が低くて危険なので避難してください、近くの高台に避難所がありますと告げ、自動ドアを手で開ける。暴風雨がどっと入ってきて店内で渦(うず)を巻き、植木を倒した。

お客は慌ただしく財布やバッグ、上着を手にして駐車場へ向かう。あたしの車は点検途中で動かすことができない。というか、停電してるし、この緊急事態だ、点検も中止したことだろう。新幹線に乗ろうとしていた伸司にしても、電車は運休が決定したし、駅まではタクシーで来たそうだから車がない。タクシー会社に電話したがつながらない。それならバスはと調べると、本数を減らして運行しているようで、あと二時間はないという。

ため息を落とすと同時に、スマホが鳴った。父だ。迎えに来るという。道が悪いから兄のクロカンで向かっているとのこと。リンゴ畑の様子を見に行った帰り、崖から茶色い水が噴き出しているのを見て、尋常じゃないことを察し、あたしが帰れなくなるかもしれないと危惧して家を出たという。

父が迎えに来てくれることを伸司に伝えると、ホッとした顔をして、それなら来てくれるまでぼくもいるよ、と言った。

店の人たちがずぶ濡れになりながら必死に出入り口に土嚢を積んでいく。黙って見ていられず、あたしたちも手伝った。

そうしながら一〇分ほどたった頃、カッパを着た父が到着した。南部町の一部は道路が冠水してるとラジオが言うから、高いところを通る農道を走ってきたという。

「ありがとう、お父さん」

「おう」

父は小鼻を広げて頰の内側を舌でなぞる。

あたしは伸司に視線を転ずる。

「河原木はこれからどうするの」

「会社に戻るよ」

「ここからどれくらいある？」

「四キロくらいかな」

「歩くつもり？」

「うん」

「ダメダメ危ないよ」

あたしは父に伸司を送ってくれるよう交渉した。父は、あたしと伸司を交互に見て、数秒のち、乗れ、と顎（あご）で車を指した。

社に送り届けると、伸司は父に深々と頭を下げてから、自家発電が動いているのか仄明るい社屋に入っていった。

三津町の自宅は送電されていた。ただ、まだ多くの地域では停電しているという。伸司がどうしているか案じられて、メッセージを送った。

伸司はアパートに帰ってきていると返信してきた。そこもまだ停電しているという。

『田向井さんが無事に帰れてよかった。お父さんに、送ってくれてありがとうございましたと伝えてください』

タメ語とですます調が交ざっている。

『伝えとく。ご飯食べた？』

『うん。懐中電灯で照らしながら』

『自分で作ったの？』

『うん。冷蔵庫も止まっちゃったから、中身全部料理して、ちょっとしたパーティみたいになってる』

『食べ切れそう？　他に誰かいるの？』

『いるよ』

グサリときた。

『ぼくの腸内には一〇〇兆個という細菌がいるし、この部屋にも目に見えない菌が潜んでいるから一人じゃないよ』

『分かった』

それから返信がなかったので、スマホを伏せると通知音が鳴った。見ると、

『母がいないのは、父の酒癖の悪さが原因。大学に入ってからは、父とは別々に暮らしている』

と書かれてあって、唐突(とうとつ)な打ち明け話に戸惑(とまど)っていると、続けて届く。

『その父も、酒で体を壊して入退院を繰り返している。今は岩手医大にお世話になっている。こんな時に、父が一人で過ごさずにすんでよかったよ』

あたしはその文章を二回読んだ。

何と返せばいいのか悩み、結局、無難な『お父さんが早く回復するといいね』という言葉しか送れない。仕事をするようになって、いつの間にか当たり障りのない適切な距離と、「節度」という聞こえのいい言葉を盾(たて)に、血の通わないやり取りができるようになっていた。こういう言葉を使ってしまうたび、自分はその辺によく転がっている人間で、薄くて安くてスカスカなんだな、と知らしめられる。

河原木は、ありがとう、と返事をくれた。

『河原木はずいぶん落ち着いているように感じるけど、不安はないの？』

『台風は去ったみたいだから、もう不安はないよ』

『てことは、不安はあったんだね』

『あるけど、ぼくなりの対処法があるんだ。不安な時は、数を数える』

『数？』

『集中できるものであれば、それに限らないんだけどね。やりすごせるよ。おまじないの言葉でもお経でもしりとりでも、足し算引き算でも。ぼくは、数えるのが性に合ってるだけ』

『そうなんだ』

また少し返信が途絶えた。

『田向井さん、菱刺しやってる？』

菱刺し。短大に入って以降、菱刺しをする時間が取れなくなった。だんだん離れていくのは寂しかったが、完全に手放したわけじゃない。頭の中にはずっとあった。

『今は途切れちゃったかな。河原木は？』

そう送ると、ポツリと届いた返信。

『ぼくも』

自分を棚に上げて寂しい気持ちになる。

好きになったからね、と言ったかつての穏やかな面差しがよみがえる。あの時、別な意味に受け取ってドキリとしたのだ。彼に抱いていた想（おも）いを言い当てられた気がしたから。

でも、それを伝えられないまま卒業した。

伝えられなかった後悔を引きずりたくなかったので、これでいいと納得することにした。下手（へた）に告白なんかしてフラれて恥をかくくらいなら、黙っていたほうがマシだ。

当時は恥をかくのが異様に怖かったのだ。

『高校の時、田向井さんが好きこそ物の上手なれって言った時の会話、覚えてるかな。途切れたけど、ぼくは今でも好きだ』

あたしはスマホを落としそうになり、慌てて強く握り直した。

なんて返信しよう。鼓動（こどう）が速くなる。

伸司が言っているのは、純粋に菱刺しのことだろう。だけど。

煩悶（はんもん）しているうちに通知音が鳴った。

『そろそろスマホのバッテリーが切れそうだから、これで。おやすみなさい』

『また菱刺しやらない？』

急いで送った。返信が来る前に『おやすみなさい』と追送する。

メッセージを終えたあと、あたしはクローゼットを開けて、しまい込んでいた菱刺しを出した。針に糸を通そうとしたが、なかなか通せない。おまけに手が震える。苦戦しているうちに糸を針に引っかけて折り、潰してから通すやり方を思い出した。

今度はうまく通せた。

折りたたんであった図案を開く。折り目が今にも破れそう。印字が擦れている。目数を書いた、当時の自分の字も見覚えがある。数字を書き込んだ図案に身を乗り出して教え、教わっていたのだ。

伸司からはいつも石鹼（せっけん）の匂いがしていた。母親がいないから至らないって思われたくないんだ、と淡々とした口調で言っていたが、わずかに眉に力が入っていたのをあたしは見逃さなかった。穏やかで、みんなに馴染んでいたその裏で、懸命に頑張っていたんだ。

一番上に描かれた柳の葉を刺すことにした。

刺し始めると感覚が戻ってきた。

一〇、一〇、一〇、二……。

そうそうこんな感じ。それからはひたすら目を数えた。手の震えもいつの間にか収まっていた。

伸司は今どうしているだろう。懐中電灯の明かりだけの部屋で夕飯を一人で食べて……食べ終わっただろうか。あと片づけをして、もう寝たかな。まだ起きてるかな。

外は静かだし、数はもう数えなくてもいいよね。

明けて日曜日。目が覚めると、伸司から通知が来ていた。

スマホを手にベッドから下りてカーテンをザッと開ける。

眩しさに目が眩んだ。

窓の外は素晴らしく晴れ上がっている。

開け放って、部屋に新しい空気を入れた。

山間にあるうちの畑は覚悟したほどの被害は出ず、家も無傷だった。しかし、地域によっては、床上床下浸水の被害が出たという。

職場が心配になり行ってみると、他の社員たちも来ていた。

雑居ビルの一階にあった職場は見事に浸水していて、下水の嫌な臭いが立ち込めていた。

机の上のパソコンは無事だったが、コピー機などの大きな物は動かせずに生コンのような泥に浸かった。

その会社は間もなく潰れ、あたしは三津町の公民館に非正規職員として就職した。

「みんな、もう来てたんだ。早いなあ」

今、一〇時二〇分だ。

空いている椅子に腰かけ、トートバッグからやりかけの菱刺しを取り出す。

「田向井さんは、何に刺しているんですか？　カーテンですか？」

綾ちゃんが興味津々に覗き込んでくる。あたしは噴き出した。

「ショールだよ」

「え。ごめんなさい」

「気にしないで」

「二枚重ねになってる」

賢坊が首を傾げる。

「それはね」

と、綾ちゃんが説明する。

「生地がオーガンジーっていうんだけど、目が細かくて数えにくいでしょ。だから数えやすいようにコングレスと一緒に刺して、あとでコングレスだけを引き抜くんだよ」

「あら〜、手間がかかるわねえ」

あたしは笑う。

「これくらい手間でも何でもないよ」

「ワタシんちもトイレットペーパーはダブルだけど、ボックスティッシュは三枚重ねなのよ」

「いや知らないし」

綾ちゃんは菱刺しを進める。

しばらくして、頬杖をついて綾ちゃんがやるのを見守っていたはずの賢坊が突然、額をテーブルに打ちつけた。

ゴンッというその音は、庭の蟬を黙らせるほど派手だ。

何事⁉　と、あたしと香織さんは、すわっと腰を浮かせる。

「おろぉ、大丈夫かい」

より子先生がのんびりと声をかけると、賢坊は目を擦って辺りを見回した。

「やだ、ワタシ寝てた？」

綾ちゃんが迷惑そうに横目で見る。あたしと香織さんは賢坊へ身を乗り出した。

「ケガしてない？　思い切った音がしたけど」

「何かの発作じゃないよね」

「大丈夫です。学校でもいつもこうですから。ご心配おかけしてすみません」

と、謝ったのは綾ちゃんだ。賢坊は両手を上げて大あくびをしている。

平気そうなので香織さんとあたしは顔を見合わせて胸をなでおろした。

「身内に高齢者がいると、突然、突っ伏すとかは反射的に何かの病気かと思っちゃってヒヤッとしちゃうよ」

「あらごめんなさいね」

賢坊が軽やかに謝ってより子先生を見る。

「我は、まンだまンだ大丈夫だぁ」

より子先生は快活に笑った。賢坊は綾ちゃんに「無礼者」と肘鉄を食らう。

香織さんのお母さんは八〇歳近いそうだ。去年、足を骨折し、今は施設に入っている。車椅子生活らしい。うちの親はまだ六〇そこそこだが、そのうち心配な歳になる。それを思うと胸に雲がかかる。

より子先生は、はあ、まなぐが疲れたじゃ、と目薬を注してティッシュで押さえた。

「ちょっと休憩しようかな」

香織さんが席を立つ。冷蔵庫を開けて大型のウーロン茶のペットボトルを取り出す。毎月、この工房を使う人たちが出す一〇〇〇円はこういうものにも使われている。

あたしも持参した密閉瓶を出し、サイドボードから人数分のガラスの豆皿とティースプーンを出した。

豆皿は津軽びいどろという物で、ぽってりと厚い。特に縁が丸みを帯びているのが愛らしく、持った時にやわらかみを感じる。万華鏡みたいに、空色や桜色の欠片（かけら）がガラスの中に散っている。クリアな部分とのバランスがちょうどよく、爽やかだ。

密閉瓶のふたを押さえているフックを外す。

「南部せんべいにこれをつけて食べてみない？」

「なあに？」

賢坊が興味津々に身を乗り出す。

「サクランボのジャム」

大きな果肉がゴロゴロと残っている。

「うちで採れたサクランボをジャムにした物なの」

「きれいね。琥珀（こはく）みたい」

と、香織さん。気泡を抱いたジャムは、外からの光を透過して、内側からオレンジ色に光っている。

スプーンですくって豆皿に取り分け南部せんべいにつけて食べてもらう。

「甘酸（あまず）っぱくて、んめなあ」

と、より子先生。

「せんべいのほのかな塩気と合いますね」

「そうそう。甘さをより引き立てる」

「ジャムがねっとりした食感でしょ、それとせんべいのサクサクした食感が合わさって楽しいわね」

綾ちゃん香織さん賢坊も舌鼓（したつづみ）を打つ。

「今日、香織ちゃんが南部せんべいの差し入ればしてけるって分かってたのかい？」

「いえいえ。でも南部せんべいじゃなくても、たとえば蕗のアンゼリカでも合いそうだし、よくいただく他の差し入れでも、スイーツになら合うかなと思って」

「合う合う。結菜ちゃん、香織ちゃんどしどし差し入れしてね」

「賢吾、黙れ」

「結菜さん、これはどうやって作るの？」

香織さんが南部せんべいにジャムを追加する。

「ええと、実は伸司が作ったので作り方は知らないんです。すみません」

「種をほじったサクランボと、その三分の一の量の砂糖で煮るだけ。焦がさないよう弱火でひたすらかき混ぜるのがコツ」

賢坊が得意気に説明した。

「あんた、よく知ってるね」

「家庭科部で作ったことあるもの」

「伸司さんって、旦那(だんな)さんになる方？」

と香織さん。前にチラッと話したことを覚えていてくれたらしい。

「田向井さん、結婚するんですか⁉　おめでとうございます」

「おめでとう！」

高校生二人が祝(いわ)ってくれる。

「ありがとう」

笑みを返すも、せっかく祝ってもらったのに、両親に言ってしまったことがちらついて、素直に祝福を受け取れない。

「元気がねぇみてだども、なした？」

手に持っていたせんべいを皿に戻して、より子先生が案じてくれる。表に出てしまったか。

「ええと……親のことですね」

あたしは、二日前のバッサリ切り捨ててしまった出来事を話していた。

「なんだか、ケンカしたみたいな気分なんですよ。しかもこっちが優位な立場になって」

父は、チラチラとこっちをうかがっていたりする。何か分からないことがあっても、聞かずにのみ込んでいるようだ。あたしもおとな気ないことに、話を振らないもんだから、父はスマホをいじりつつも何も言い出さない。あたしが居間を出る際に、小さくため息をついていた。

香織さんが懸念する。

「今はスマホの使い方だけだから、いいよ。面倒なのは、詐欺（さぎ）メールが来た時。教わりにくい空気ができてると、自分で解決しようとしてドツボにはまっちゃうかもしれないよ」

「え、それはマズいです。そうならないように少しは勉強してくれればいいんだけど、そういう意識もないみたい」

「結菜ちゃんが弘前に行ったら、逆にガンガンできるようになるよ」

お皿にこぼれたせんべいのくずを拾って口に運んでいた賢坊が、人差し指を口に含んだまま、明るい見通しを立てる。

「だといいんだけどねぇ」

「お父ちゃんもその辺は考えてるべに」

と、悟ったような表情のより子先生。

「だといいんですけど……」

そう疑念交じりに答えると、より子先生はにこにこして鷹揚（おうよう）に頷いた。

そんなより子先生を、「仏様みたい」と賢坊がたとえると、綾ちゃんが「縁起でもないっ観音様とか言えないのか」と肘鉄を食らわす。

「結菜ちゃんさば、お兄ちゃんがいなかったっけ？　お兄ちゃんは跡っこ取るんだか？」

「はい」

「それはいかった。安心だの」

「ですね」

と、香織さんと綾ちゃんが肩の力を抜く。

和むみんなを前に、ふと、気持ちが揺れた。

自分があの家を出たら、兄が一人で何でもかんでもやらねばならなくなる。なんだか、両親も家業も兄に丸投げするような気もしてくる——。

兄の考えを全く聞いていなかったことに気づいた。

翌日、残務整理に追われて二時間の残業となった。引き継ぎと言ったって、あたしは非正規職員なので、重い責任を伴う業務を任されていたわけではない。だけど、職員がやらない仕事もやっている。たとえば、ロビーの非常口の蛍光灯を替えるとか。あれは外す時、蛍光管を回転させるのがコツ。それから草むしり。クーラーの室外機の下に毎年できる蜂の巣駆除、施設利用等の統計。他機関から送られてくるアンケート——そういった細々とした仕事を、次に来る人にも分かるようにマニュアルを作ったほうがいいと思ったのだ。

帰宅し、父の軽トラと兄のクロカンがとまる駐車場の空いたところに軽自動車をとめ、お弁当袋を手に家に入った。

たたきのど真ん中に父の黒い長靴が居座っている。端に寄せようと持ち上げた時、コンッと音がして白い豆が跳ねた。よく見ると豆ではない。石だ。

首を傾げつつ、外に捨てた。

居間を覗くと、いつもいる父がいない。

風呂に入っているのかと思ったら、頭を拭きながら脱衣所から出てきたのは兄だった。腕の動きに合わせて、パジャマの襟元から鎖骨（さこつ）が覗く。長くて太い縫合痕がデコボコと残っている。大雑把（おおざっぱ）な縫い目に、もうちょっときれいに縫えなかったのかと、担当医を思い浮かべて呆れる。

兄は一月前、リンゴの作業中に梯子（はしご）から落ちて骨折したのだ。

鎖骨以外どこも何ともなく、父はおっちょこちょいだなあと笑っていたけど、あたしと母は頭でも打ってたらと考えてゾッとした。

母親と妹の心配をよそに、本人は至ってへらへらとして、入院中、病院職員相手に冗談を放って笑わせていた。兄を知らない人が見たら、やっぱり頭を打ったんじゃないかと憂慮しただろう。

「お父さんは？」

キッチンに入っていく兄の背中に問いかける。

「部屋」

兄は両親の寝室のドアを顎で指しながら冷蔵庫を開けて、一リットルの牛乳パックを取り出す。

「そうなんだ。え、何もしかして具合でも悪いとか？」

機嫌でも悪いとか？

「そんなことないよ。いつも通り仕事して、おまけにどっか行ってしばらくしてから戻ってきたくらいだから」

二階へ上がっていった。

両親の寝室からは物音がしてこない。

怒っているのか落ち込んでいるのか。だけどあれくらいで、こもるほど気持ちを乱すのはどうなんだろう。子どもじゃあるまいし。

とにかく、このままの状態で結婚式を迎えるのは嫌だな。

キッチンの母は、鼻歌のリズムに乗って明日の米をといでいた。

お弁当袋をとりあえずカウンターに置く。お弁当は毎朝卵を焼くだけ。他は、夕飯の残りを詰めている。

事情を知っている母に、父の状態をどう聞き出そうか考えて、

「お父さん、具合でも悪いの」

と聞くと、母は振り向いて「えっ、なして」とあたし以上に狼狽(うろた)えている。

「部屋にこもっちゃったみたいだから。具合でも悪いのかなあって」

「あ〜、それね。なもなも」

母はこっちに背を向けて米とぎの続きにかかる。少し、何かを思案するような、あたしにしてみれば極めて不穏な間を置いたのち、

「伸ちゃんと比べられたすけ、いじけてるだけだべ」

と言った。

ギクッとする。

「——大袈裟じゃない？　あんな言葉くらいで」

あたしはわざとサバサバと言ってみる。

「あたしもそう思うよ。だどもお父さんは結ばやたらめんこがって、どこさ行くってても連れてって自慢してらったすけなあ。畑さも寄合(よりあ)いさもおぶってってたんだよ。それを新郎と比べられたらそりゃあ落ち込むべー」

母の口調は完全におもしろがっている。

あたしは反対に黙り込む。

「おまけにあんたが、この家からいなくなるって突きつけたもんだ」

「——ごめん」

「いや。なんもだ。お父さんも子離れしねばなんねのよ」

「お母さんにも謝る。ごめんね」

「あははは、あたしはなあんとも思っちゃいねよ」

薄情者、と半分冗談で詰(なじ)りそうになったが、母が振り向いて、

「伸ちゃんだば、安心して嫁さ出せるすけ」

と目尻にしわを集めたので、あたしは冗談も口にできなくなる。

「結、気にしねの。お父さんは、あたしがうまいこと言い含めておくすけ」

母はボウルを傾けて、とぎ汁をサーと流した。

「それより弁当カラ出せ」

「いいよ、自分で洗うから」

「なも。他ののついでだ」

ついでになる洗い物は見当たらなかったが、ありがたくお弁当袋から出してシンクの横に置く。

あたしは二階へ上がった。自分の部屋に入りかけたものの、思い直して兄の部屋のドアを

ノックした。

「お兄ちゃん、ちょっといい？」

返事はないが開けると、ヘッドフォンをした兄はこっちに背を向け、パソコンでシューティングゲームをしていた。大画面のモニターにゾンビとシューターが映っている。机にうつぶせになる勢いで前のめりになっているが、椅子に胡坐(あぐら)をかいた上でのその角度の前傾姿勢となると、股関節(こかんせつ)はどうなっているのか。鎖骨の次は股関節がいくんじゃないか。

毎年、母ばかりか、国や電力会社から節電をお願いされているが、兄の部屋はギンギンに冷えていた。電力以前に体に悪いんじゃないかと思い、ベッドに投げ出されていたリモコンをエアコンに向け、設定温度を上げる。

兄が牛乳パックに口をつける。あたしは背後に近づいて、ヘッドフォンを取った。むせて振り向いた兄は、奥二重(おくぶたえ)の目であたしを見上げた。

「お兄ちゃん、牛乳、好きだね」

「……まあね。牛乳さえ飲んでりゃ何とかなるから」

何なんだその宗教は。

ヘッドフォンを取り返そうとして手を伸ばしてきたが、あたしはそうはさせじと遠ざける。

「あのさ、あたし結婚するじゃん」

「おめでとう。香典(こうでん)の催促？」

「ご祝儀ならあとでもらう」

兄はまた牛乳パックに口をつける。

「家のこと、お兄ちゃんに丸投げして、あたし出ていくじゃん」

兄はパソコン画面にちらっと視線を走らせ、あとちょっとのところまで迫ってきたゾンビを一撃（いちげき）した。どこまで見えているのか。

「で？」

「で……」

ゲームの音楽と、エアコンの稼働音が流れていく。

「オレは農家が好きだから気にするな。農家の仲間もいるから相談もできる。病院にも知り合いができたから親に何かあったら相談にも乗ってもらえる。牛乳も飲んでる。君の心配は杞憂（きゆう）だ」

「驚いた。先を考えてたんだね。何も考えていないって、決めつけてた」

「ストレートに失敬だな。対策を講じたあとの心配は無駄だと思ってるだけ」

農業は天候に左右される。収入に直結し、死活問題となる。それほど重要な天候なのに、一番どうにもならない。そうなると、でき得る対策を打ったらあとはお天道様（てんとさま）次第だとして、腹を括って、何があっても受け入れるしかない。

「そんな小さなこと気にしてないで、幸せにおなり」

兄は牛乳を飲んで、ゾンビを撃った。


コングレスと布を重ねているので、六本取りの刺繡糸が布を通る時は、少し指に力が入る。糸と布のわずかな摩擦は、それぞれの会話がかみ合っている証拠のように感じられる。それはまた、あたしと菱刺しとのささやき声での対話のよう。静かな心持ちでないと、その声を聞き逃してしまう。

重ねた布は刺しているうちに、どうしたってずれてくるので、注意しながらたびたび引っ張って位置を調節する。

同じ模様が等間隔で連なるので、同じ目数を繰り返し拾うことになる。四、一二、八、二、八、一二、四……。リズムが生まれる。

布をひっくり返したり、糸をつけ替えたりと、手先がよく動く。

このアナログ感は「真摯（しんし）に取り組んでいる」手応えを与えてくれる。アナログには地に足がついている信頼感があり、真面目に生きている気分にさせてくれる。

仕事の八割はパソコン仕事なので、指はキーボードを叩く動きを主とする。これは疲れるわりに物足りない。それが、菱刺しをすると手指が満たされる。そうすると気持ちも満ちるから不思議だ。

両親がパソコンやスマホの操作であたしを当てにすることのイライラと、父に余計な一言を投げた後悔でモヤモヤしていた気持ちが凪いでくる。

コングレスの最後の糸を引き抜く。布を引っ張ってしわや引きつれを整えた。

「できたー」

梅の花模様の菱刺しを施したショールが完成した。

手を組んで、ぐいーっと伸びをする。脇腹のお肉が引っ張られて気持ちがいい。

カーテンの隙間から、深く落ち着いた藍色の空が見える。

時計は深夜一時を回っていた。

キッチンで水を飲み、部屋に戻ろうとしたところ、両親の寝室のドアの隙間から明かりが漏れているのに気づいた。

そっと覗けば、胡坐をかく父の猫背が見えた。枕元の読書灯だけがついていて、背中が、光と闇に真っ二つに分かれている。

リンゴの袋かけをしている時は顔を上げてシャキッと背筋を伸ばしているのに、今は俯き、背が丸い。少ない光量のせいなのか萎（しぼ）んで見え、覇気（はき）も感じられない。年を取ったなあ。

父が老眼鏡を額にずらし、目元を押さえた。読書灯の光が老眼鏡のツルに当たり白く反射する。

老眼なのに何を根詰めてやってるんだろう。

首を伸ばしてみても、横になっている母の陰で手元が見えない。もしかして、スマホで分からないことがあって、でもあたしに聞けないから自分で調べてるんだろうか。

文字が細かいから父の世代にはつらいだろうと気づき、罪悪感にさいなまれる。香織さんが言っていた「詐欺」という言葉も頭にちらつく。

父が身じろぎしたのであたしは咄嗟（とっさ）に引っ込んだ。声をかければよかったかなと、何か失敗したような気持ちになったのは、部屋に戻ってから。

賢坊が言っていた、あたしが出ていけば、自分たちでやるようになるということも一理あるけど、実際ああして目の当たりにすると、前向きに考えるのは難しい。

明日、父に声をかけよう。そう決めてベッドに入った。

翌朝、父はすでに畑に出てしまったあとだった。夜が明けると同時に畑に行くのだ。

大安（たいあん）の日曜日ということで、式場はひどく混んでいた。

アイボリーを基調とした、落ち着いた雰囲気の控え室。毛足の長いジュータンはふわっふわで、歩くたびに晴れがましさと気恥ずかしさが入り混じる。

フランス窓からは、芝生の目が整った庭が見えた。白樺が植わり、その薄い緑色の葉っぱが芝生にまだら模様を描く。白いガーデンテーブルで小さな鳥が二羽、囀っていた。

ドレスを着せてもらって、赤いベルベットのソファーに落ち着くと、ホテルスタッフが頭の飾りを直し始めた。

「大変おきれいです。ドレスもとってもお似合いですよ」

エンパイアドレスは、胸下に切り替えがあり、そこからすとんと落ちるドレス。

「ありがとうございます」

あたしは視線だけで会釈をして、それから込み上げてきた気持ちの悪さを、唾(つば)とともにのみ込んだ。

「お顔の色がすぐれないようですが、ご気分は大丈夫ですか？」

「大丈夫です。たぶん緊張してるだけだと思います」

昨日あたりから、そこはかとない吐き気がしている。

「万が一の時は、遠慮なく仰(おっしゃ)ってくださいね」

「ありがとうございます」

彫刻が施された扉が開いて、招待客に挨拶回りしていた伸司が戻ってきた。

シルバーのタキシードに身を包んだ新郎。白髪交じりのもっさりヘアが、艶のあるグレイに染められてセットされている。

欲目であるのを考慮しても、あたしはいい男を捕まえた。

「はいこれ、レモンティー」

手にしていたペットボトルのふたを取って、渡してくれる。

「あ、買ってきてくれたの？　ありがとう」

最近こればかり飲んでいる。

白く曇ったボトルが手の火照りを取ってくれる。

スタッフの方がストローをくれた。直(じか)飲みするつもりだったが、そうか、花嫁はそんなことしないのだ。
キンと冷えた酸っぱい飲み物が喉を下がっていくと、じきに気分がよくなってきた。ドアがノックされて、案内の人に伴われた母が顔を覗かせる。梅の花模様のショールを羽織ってくれていた。

それを渡した時、大喜びしてエプロンの上から肩にかけ、鏡の前で体をひねって確認していたのが思い出される。

入ってきたのは母だけだ。父と兄がいない。

「お兄ちゃんは？」

「あんたの友だちとワイワイしゃべってるよ」

「お父さんは？」

「あー、うーん、それがねえ」

母は弱ったなあという顔で、頰に手を当てた。

自然とみんなの視線が出入り口に集まる。閉ざされた扉に祝いの空気はみじんもない。硬い静けさだけが沈殿している。

今朝、家を出るあたしを見送ってくれたのは母と兄だけで、父は姿を見せなかった。

やっぱり、落ち込んでるか、怒ってるんだ。

だいたい、初めから結婚には乗り気じゃなかったし。そこに来てあたしがあんな突き放すようなことを言ってしまった。母がどう言い含めてくれたとて、ダメだったんだ……。

「伸司、ごめん」

詫びるしかない。伸司は顔を曇らせる。

「ひょっとして、お義父さん、具合が悪かったりする？」

「いや、具合は悪くないと思う」

　機嫌が悪いのだ。

　仲司は表情を緩めた。

「じゃあ、来てくれるよ」

「なんでそう、信じられるのかなあ」

　仲司のほにゃほにゃした雰囲気に当てられて、つい、はあ、とため息をこぼしてしまった。

「三年前の台風の日からぼくは信じてるよ」

「え？」

　母が仲司を見つめている。

「車で会社まで送ってもらったでしょ。頼もしかったよ。うちの親父（おやじ）は長いことアルコール依存症だったから、車はもちろん運転しなかったし、頼りにならなかった。君のお父さんは、災害が起きることを見越して八戸までわざわざ迎えにきて、見知らぬぼくまで助けてくれた。あの日、ぐんぐん遠ざかっていく灰色の重たい空を見ながら、頼もしいなあって思った」

　ぐんぐん遠ざかる灰色の空は、仲司にとって何だったんだろう。

　櫛目（くしめ）が美しいグレイヘアを見上げる。

　再会した当時も白髪が目立っていた。高校の時に、すでにちらほら見えていた。アルコール依存症の父親との日々の中で、数は数えていただろうか。

　彼の口から父親への憎しみのワードは一度たりとも出てこない。

　仲司が、健康に関わる商品を開発している企業に就職したのは、父親の病気と無関係ではないだろう。

　仲司の父親が何度目かの入院をしたのが、去年の春先。今回はそれまでの入院とは違っていたらしい。仲司はすぐに結婚の話を進めゴールデンウィークにはもう、両親に挨拶しに来た。

あたしも病院を訪ねた。お義父さんは、聞いていた歳より三〇は上に見えた。反応が鈍く、目の焦点も合っていなかったが、その目から涙を流した。

仲司は、父親に結婚式を見せたかったのかもしれない。ところが余病を併発して、去年の梅雨明けに亡くなってしまった。結婚式は一周忌を過ぎるまで延期となった。

ドアがノックされた。全員が期待を込めてすごい速さでドアを見る。

顔を覗かせたのは、スタッフだった。

「そろそろ、お時間です」

父が来なくても式は始めねばならない。

母が小さくため息をつくやいなや、バタバタと乱れた足音が迫ってきた。

ドアのところに立っているスタッフの後ろを駆け抜けていく影。

「あ、今の」

仲司が声を上げる。

あたしは、ドレスの裾を持ち上げて廊下に走り出た。

手にしたジャケットを振り回して人垣に突っ込んでいく、よく知ってる背中に叫ぶ。

「お父さん！」

廊下の先で、つんのめりかけた父がこっちを振り向いた。

「おお、結菜」

日に焼けた浅黒い顔を輝かせる。

一気に肩の力が抜けた。

よかった怒っていない。反対もしていない。

ガニ股の不格好な走りっぷりで引き返してきた。ジャケットは振り回され、緩んだネクタイがひらめき、ウエストからはみ出たシャツの裾がはためく。

「お父さん、おそーい！」

母がショールを振って手招きする。

「遅くなってすまん」

母に背中をさすられて息を整える父。

「だすけ、あたしが代わろうかって言ったのさ。自分でやるって聞かねすけ、こーゆーことさなるのっ。こっちはもう、ひやひやしたわよーほれ、シャツ、ズボンさ入れて」

「代わろうかって？　何のこと？」

あたしは首を傾げた。

父はジャケットを羽織ると、照れくさそうに、こっちに手を伸べてきた。

握られていたのは、純白のフィンガーレスグローブ。手の甲から肘まで覆う細い手袋だ。

光沢のあるグローブの上を、シャンデリアの光が走る。

受け取ると、つるつるしてやわらかい。この手触りはサテンだ。

肘と手の甲の縁に、白い矢羽根の菱刺しが施されている。

あたしは息をのんだ。

矢羽根が箔押ししたように浮き上がって見える。それは純潔で品があり、清らかで楚々としていながらも凜としている。しなやかな強さがあった。

「伸ちゃんも菱刺しできるすけ、お父さん張り合っちゃって」

父が母の腕を引っ張って止めようとするが、母は、

「なんもいいべな。夜中まで根詰めでやってらったんだすけ」と父の制止を聞き入れない。

深夜、目を押さえている猫背の後ろ姿を思い出す。

「結菜。お父さん、あんたが通ってる工房さ行って教えてもらったんだよ」

「え、より子先生のところに？　先生ってば、何も言ってなかったよ……」

そう口にしながら、より子先生の観音様みたいな笑顔が脳裏によみがえる。

玄関のたたきに転がった玉砂利。

あたしは言葉を失い、母にネクタイを締め直してもらっている父を改めて見つめた。

泣かないように堪えるのが精一杯で、何も言えない。

目が合うと、父は顔をくしゃくしゃにして頭をかいた。せっかく整えた頭の毛が逆立つ。

あたしはほほえもうとしたけど、顔面の動かし方を度忘れし、うまくいかない。

「いやぁ。驚かせたかったすけ内緒にしてらったんだ」

それを受けて、母があたしに耳打ちする、父に聞こえよがしに。

「お父さんね、『菱刺し、いいもんだな。糸と糸の間を埋めるのも、いいもんだ。ずっと刺していられる』って言ってらのよ。なあに、あんたとの思い出さ浸ってたんだべ」

受け取ったグローブに手を通す。するりと通る。ひんやりしたなめらかな生地は、腕にしっとりと馴染んでくる。さっき、気分の悪さをレモンティーでなだめたが、このグローブがさらに抑えてくれた。

　手の甲は三角形になっていて、その先端にゴムがついている。中指に引っかけた。甲の真ん中にオーガンジーで作られたスモーキーピンクのバラが一輪あしらわれていて、シックな華やかさを加えてくれている。

「ほら、結菜、何とか言ってけんだ」

母が肘であたしの腕をつつく。あたしは胸がいっぱいになり、唇をかんだ。

それからしっかり伝えるために、二回深呼吸すると、にじみ始めた父と真っ直ぐ向き合う。

「お父さん、ありがとう」

口にしたとたんに涙があふれてしまった。

伸司がティッシュに手を伸ばし、母とスタッフが慌ててハンカチを差し出してくれる。父は礼服のポケットに手を突っ込んで、笑顔のような泣き顔のような表情をして、頬の内側を舌でなぞっている。

「お父さん、これ、刺すの手間だったでしょう」

「なも。これくらい手間でも何でもねえよ」

母が、また強がっちゃって、と冷やかす。

「あたしも渡したい物があるんだ」

バッグからハンカチで包んだスマホカバーを取り出す。メッシュになっている白いシリコン製のそれに、柳緑(りゅうりょく)という渋めの黄緑で柳の葉を全面に刺した。

本当は今朝、渡すつもりだった。

「スマホの練習を応援したくてね。これ柳の葉の模様なの。柳は折れにくくて強いんだよ。くじけずに頑張って。何かあったら電話ちょうだい」

父はじっと見つめると、耳まで真っ赤にして、下顎に特大の梅干しを作った。すぐに横を向く。伸司にティッシュを渡された。

父は力の限り洟(はな)をかむ。

しばし、洟をかむ音が、上品な設えの部屋に響いていた。

鼻の頭を真っ赤っ赤にした父は、背筋を伸ばして伸司に向き直る。

「あんたは幸せ者だ。娘ばよろしくお願いします」

と、深々と頭を下げた。

菱刺し工房の地面が白い。

玉砂利が強烈(きょうれつ)な日差しを跳ね返して、工房を照らしている。

張り出した庇(ひさし)は深く、日差しを遮って濃い影を作っていた。

蟬は元気いっぱいで、襖の向こうからのミシンの音も凌駕しそうな勢いで鳴いている。じゃおじゃお、しゅわしゅわという庭にしみ込んだような夏特有の音が工房を包んでいた。

町内放送が、朝からひっきりなしに熱中症に注意するよう呼びかけている。

「ばあちゃん」

孫の亮平の声に襖を振り返ると、五センチほど襖が開いていて、青白い顔が覗いていた。

「水飲んだ？」

「うんにゃ。まンだ」

「暑いから、飲んで」

「はいよ」

喉は乾いていないけれども、役所も孫も水を飲め飲めと言う。

冷蔵庫からウーロン茶を取り出す。庫中には、結菜の結婚式についてきたロールケーキも残っている。

「ケーキ、食うど？」

取り出しながら亮平に問う。返事がない。顔を向けると襖はすでに閉じられていた。

あの子に結婚のことを聞かせるのは酷かも知れんね、とより子は考え直し、ロールケーキをしまった。

ウーロン茶をコップに注いで、縁側のよしずの陰に座布団を敷いて陣取る。

風鈴がチリリン、と鳴った。

思い出したように、よしずを通して入ってきた風は清涼感のある緑の香りがした。

ウーロン茶をすすると、体中の熱がスーッと引いていく。

結婚式が終わって一週間がたつ。

新婚さんは弘前市へ引っ越していった。新婚旅行は、まだ当分先になるとお腹を押さえながら半分残念そうに、半分嬉しそうにしていた。

結婚式の結菜を思い出して、めんこかったなあ、とより子はうっとりする。

指にはまったダイヤモンドが、これまた彼女を煌めかせていた。

新郎さんは、始終結菜ちゃんに目を配り、気遣っているようだった。ずいぶん、落ち着いてしっかりしているように見えたから年上と見立てたら、同い年と聞いてすっかり感心した。

菱刺しをしたフィンガーレスグローブが目に浮かぶと、記憶は一気に六〇年以上前に遡る。

より子が嫁入りしたのは二一歳の時。五月にチリ地震があり、八戸にまで津波が来た年だ。内陸に位置する三津町は無事だった。家つきカーつき婆抜きという言葉が流行った頃でもある。

夫となる諒二は人を雇うくらいの豪農の次男坊で、家を出て一人暮らしをしていた。役場職員で、より子の勤め先だった郵便局に毎日配達物を預けに通っていた。

当時は役人というと、とっつきにくいイメージがあったものだが、諒二は局に来たお客さんが宛名書きで戸惑っていれば代筆してあげたり、重そうな荷物を持ち込んできた人があれば積極的に手伝ってあげたりと、気さくだった。

ある時、彼が受付に手紙を差し出してきたのでいつも通り受け取ろうとしたところ、切手が貼られていなかった。伝えようと顔を上げかけた時、より子の名前が宛名になっていることに気づく。

顔を上げると、彼は顔を真っ赤っ赤にして強張(こわば)らせていた。それで、より子は手紙の内容に感づく。

受け取っていいものか迷ってまごまごしていた。何しろ、これまで事務的なやり取りのみで、会話らしい会話などしたことはない。せいぜい、暑いですねとか、しのぎやすくなりましたね、などという時候の挨拶くらいだ。

嫌なら突っぱねればいいだけだが、彼のことは悪く思っていなかった。悪く思っていないというのを、その時に自覚した、というほうが正確か。

カサカサという葉っぱが触れ合うような音を立てて手紙が震えている。

握っているその手にはくたびれた手甲がつけられていた。彼がそんな物をつけているのを、これまで見たことがなかった。しかも、その手甲は藍色の地で、真紅の亀甲模様の菱刺しがしてあるではないか。より子が、子どもの頃に行商のおばさんに刺してあげた物に間違いない。ということはこの人は。

より子はまじまじと諒二を見た。

確かに目元や口元におばさんの面影がある。あのおばさんの子なんだと閃いた。

行商のおばさんは、より子がおとなになる頃にはもう来なくなっていた。商店が町の外れのほうまででき、また道路事情もよくなり、自家用車が普及し、バスの本数も増え始めたためだ。行商を待つまでもなく、自ら欲しい物を買いに行けるようになったのだ。

おばさんは、農業や蚕養(こがい)などの家の仕事に専念することにしたという。

のちに、どうして自分を選んだのかと諒二に尋ねると、子どもの頃から、より子のことはちょくちょく母から聞いていたと明かし、顔をくしゃくしゃにして照れていた。

嫁入りの日は、暑かった。

家で白無垢に着替えた。帯には、母が絹糸で菱刺しをしてくれていた。出戻らないという意味がある矢羽根柄だ。動くとキラキラと輝く。

親戚(しんせき)や近所の人たちにごちそうをふるまっていると、昼前に婚家から嫁迎えの人たちがお酒を手にやってきた。当時は、婿(むこ)の家で式を挙げるのが一般的だったのだ。彼らは、婚家に嫁入り道具も運んでくれる。

和箪笥、洋箪笥、整理箪笥、鏡台。この辺りでは女の子が生まれると、桐(きり)の木を植え、それで嫁入り箪笥を作るのが慣習で、より子の嫁入り道具もそのように調えた。

次々トラックに積み込み、最後に積まれた物を見て、より子は驚いた。

洗濯機である。ローラーに洗濯物をはさんで、ハンドルを回すと脱水された洗濯物がのしいかみたいに出てくるのだ。こんな物を買った覚えはない。

それもそのはず、父がこっそり用意した物だった。

父は炭焼(すみや)きをやっていたからいつも真っ黒なのだ。焼き上げた炭を萱(かや)で編んだ「炭すごに詰めて、馬に括りつけ里に下ろしていた。

年頃になったより子は真っ黒な父が恥ずかしかった。

学校の終業時間と仕事終わりが重なると、空っぽになった馬を引いて、学校に寄ってくれることがある。父も馬も真っ黒いままだ。校門の前に立つ父を見留めると、より子は「ひぇえ」と小さな悲鳴を上げてこっそり帰っていた。

父は置き去りにされたのを分かっていたのかいないのか、帰宅すると「おろ、より子は先に帰ってらったのか」と目を丸くする。おっぴろげた鼻の穴も真っ黒だ。

ある時、こそこそすることが理不尽に思えた。父が真っ黒に汚れているから自分はこそこそと帰らねばならないのだ、と憤（いきどお）る。

「ダダはいつも汚ねくてしょしぃ」と罵（ののし）った。しょしいというのは、恥ずかしい、という意味だ。

その時の父の顔をより子は忘れられない。深く傷ついた顔なのに、眉をハの字にして、情けないような笑みを懸命に浮かべていた。

まずいことを言ってしまったとより子はヒヤリとしたが、謝れなかった。

そういうことがあった上での洗濯機なのだろう。亭主に恥ずかしい思いをさせないために。

それが分かっても礼を伝えられないままに、洗濯機は運ばれていった。

嫁入り道具がすべて運び出されると、玄関先で盃（さかずき）を交わす。それがすむと、花嫁と両親、弟の亘以下関係者たちは待っているハイヤーに分乗するのがしきたりだ。

しかし父は、あとから行くと告げて家の前にポツンと残っていた。

怪訝（けげん）に思ったより子が視線を母に転ずると、母は物言いた気な顔つきをしている。

聞き出したところ、自分は真っ黒でみっともない。だから一緒には行けない。あとから馬で行く、と決めていたそうなのだ。

より子は発車しかけていたハイヤーから降りた。

夏の強い日差しの中に立つ父の輪郭(りんかく)は、何とも曖昧(あいまい)だった。足元の乾いた土にいびつな丸い影ができている。日が明るければ明るいほど、影は濃くなり存在感を増した。それはまるで、父の足元に深い穴があるように見えた。

玄関前に立つ紋付袴の父のもとへ行く。

「馬っこさ乗せてもらってもいい？」

より子の頼みに、父は目を丸くしたし、他の人たちも反対した。みったぐね、と。みったぐない――。みっともない。ハイヤーがあるじゃないか。馬で嫁入りなど世間体が悪い。

より子は聞かなかった。

父は初めは戸惑っていたものの、白無垢姿で仁王立ちの娘を前にして、ついに折れた。

裏の馬小屋から座布団を括りつけた馬を引っ張ってきた父は、戸惑い顔から、はにかみ顔になっていた。

普段は父ともども黒く汚れ、網目状に乾いた泥をお腹や脚にくっつけていた馬は、すっかり磨き上げられていた。栗色(くりいろ)の毛が艶々と天鵞絨(ビロード)のようだし、鬣(たてがみ)はサラサラと揺れる。薄汚れている時は長い睫毛(まつげ)の下ですまなそうに目を伏せていたが、今日は堂々と真っ直ぐによ り子を見つめていた。その瞳は澄み切り、純粋無垢だった。

父が、前に座るよう言う。実際子どもの頃はそうしていたが、より子は父の後ろに横座りになった。

着物のため横座りにならざるを得ない今は、前に座ると自分の顔を見られるし父の顔も見なければならないから。顔を見たら、道中、泣いてしまうかもしれないと思った。今生の別れではないが、それでも籍から抜けるのである。そして、盆と正月くらいしか帰ってこられなくなるのだ。いや、それすらも無理かもしれない。近所に嫁いできた人も泣いていた。だから自分も父の顔を見たら、泣くかもしれない。そんなのはみったぐない。だから、顔を見ることなく向こうまで行ける後ろがいい。

父は無理強いせずに、より子を後ろに乗せて馬の腹を踵（かかと）で軽く蹴った。

馬はグイッと一歩を踏み出す。

より子は父の脇腹につかまる腕に力を込めた。

青い空をトンビが鳴きながら旋回（せんかい）している。おかしみと悲しみが入り混じった鳴き声が青い空に染み渡っていく。

向かう先の山並みが、霞（かす）んで見える。

馬の歩みは力強く、ポクポクとのどかな音を立てる。揺れに身をゆだねる。

リンゴ畑を貫く土の一本道は、乾いて白っちゃけていた。丸太の電信柱は少し傾いている。

リンゴの木はびっしりと葉っぱを茂らせ、その下にまだ青い実をたわわにぶら下げている。大きな実にするために、摘果（てきか）が進められていた。風に乗って、桃の香りもしてくる。

畑と道の境には蚕養のための桑（くわ）の木が植わっている。小さなぶどうのような黒っぽい実がぎっしり生（な）っていた。学校帰りに友だちと競うように採って食べたものだ。紫色になった舌を見せ合ってよく笑った。甘みも酸味も強かった。

両脇の畑はリンゴ畑から漆（うるし）の木の畑に変わった。風がよく通るように間隔を空けて植えられた漆の木の畑も、秋になると真っ赤に紅葉（こうよう）して美しいが、うっかり触って自分まで紅葉したかというくらい真っ赤にかぶれたこともあったっけ。あの時は大変だった。臭くてえぐいドクダミ茶をしこたま飲まされたのだ。思い出して、ちょっと笑った。

背後から軽快なラッパの音がした。より子たちが路肩に寄ると、すぐそばをボンネットバスが走り抜けていった。乗客が注目している。より子は手を振った。客や車掌も手を振り返してくれた。その後にオート三輪が続く。ラッパを、拍子をつけて三回鳴らしていった。

日差しは強く、何もかもが日を照り返している。舞い上がった土埃が眩しい。中でも白無垢の自分自身が最も眩しかった。

より子は歩んできた道を振り向いた。なだらかな名久井岳が控えている。

生家がどんどん遠ざかる。

切なくなって視線を落とした。

白い足袋に引っかかる白い草履(ぞうり)が、揺れている。その下を、白っちゃけた地面が流れていく。

「ダダ、馬っこは疲れねべか」

「こいつはぁ丈夫だすけ、大丈夫だ」

「休まねくていんだべか」

「なーも、大丈夫だ」

「そうかぁ……」

どんどん流れていく。

父の袴の裾から、下ばきがちらっと見えた。見覚えがある。

それはより子が子どもの頃に刺した菱刺しだった。父にあげたものの、一度もはいているのを見たためしがなかったもの。

当時は上出来だと思っていた縫い目は、今見るとガタガタ。

「やあねえ、なして今、それ、はいてらのよ」

照れくさくて嬉しくて、どういう顔をしていいのか決めかねる。やはり父の後ろに座っていてよかった。

「この菱刺しはよぉ、おめがわらしの時に最初に刺したもんだ。特別なもんだ。だすけ特別な日にはくべ、と決めてらった」

父が足を揺らす。馬が首を上下させた。首に下げた鈴が、いい音を出す。

「そった前から？　我まだ七つくらいだったべ」

「おめの嫁入り道具の桐簞笥はもっと早ぇど。おめが生まれてすぐに桐ば植えたんだおん」

親というものはどこまで考えているのだろう。

父の背中は、思ったより大きくないことに気づく。どちらかと言えば小柄なほうだ。そんな父は、真っ黒になってより子たちを養ってくれていた。自分はそんな父を、汚いだの恥ずかしいだのと批判してきたのである。

「ダダ、ごめんね」

やっと父に謝ることができた。

「何、謝ることがある」

「我、ダダさひどいこと言ってしまった」

父は深呼吸する。

「今日はめでてぇ日だ。めでてぇ日に『ごめん』は合わねえよ」

より子は頷く。

「ありがっとう、ダダ」

鼻をぐずぐずさせながら、震える声で言い替えた。やだぁ、泣いでしまったじゃ。我みったぐねえ、と思った。

「泣ぐな泣ぐな。あもこさなる」

父の声がからかっている。からかいながらも、その声は震えている。

「ダダってばひどい」

より子は空を仰いで、あっはっはっはと大きな声で思い切り笑った。

父越しの空に薄い雲がたなびいている。鮮やかな虹(にじ)色だ。

「彩雲(さいうん)」というものだ。生まれて初めて見た。

より子は父の袖を引っ張って、空を指す。

「ダダ、見で見で。あれぇ雲がきれぇだよ。天女の羽衣(はごろも)みてだごどぉ。いやあ、まんつきれぇだぁ」

父は顔を上げなかった。ぐっと俯いてる。

雲はきっとすぐに消えてしまうと思った。見なきゃもったいない。

「ダダ、ダダ」

いくら呼びかけ、空を指しても、父は顔を上げない。馬の手綱を握る手が真っ白になっている。

より子は腕を下ろして父につかまり直した。父の脇腹は硬い。

「ダダ、今日はいい日だね。こんなにきれぇなものば見れたんだすけ。今日は、特別な日だぁ」

豪農である大きな婚家の前で、新郎の諒二と家族、親類縁者がずらっと並んで待っていた。馬で来たより子たちを見て呆気(あっけ)に取られている。

おまけにより子の顔と言ったらそれはひどかった。

狐(きつね)に化かされたみたいにぽかーんとしている面々がおかしくて、より子は大笑いした。ドロドロの顔で笑うのを目の当たりにした新郎の親類の子が、泣き出した。

かつて行商に来てくれていた姑（しゅうとめ）となる人が草履の音をさせて小走りに駆け寄って、手巾（しゅきん）で目元を押さえてくれる。

それから藍染の手甲を渡された。

「こったにボロボロの物ばあげようかどうしようか迷ったんだどもね。だどもこれが、今日のおめでたい日の始まりだったような気がするんだよ。だすけ、お前さんに持っていでほしいの。お前さんがこんまい時に熱心に作ってけだ物なんだもの。オラァ、ほんとに嬉しかったんだぁ」

そう涙ぐんで、より子の手に握らせて両手で包んでくれた。

後のことだが、子どもに泣かれた前代未聞の花嫁が馬で来たと噂（うわさ）になり、おかげでより子はすぐにご近所さんと打ち解けることができた。

父はより子を新郎に引き渡して、言った。

「あんたは幸せ者だ。娘ば頼む」

# 三章　ひょうたん

オズの魔法使いってどんな話だったっけ。

焦げ臭さに鼻をつかれて我に返ると、せんべいが焦げていた。

あ～あ、もう。

四つ並んだ焼き型から熱々を摘み取って、廃棄用のブリキの缶に捨てる。

雨の日はどうもぼんやりしてしまう。こんな天気の日は、せんべい焼き窯のレンガもぼんやりと膨らむような気がする。

三津町はしとしとと降り続く秋雨に包まれていた。

サッシ戸の向こう、雨に煙る細い通りを、時折車が走っていくくらいで通行人はない。お客さんも来ない。

雨や曇りの日は、繭の中にいるようで安らぎ、ペースを落とせるから嫌ではないが、こうお客さんもなく時計の音が雨ににじむようにじんわりと聞こえてくると、自分を持て余し気味になる。

小麦粉と重曹と塩をこねて団子にまとめた生地を、四つ並んだ鉄の丸いせんべい型ではさむ。熱した型の周りから生地がむっちりとはみ出て、香ばしい香りを放つそれをくるりと回転させ、新たな型に、端からペッペッペと生地をのせギュッとはさんで回転させる。こんがりと焼き上がった四枚のせんべいを端から摘み取って浅い木箱で冷ましていく。

焼きたては小麦の香りが鼻に抜ける。ゴマやナッツ、エゴマを撒いたものはさらに風味が増す。素朴な味なので、飽きがこない。パリパリサクサクと口当たりが軽い。

保存料を使っていなくとも長期間保つので、非常食としてもいい。震災の時に近所の人に配ったら、とても感謝された。

さて、せんべいもある程度焼き上がったことだし、仕事は中断。

粉まみれの手を洗ってエプロンを取る。

店の奥の磨りガラス戸を開け、畳敷きの居間に上がった。

居間は人の気配がなく、しんとしている。雨の日は部屋の隅に光が届かず、暗がりがひっそりと溜まる。

お客さんが来たらすぐに対応できるように、ガラス戸は開けたままにしておいて座卓に着く。

電気ポットの湯でお茶を淹れて一口するとホッとした。

頭に復活してきた疑問。オズの魔法使いってどんな話だったっけ。

スマホを取り出しタップする。

何となく覚えているのは、かかしとかブリキのロボットとか、あとトラ？　なんだかそんなものが少女とともに鬼退治をする話ってこと。

予想しつつ検索すると、結果は、当たらずとも遠からず。

ブリキはロボットではなくて木こりという設定で、トラではなくてライオンだった。鬼退治じゃなく、エメラルドの都を目指して旅をするのだ。

きわめて適当に覚えていたようだ。何のためにそこに向かっていたかというと、かかしは脳をもらうため、ブリキの木こりは心を授かるため、ライオンは勇気を獲得するためだ。そして主人公のドロシーは家に帰してもらうため。

スマホを置き、流していたラジオを消して、座卓の下からかごを取り出す。途中まで刺していた店用のベージュのエプロンが入っている。

今使っているエプロンがそろそろくたびれてきたので新調した。丈夫で乾きやすそうな生地で、頭からかぶって腰のボタンを留めるタイプだ。

その胸元に沿って菱刺しをしていたが、その箇所は最近できあがった。

模様はひょうたん。上下に並んだ菱形がアシガイの中に収まっている。その左右に突き出た角同士を一本の縦線がつないでいるので、一見するとアシガイの中にあるのは六角形模様に見える。

もっぱらこればかりを刺している。

子どもの頃から親しんできた柄だ。好きか嫌いかを考えたことはない。私にとっては空気や水のようなものだ。青森と言えばリンゴ、まずいもう一杯と言えば青汁というくらい、菱刺しと言えばひょうたん。

次は裾に刺すことにする。針に浅黄(あさぎ)色の糸を通す。右の端から左へ向かって刺し始める。もう何度も刺しているから図案は見なくても分かる。ただ、何回やっても、一針目が一番緊張するのは変わらない。

丸みのある針の先で目を数え、裏から刺す。糸は全部引き抜かずに、数センチ残しておく。裏側に潜った針を、縦糸一四本目の次から表に出す。しゅるしゅると引き抜く。縦糸を八本またいで刺し、裏から一二本越えて表に針を出す。順調に進むと気持ちがいい。

刺し始めて少しの間は数を数えるのに集中するが、菱刺し模様のいいところは、刺す目がある程度規則的なため、リズムが生まれるところだ。手がリズムを覚えれば、頭で勘定する負担が減る。

負担が減ったところに様々な思考が流れてきては去っていくのを眺めることができる。

今朝のゴミ出し場でカラスが散らかしたゴミを集めている時に、無言でゴミを放り投げていったアパートの人に腹を立てしな、小学校の頃の清掃(せいそう)活動で先生が他のクラスの子には内緒だと釘を刺して、全員につぶ入りのみかんジュースをおごってくれた記憶が流れてきたり、そうかと思うと、せんべいを入れる袋を発注しなきゃとか、一旦店の経費をまとめておこうなど、やるべきことが急に台頭してきたりして、脈絡も法則もない。夕飯は何にしよう、母は施設で何を食べるんだろう、いつも部屋に閉じこもっているが、あれじゃあますます症状が進んでしまうんじゃないか。肉が食べたい。夕飯は一番いい牛肉でステーキにしよう。ワインもつけよう。いや、ワインより辛口の純米酒にしよう。

ふわふわと揺らぎながら自由気ままに流れてくる思考に、きちんと向き合おうとすると、手が止まったり目数を間違えたりしてしまうので、流れるままにして、菱刺しが八、思考が二くらいを保っておく。そういうふうに揺らぎの中に身を置くと、次第にまどろんでいるような心地がしてくる。

菱刺しをしている時、私は孤独ではなくなる。

頭の中のほうは時間を行きつ戻りつ混ぜこぜだが、手元のほうは一針刺せば一針分進む。布を回しながら常に右から左へ進む。戻ることはない。

思考は脈絡なく、菱刺しは規則的。そのバランスが取れているところも好きだ。

何となくやる気が出なくても、だるくても、刺しているうちにやる気のなさもだるさも忘れる。

左の端っこまで行ったら、二段目に移る。エプロンをまた一八〇度回転させ、左へ向かう。Uターンした時の端っこは緩く余裕を持たせておく。熱中するとつい力が入ってしまうが、決してギチギチに引っ張らない。それがコツ。

グラデーションをつけるために糸の色を替える。緑系の浅黄色から新橋(しんばし)色、白群(びゃくぐん)色、空色、白藍(しらあい)色とだんだん水色系の明るい色にしていく。ぼかす部分が重要だし、色の変化の加減が難しいところに、やりがいがあり、色を選ぶのは心が浮き立つ。

模様ができたら、糸止めをする。裏返して、表に響かないように気をつけながら裏に出ている縫い目に絡めて糸を切る。

午後になると雨が上がった。しかし、第二段の準備はできていると言わんばかりに西の空はまだ暗く、湿った風が吹いてくる。

一四時少し前に店のサッシ戸に「準備中」の札を下げ、軽ワゴン車に、手製の杏仁豆腐(あんにんどうふ)を入れた保冷バッグ二つと母の着替え、ボックスティッシュ、おむつを詰め込んだ。

まずは、ご近所の菱刺し工房に寄る。

敷き詰められた玉砂利は雨に洗われてスッキリと白く輝いていた。植木の葉の色が変わり始めている。木の周りに落ち葉はなく、ほうきの筋目が残っていた。

ここの庭はいつも手入れがなされていて、来るたびに清々しい気分になる。

たっぷり水気を含んだ植木の向こうを、竹ぼうきを担いだ誰かが通っていくのが見えた。目を凝らす。

三〇代と思(おぼ)しき男性だ。猫背で黒髪を後ろで一つに縛っており、それは、体に似合わず臆(おく)病(びょう)なウサギのしっぽに見える。

より子先生の孫の亮平さん？

木々がざざーっと揺れ、水滴が飛んできて我に返る。

男性がこっちを見た。やっぱり亮平さんだ。記憶にある彼とは、雰囲気や面差しが変わったような気がする。

大学を出たあと八戸からこっちに戻ってきて、隣の二戸(にのへ)市の設備設計の会社にお勤めだと、店に来る話し好きのお客さんたちが噂し合っていた。

ところが、その会社が倒産して無職になったとか、パワハラで退職したとか、恋人と別れたとかで、気がふさぎ、実家にひきこもってしまったということらしい。噂だから話半分で聞いているが、菱刺し工房の開かずの間でミシンを踏んでいるのは事実だ。

私が菱刺し工房に通うようになって一年あまりだが、その辺の事情を知る機会はないし、赤の他人である私が、根掘り葉掘り聞けるものでもない。第一、知ったところで何がどうなるわけでもない。

最初に言葉を交わしたのは、確か彼が大学生の頃だ。そうそう、彼女さんとせんべいを買いに来てくれたのだ。

サッシ戸を開けて、元気よく「こんにちは！　おせんべください」と挨拶して入ってきたのが、彼女さんで、その後ろから静かに入店したのが亮平さんだ。

彼女さんは素敵なワンピースを着ていた。麻の生地でできたからし色で、フレンチスリーブの縁や裾に、白い糸でシンプルな三角形のうろこ紋の菱刺しがしてあった。

興味を示したのは母だ。

「おろ～、素敵なワンピースだことぉ」

その頃はまだ元気で、接客もしたし、せんべいの生地を丸めたり、袋詰めもやっていた。

「ありがとうございます。これ、菱刺ししてるんです」

彼女さんは嬉しそうにフレンチスリーブを引っ張って母に見せた。

菱刺しを長くやっている母は、そのうろこ紋を見て初心者だと察したはずだ。力加減が一定していないし、よれていたから。だけど、刺すのが嬉しくてたまらないといった感情がその、一目一目がバラバラで弾んでいる運針からにじみ出ていた。

母は「楽しく刺したんですねえ。見ていると気持ちが弾みますよ。それに、糸の色がワンピースの色さ合ってますよ。ええ。お嬢さんにそのワンピースはよくお似合いです」

とほがらかに評価した。確かに、小麦色の肌ですっきりと短い髪、背筋がすっと伸びた高身長の彼女さんにはぴったりだ。

彼女さんの背後に従者のように佇(たたず)んでいる亮平さんが、彼女さんに知られないよう胸の前で小さく手を合わせ、私たちに目配せした。褒めてくれてありがとうと伝えたいらしい。

それを知らない彼女さんは、照れたまま亮平さんを振り向く。亮平さんは彼女さんににこりとした。その後の亮平さんの表情を見れば、彼女さんがどれだけ嬉しそうな顔をしたかは推して知るべしだ。いいカップルだと思った。

彼女さんが平箱に並ぶせんべいを物色しながら、より子師匠(ししょう)はどのおせんべいが好きなの？　と聞く。

「より子、師匠？」

母が首を傾げる。

「はい。すぐそこの菱刺し工房の豊川より子師匠に菱刺しを教わりに行くんです。ご近所さんだからご存じかもしれませんが、この人、より子師匠の孫なんですよね」

亮平さんの肩にぽんと手を置く。

菱刺しをされているのは、他のお客さんから聞いて知っていた。

より子さんもお客さんの一人で、一度に大量にお買い上げになり、しばらく間をおいてのちまたたくさん買ってくださる。保存が利くからこの買い方ができるのだ。

来店の際、より子さんは「んめかったよお」と感想を述べてくれる。両手にせんべいの入った袋を下げると、「どうもありがっとう」とにっこり笑ってすぐに帰る。プライベートなことは一切口にしないし、噂話や冷やかし、悪口といったこともしない。こちらを詮索(せんさく)もしない。店側とすればとてもありがたいお客さんだ。

「お嬢さんは菱刺しが好きなんですか。珍しいですねえ。若い人はあんまりこういったのは興味がねぇど思ってたんですが」

母が袋詰めの手を止めて尋ねる。

「もったいないですよね。知らないだけで、知れば興味を持つ人も増えると思います。あたしも大学で知ったんです。地元なのに知らなかったんです」

「親御さんたちは？」

「両親も、何となく見たことがあるね、道の駅とか産直とかで、という程度でした」

「知っていでもやらね人が多いし、実際に刺してる人は少ねし、しかも年寄(としょ)ってしまってな」

「ええ。このままじゃすたれてしまいます。それはとても寂しいじゃないですか。なんだか、ここでの生活や、生きてきた人たちまで忘れ去られてしまうようで」

なるほど。

彼女さんが息継ぎする。

「菱刺しには、模様も糸や布の色の組み合わせのパターンも無限にあって、工夫できる楽しみが尽きないから、おもしろいです。それに、完成した物には価値がありますし、作っていく過程には恩恵があります。無心で刺していると、あたしここにいるなあって、自分をただただ実感できるんです。これってすごい恩恵じゃないですか⁉」

　彼女さんの広い額には汗がにじんでいる。

　大演説に、母は目をパチクリさせた。聞き入っていた私は、焦げそうになったせんべいを慌てて窯から取り上げる。

　亮平さんがのんびりと彼女に言う。

「ばあちゃんは白せんべいが一番好きだよ。それと薄焼きのバターせんべいかな。食べやすいってさ」

　何も混ぜない小麦粉だけの真っ白いせんべいと、バターとゴマを混ぜ込んでサクッと焼き上げたバターせんべいを手に取る。それぞれ袋に二〇枚ずつ入っている。

　亮平さんが財布を取り出した。彼女さんがあたしが払うと腕をつかんだが、彼はいいからいいからとほほえんで払った。

　以降、二人は、夏休みや冬休みの時期になると寄ってくれて、そのたびに彼女さんの服の菱刺しも徐々に上達していくのが見て取れた。

　二人がうまくいくといいと、せんべいを焼きながら願っていたのだ。

　それが、ぱたりと来なくなった。

　あれから六年くらいたつのか。

　木々の向こうに立つ亮平さんは、顔をさっと背けると、そそくさと工房の裏へ消えた。

　私は束の間突っ立って、工房の陰を凝視していた。

「おや香織ちゃん、いらっしゃい」

　ふいに呼ばれて視線をずらすと、より子先生がほおずきの鉢植えを手に玄関先に出てきたところだった。旧来の友人を迎えるような親しみ深い笑みに、ほっこりする。

より子先生は庭と砂利の境目に、鉢植えを据えた。

「外に出しちゃうんですか？」

「雨っこさも当たりてかんべと思ってな。それに、紅葉仲間がいるほうが色っこがいぐなるかもしんね」

より子先生が庭へ顔を向ける。色づき始めた庭は瑞々しい。

「ささ、中さ入って」

手招きされたが、

「すみません、これから母の施設に行くんです。帰りに寄らせてもらいます。これ、サルナシのソースをかけた杏仁豆腐です。みなさんで召し上がってください」

保冷バッグを差し出した。

サルナシは見た目も味もキウイフルーツに似ている。ただし、小ぶり。果実は澄んだ緑色で、爽やかな酸味と甘みがある。道の駅などで販売しているが、このソースに使った物は、数か月前まで一緒に菱刺しをしていた結菜さんの家で育てた物をいただいた。

旦那さんとともに弘前市に引っ越した彼女は、津軽地方に伝わる刺し子の、こぎん刺しを始めたという。時々その画像が送られてくる。菱刺しと似ているが、キリッと引き締まっているところが違う。

「おろぉ、ありがっとう」

より子先生は保冷バッグを頬を染めて受け取ると、「は〜、よばれるのが楽しみだぁ」と満面の笑みを見せてくれる。

一つ作るも二つ三つ作るも手間は大して変わらないので、母への差し入れのついでなのだが、何を差し入れても、心から嬉しそうに受け取ってくれるので、だんだんとより子先生たちに差し入れするために作っているような感じになっている。

より子先生に見送られて、私は施設へと向かった。

引っ越してきた当時、近所に菱刺し工房があるのは知っていた。しかし、足を向けることはなかった。当時は、これから先も工房には特に用はないだろうと思っていた。菱刺しはあくまで個人で楽しめばいいと思っていたし、分からないところがあったら母から教わればいいと考えていたから、他人に交じって菱刺しをやろうという気はまったくなかったのである。

ところが、母から教わることができなくなった。

広々とした二階建ての白い施設の一階。どの部屋もスライドドアは開けっ放しになっている。

母かね子は三人部屋の窓側の多機能ベッドで、窓の向こうに垂れこめる雲を眺めていた。「多機能ベッド」と私が呼ぶのは、それが母にとっての寝室で、居間で、時々トイレにもなるからだ。少し前まではトイレの失敗はなかったが、だんだん回数が増えてきた。

母は、肩の骨や襟ぐりから覗く鎖骨が目立ち、服に着られている状態。ちっぽけになった。

以前の母は、長くて艶々の黒髪を後ろでお団子に結っていたが、今はバッサリ切って真っ白だ。頭皮が白髪の間から透けている。母は施設に入っておそらく人生で初めてだろう他の入所者と同じショートカットになった。ここでは好むと好まざるとにかかわらず、髪型も半強制である。

お母さん、と呼びかける。振り向いた母の顔は、しなびて肌はくすみ、頬骨が突き出ている。頭蓋骨に油紙を貼ったよう。目はうつろ。

母は私を、突然声をかけてきた知らない人を見るような戸惑いの目で見上げた。

毎度のことながら、この反応を前にすると、へその辺りから力が抜けるほどの虚無感に襲われる。

車椅子生活になってから記憶力は悪化の一途をたどっており、最近は、一発で私が娘であると判断つかない時がある。その瞬間の冷たい虚しさと言ったらない。知らない人を見るような目を向けられるたび、私は自分がすり減っていくようでならない。しっかりしてください。五一年、あなたはずっと私の母親だったじゃないですかと肩を揺さぶりたくなる。

その朧気な状態が長く続くこともあればすぐに思い出すこともあるが、脳の調子が悪い時こそ、彼女の中に私をいさせてほしいものだ。

とはいえ、母の中から私が完全に消える日はいずれ来る。

簡易椅子を引き寄せて座った。目線が低くなると、アンモニアの臭いが鼻につく。

母は不審と当惑が入り混じる目でまじまじと私を見ていたが、蛍光灯がつくみたいに瞬きをしたかと思うと、ああ、と、眉を上げた。

「香織、おかえり」

ホッとした。

「ただいま」

母は自分がいるここを家だと思ったらしい。これもまた、次の瞬間には変わるのだが。

雨が降りそうね、と話を振る。

「そうだねえ」

母が相槌を打つ。昔は声を張ってハキハキとしゃべっていたのが、今じゃすっかり声量が落ち、のたりのたりとした口ぶりになった。呂律が回っていない日もある。

「テレビはまンだ咲かねか？」

母が窓の外に首を巡らせる。

その視線の先にあるのは桜の木。スズメが枝にくちばしを擦りつけている。

どうやら本人は、桜と言ったつもりなのに、口から出たのは、テレビだったということらしい。これが綾ちゃんと賢坊ペアだったら、綾ちゃんがツッコむところだ。しかも、母はもう長いことテレビを見ていないのに。どうも内容を理解できないようだ。昔はよく健康番組を見て脳トレなどを実践していたのだが。皮肉なものである。

「そうだね。もうちょっとかな」

あと半年くらい。一〇年前をつい最近と言ってのける世代だから、半年なんて「もうちょっと」だろう。

「お母さん、差し入れを持ってきたよ」

私は保冷バッグを開けた。より子先生に渡したほうは新調した保冷バッグだが、こちらは私が学生時代にお弁当入れとして使っていた物なので年季が入っている。ファスナーは摩耗して、左右どちら側からでも開くし、バッグの角は擦り切れて穴が開いていた。保冷機能は低下しているが、家から施設までの一五分間なら充分冷たいので重宝している。

母がちらりと視線を向ける。

サルナシ杏仁豆腐を差し出す。スクエア形のガラスの器に盛りつけたので、傾くことなく持ってこられた。

黄浅緑のサルナシソースをたっぷりとかけた真っ白な杏仁豆腐は、食べやすいように小ぶりの菱形切りにしてある。

母は手を伸ばしてこない。

持ち続けているわけにもいかず、ベッドサイドのキャビネットに置こうと、視線を走らせる。

キャビネットの上はテレビや老眼鏡やティッシュやプラスチックのコップなどでゴチャついているが、何とか隙間を見つけてのせられた。

お皿とフォークを取り出そうと、引き出しを開けると、まだら模様の黒っぽい長方形の何かがあった。カビまみれ。元はなんだ。

ティッシュで包んで摘み上げる。脱力した。

「羊羹……。お母さん、これどうしてここに？　食べなかったの？」

作り笑顔で問うと、母かね子は一瞥して眉を寄せる。

「そりゃなんだべ」

首をひねった。とぼけている感じはしない。本当に忘れているらしい。

あとで食べようとしてここにしまったのか。

リスの貯食と同じだ。ただし、リスの場合はそこから木が生えて森が育つが、母の場合はせいぜいカビが育つのが関の山。

下の引き出しも開けると、ひどい臭いが鼻をついた。

汚れた下着やタオル、丸めたティッシュに交じって、食品……かつて、と言ったほうがいいか、食べ物が腐敗している。卵焼き、鮭、人参……給食ではないか。私の差し入れも交じっていた。

苛立ちと理不尽さが膨れ上がり、母に聞こえないように重たい息をつくも、虚しさまでは吐き出せず、体に残る。

顔を上げると、母が見下ろしていた。なんの感情も見えないのっぺりした顔は、薄日差す中においては、そこそこぞっとする。

「差し入れはまあ、しょうがないとしても、ご飯は食べなきゃ。作ってくれる人が栄養を考えてくれてるのだから」

言ったところで分からないだろう。母はとがめられたと受け取ったらしく、誰が見ても不愉快そうな顔をした。

「食べたぐね」

「おいしくないの？」

母はむっとしたまま首を傾げた。

「つまるすけ」

「喉に詰まるということ？　だったら飲み込みやすい流動食にしてもらおうか」

顔を背ける母。

もどかしいので話題を変える。

「ところでさっき、ロビーでみんなが歌ったり紙風船をパスし合ったりして楽しそうだったよ。参加しない？」

母が振り向く。サンカ？　さらに眉がひそめられる。まぶたにまで皮膚が層を成す。

「かだらないの？　ということ」

言い替えると、母は首を振った。

「みんなと遊んだら？　いい刺激(しげき)になるし」

小学生を指導するようなことを、母親に言ってしまう。

「みんなは仲間っこだって、オラだけ、はんつけだおん」

母は憤懣(ふんまん)やるかたなしといったふうに肩を怒らせる。はんつけ、とは、仲間外れという意味だ。

「話しかければいいじゃない」

母の顔が険しくなる。

「知らね人さ、そったことでぎね」

人見知りするタイプじゃなかったのに。

「じゃあお母さんは、ずっとこの部屋で一日じゅう一人でいるつもり？」

母は足先のほうに視線を据えたまま、返事をしない。

「お母さんは毎日毎日一人ぼっちでいるつもり？」

「んです。オラははんつけです」

「でもそれじゃあ、寂しいし、虚しいでしょう？」

母は不満気にもぐもぐと口を動かす。反論したいようだが言葉が出てこないのだろう。日ごとに消えゆく言葉を必死に捕まえておこうとするかのように、ギュッとシーツを握る。青く太い血管が盛り上がっている。脳は鈍くなってしまったが、体は温かい血を巡らせて母を生かそうとしている。健気(けなげ)でもあり、少し怖くもある。

昔の私は、悪いことはいいことに転じて、いいことはますますよくなると信じていた。だからこそ、父がいなくなったショックから立ち直って母子二人でやってこられたのだし、親戚が歳を理由に畳もうとしていたせんべい屋を譲ってもらい、踏ん張って経営を安定させてこられたのだと思う。

けれど、母を見ていると、努力ではどうにもならないことはあるし、物事は必ずしもよくなるわけではないのだと思い知らされ、虚無感にのまれそうになる。

ロビーから賑(にぎ)やかなチャイムの音が聞こえてきた。柱時計が奏でる音で、三〇分に一回メロディーを流す。

母の萎んだ耳に届いたようだ。ハッとした顔をした。

「帰んねば」

ベッドの転落防止用の柵につかまって立ち上がろうとする。

「晩げまんま作んねばなんね」

とうにいなくなった父の夕飯を気にかけているのだろう。

「大丈夫だよ。今のは二時半のお知らせだから、まだ帰ってこないよ」

母には、家族の健康は自分が責任を持つという矜持（きょうじ）があったから食事には気を配っていたが、健康以上に父の好みの料理と品数を調えることに心血を注いでいた。

父は寡黙（かもく）な人で、食事内容に関しても直接文句を言うことはないが、不満があると、食べる前にじっと食卓を見据えたり、一切の言葉を発することなく眉を寄せ黙々と箸を運んだりした挙句に残したりするので、母はプレッシャーを感じていたらしい。

作っても、夕飯不要の連絡を受けたり受けなかったりして二人きりの食事になると、「お母さんは料理があんまり得意でねぇすけ、上手に作る人が羨ましくてせ」とすまなそうに吐露することもあった。

「お母さんの料理をまずいと思ったことはないよ」

そう伝えると、

「香織はオラの料理で育ってきたすけ、そう思うんだよ。お父さんは別の味で育ってきたんだし、仕事で外食だってするし」

と返される。

「私だって、学校の給食食べているからよその味は知ってるよ。でもお母さんのはおいしいよ」

「ありがっとう。香織は優しい子だ」

「料理が下手だとしても――そんなことは絶対にないけど、家族みんなが健康なのはお母さんのおかげなんだよ。それでいいじゃない」

「うーん、そうかねえ」

母は微妙な笑みを浮かべていた。

今の母が自宅に帰って料理をしたところで、もう段取りから味つけからめちゃくちゃなのに、どうしようというのか。

「買い物もあるすけ、早めに帰んねばなんね」

強硬だ。止めようとする私を思いがけない力で押しのける。

母の入所を決めたのはこれだ。母の行動を止められなかった。その結果、母は家を出て迷子になって帰れなくなり、転んで足の骨を折ったのである。

開けっ放しのスライドドアから、母担当の職員さんが小走りに入ってきた。

母が入所してからずっと担当してくれている。ここに入所することになった経緯(けいい)も話してあるし、好きな食べ物や苦手な食べ物、これまで何の仕事をしてきたとか、何をするのが好きだったとか一通り伝えてある。

「どうしました?」

「斉藤(さいとう)さん。すみません、母がまた帰ろうとして」

斉藤さんが目で頷く。

「分かりました。……かね子さん、それじゃ帰りましょう」

以前と同じように私たちは母を車椅子に乗せた。

部屋を出たところで斉藤さんが入所者に声をかけられた。足止めを食らった母は、早く早くと急かす。

斉藤さんが応対しながらこちらを気にするので、私は大丈夫ですという意味を込めて頷く。

彼女と別れ車椅子を押して屋外へ出た。

空気は潤っていて、気持ちの毛羽立ちをしんなりさせてくれる。

雨は上がっても空は雲に覆われている。底が抜けた晴天より、こうしてふたをしてくれる雲が出ている日のほうが好きだ。

施設の周囲に巡らされた遊歩道を、ゆっくりと進めば、木の葉の香りをかぎ取れる。

黄色に塗られた曲がりくねった遊歩道は、オズの魔法使いを思い起こさせた。

オズの一行はそれぞれ望みがあって旅をしていた。私は……。私は何を求めているのだろう。

背が高く、ほっそりとした白い幹の白樺がサラサラと揺れる。ぬくもりのあるあかね色の葉っぱから水滴が散った。

「お母さん、白樺が色づいてきてるね。きれいだね」

薄いつむじに話しかけるも返事はない。肘かけを強く握り締めている。強く握れば握るだけ速く前進できると信じているかのように。

「風がやわらかいね」

気を紛らせるためにこちらもせっせと話しかける。顔を覗くと、真剣なまなざしを前方へ向けていた。ちゃんと帰れるのか気が気でないのだろう。私を信用していないようだ。私はこの状態の母に信用してもらうすべを知らない。

雲が流れ、その合間に弱い光が注ぐ。弱い光は優しい。少しでも母の気持ちを癒やしてくれますようにと祈る。

「また雨が降り出すかな」

予想を呟くと、母は空を見上げた。雨への反応がいい。

「オラは雨が嫌いでねよ」

雨の匂いが再び濃くなってきた。風も重い。そろそろ降り始めるだろう。

ぼちぼち中に入ろうかと提案すると、母は静かに頷いた。

帰宅を忘れたようだ。いいことなのか、悪いことなのか判断しかねる。

車椅子を回して来た道を引き返す。

かかしは脳を見つけられず、ブリキの木こりは心を得るチャンスを失い、ライオンは勇気を得られず、ドロシーと母は帰れない。

帰り際、ロビーで洗濯物を畳んでいた斉藤さんに声をかけた。先ほどはありがとうございました、とお礼を言ってから、本題に入る。

「母が食べ物を隠してるんです。あとで食べようとして隠しているんだと思うんですが、それなら食事の時間はお腹が減っていないか、食欲がないということになりませんか。実は差し入れも少ししか食べてくれないんです。どこか体の具合でも悪いのかもしれません」

斉藤さんはふっくらした頬に手を当て、困り顔をした。

「お食事を残してしまうのは知ってましたが、そうですか、隠してもおられるんですか。この間の診察でお医者さんが仰るには、お年相応で、特に悪いところは見当たらないとのことでした。給食がお口に合わないのかと思ったので調理方法や味つけを変えてもらったんですが、残すのはお変わりありません。理由を聞いてもお答えはいただけませんで……」

施設を出てすぐに降り出した雨が、激しくなってきた。

工房の雨戸は開け放しているが、微風なので雨が吹き込んでくることはない。

柱の一輪挿しには、小ぶりの姫リンゴが挿さっている。艶々して赤い宝石のよう。

布の目を数え、目の隙間を一刺し一刺し埋めていくうちに、自分の中の空虚が埋まっていくのを自覚する。針がすっと布に入る時、自分が何か、こう、受け入れられているような気がしてくる。気持ちが満たされ安らかになってくる。

施設で受けたストレスの残滓（ざんし）が洗い流されていくよう。

ふと、思い出した。亮平さんの彼女さんが言っていたこと。

――無心で刺していると、あたしここにいるなあって、自分をただただ実感できるんです。

そうかもしれない。気持ちが、イライラや苦痛や悩みなどの好ましくない感情に乗っ取られることなく、私自身が私の心を管理して、平穏な状態を保っていられる時、私は私として存在している、としみじみ実感できる。

状況は変化しないけれど、気持ちがやわらかくなり、顔を上げられるようになる。

菱刺しを完成させるというより、精神安定を目的としている部分がある。

「そろそろ休憩しない？」

と、提案したのは突っ伏して寝ていたはずの賢坊だ。

綾ちゃんが布を置いて伸びをする。賢坊が立ち上がって後ろから腕を引っ張ってあげた。

私も針を手放し、手を組んで前に突き出す。腕の筋が気持ちよく伸び、じんわりと温かくなってくる。

「みんな、コーヒーでいいかな」

私は棚のお茶コーナーへ近づく。電気ポットやドリップバッグ、砂糖なんかがまとめてある。

「いいとも－」

かなり前に終了したお昼のバラエティ番組のタイトルで賛同する賢坊。

「その番組、知ってるの？」

「知ってる。小学校から帰ってくるとやってた」

県内では、午後五時頃に放映されていた。終わったのは、ええと……八年前か。そんな前になるんだ。あの番組が終わるとは思っていなかったから、それなりに衝撃だったけれど、考えてみれば、終わるなど思いもよらなかった家庭とて終わるのだから番組が終わったとしても不思議ではないのだ。

コーヒーバッグをカップにセットする。電気ポットの湯を注ぐ。ジュワーッと粉が膨らむ。最初の香りを存分に吸い込むと、気分が一新する。木の葉と雨とコーヒーの香りはよく合う。湯が全体に行き渡り、ため息をつくように静かに下がっていくのと同じ速さで、こちらも息を吐く。

コーヒーとともに、サルナシソースの杏仁豆腐も配る。

さっそく口に運んだ賢坊が「うまーい！」と歓声を上げてくれた。

「キウイの味がする」

綾ちゃんも目を丸くする。

「サルナシって初めて食べました。爽やかです」

「この辺じゃ育ててる人が少ないし、育ててたとしてもほとんど家庭菜園的なものだからね。田向井さんからいただいたこれも自家消費用らしいから」

「杏仁豆腐がこっくりした味っこだ。我はこれ、好きだ」

より子先生が、ところで、お母ちゃんの調子はどうだったね、と案じてくれた。より子先生は面会に来てくれたことがあったが、母は先生を認識できなかった。

施設での様子を話すと、綾ちゃんが、

「こうやって好きなことをそれぞれのペースでやるのならいいですけど、好きでもないレクリエーションをみんな揃ってとか、あたしも勘弁してほしいです」

と、まずはその件について顔をしかめた。

「えーそうかな。ワタシは参加したいな。ほら、『王様ゲーム！　一番と二番、資産と年金額発表ー！』とか」

賢坊が自由の女神のように腕を振り上げる。本当に自由な子だ。綾ちゃんが、あんた殴られればいいのに、と大層冷たい目を向けると、彼は腕を下ろして何事もなかったかのようにコーヒーにクリームと砂糖をダバダバ投入し始めた。

そういえば、母がまだ家にいた頃、コーヒーを出すと、それをしばらくじっと見つめたあとで、おもむろにカップを取り、砂糖ポットに注いだことがあった。ギョッとして、ふざけないで、と怒鳴ってしまい、母は青ざめ、当惑の表情をした。ふざけているわけではないと知り、ゾッとした出来事だ。

スマホにかかってきた詐欺にも引っかかった。それでスマホを取り上げたのだった。あの時だまし取られたお金は戻ってきていない。

その後、迷子事件が発生し、今度はスマホを持たせておけばよかったと後悔した。

「かだるのが好きな人も嫌いな人もいるべねぇ」

と、理解あるより子さん。

かだるって何ですか、と綾ちゃんに聞かれる。

「参加するという意味だよ」

「だども、やっぱり寂しいんだべね。大勢でねくてもいいんだ、ここみたいに一人二人、あでっこする人がいればいいんどもせ」

あでっこって何ですか、と綾ちゃん。

「相手という意味よ」

より子さんは背後の閉ざされた襖に視線を移す。

亮平さんは、利用者がいないのを見計らって庭掃除なんかをしているようだ。あのスッキリした庭は亮平さんによって保たれているのか。

「相手がいればいいんですが、母は頑固ですからねえ。ひがみっぽくもなっちゃったし。そんな母と一緒にいてくれる人がいるかどうか。何せ、のけ者にされたっていじけてますから」

母の口角の下がりっぷりと、眉間のしわの深さは並じゃない。

人と交わるのは脳にもいいと聞くから、できれば誰かと会話をしてほしい。病気のせいで一人でいたがるのか、それとも強がっているだけなのか。後者であれば何とかしたい。

「石田さんのお母さんは元は、元っていうか、前はどういう方だったんですか」

綾ちゃんが気遣いながら聞く。早々と食べ終わった賢坊が、綾ちゃんの杏仁豆腐に手を伸ばすと、彼女はその手を、虫を潰すかのごとく目にも留まらぬ速さで叩いた。

「うーん、優しかったよ。社交的で大らかだった。家族のことをよく考えてくれていたね」

私が小学生の頃、母は、親戚のせんべい屋の手伝いをして家計の足しにしていた。父からいくら生活費をもらっていたか知らないが、それだけでは足りなかったらしい。

雨の日は、兼業農家だった親戚の人たちがせんべい屋を手伝うので、母は休みになる。母が家にいると思えば、私の足取りは弾みに弾んで、飛ぶように帰ってきていた。

母は手拭いを手に、私だったり父だったりの帰りを玄関の庇の下で待ってくれているのだが、いつもいつから待っていたのか、たいてい、ズボンの裾の色が変わっていたものだ。

母は、わずかに濡れた肩口を手拭いで軽く叩いてくれる。その間に私は学校であった嬉しいことだけを話した。母はにこにこと聞いてくれた。

また、学校でおもしろくないことがあった日はわざとびしょ濡れになって、拭いてもらうこともあった。大事にされているということを確認したかった。確認なんてしなくとも、いつだって母は私を大事にしてくれていたのに。

借家の屋根はトタン張りで、雨の音がよく響いた。時に、会話が難しいほど音を立てることもある。その雨音に包まれて、台所で母はボロくなった服に菱刺しをする。雨と菱刺しはよく似合う。

菱刺しをしている時の母は穏やかな顔をしていた。

母の背後では、花柄の炊飯ジャーからも、ガスにかけられた金色の大きなアルミ鍋からも湯気が上がっている。毎回大きな鍋を使ってたっぷりと作る。たくさん作ったほうがおいしいから、と言って。醤油と出汁の香りが台所一杯に満ちていた。食べ物が潤沢にあるのが好みの母だ。食べきれない分はご近所さんに配るのが常だった。

私の服やバッグなどに菱刺しをする時は、いつもひょうたん模様だった。母は「香織もやってみなさい」と勧めたが、自分ができるようになると母からやってもらえなくなると考え、手を出さなかった。

家庭の終わりが訪れたのは、小学四年生の時。父がよその女へ走った。

郵便局の隣にあったこぢんまりとした料理屋で働いている、父より年上の人だった。

寡黙で地味な父だっただけに、こちらは青天の霹靂（へきれき）である。

大きなカバンを手に遠ざかっていく背中を覚えている。角を曲がって見えなくなるまで私は睨んでいた。

そのすぐあとに、雷鳴（らいめい）が轟（とどろ）き、道が白く煙る程の雨が降り出した。

父は傘を持っていかなかった。今頃ずぶ濡れだろう。いい気味だと思った。

翌日から通学時には、小料理屋の前を通るたびに睨んでいた。

父が出ていってからしばらくは、母は玄関先を気にしていた。壁の薄い家だ。家に近づいてくる足音を聞きつけると、家事や菱刺しの手を止めて足音の主を見極めようとしていた。特に雨の日は、そわそわした。

また、せんべい屋の手伝いが終わるとあちこち捜し回っていたようだ。

雨の日で手伝いがない日でも、学校から帰ってくると不在のことが多くなる。

雨の匂いがする古びた無人の家は、ことのほか寂しく、雨音が大きければ大きいほど、空っぽのような気持ちが膨らんだ。

空っぽのような気持ちに押し潰されそうになりながら、次に出ていくのは母なんじゃないか、私は捨てられるんじゃないかと戦々恐々として母の帰りを待つのである。

しばらくして帰ってきた母は、捜し回っていたことをごまかすためなのか、夕飯の買い物を手にしていたり、回覧板を持って行った先で話が長くなったなどとわざわざ弁解したりすることもあった。私の帰宅を待ってくれていた頃よりたくさんズボンの裾が濡れているのがおもしろくなかった。

一時、母の明るさは陰ったが、菱刺しをしたり、米をといだり、玄関を掃（は）いたり、花を生けたり、そういうふうに日常を重ねるうちに、母から父の気配は消えていった。ずっと見張っていたわけではないので確証はないが、おそらく捜し回らなくもなったと思う。

生活は落ち着いてきて、初めから二人でやってきたように私たちは再起した。それからの毎日は過不足も滞りもなく流れてきたし、これからも流れていくものだと思っていたのだ。

ところが。

父のことを思い出さなくなり、長い月日を経て毎日が順調であることすら意識に上らなくなっていた私の知らないところで、母はじわじわと病気になっていったのだった。

鍋を焦がしたり、炊飯の水の量を間違えたりといった失敗をするたびに笑ってごまかしていたが、やがてそれもできなくなっていく。

口数が減り、表情は暗く険しくなり、誰にも会いたがらず、店頭にも出ていかなくなる。長年、家族の健康と生命維持を担ってきた台所仕事もおぼつかなくなって、手放した。

できなくたって気にする必要はないよ、私がやっておくからとフォローしたとたん、私を怒鳴りつけた。元気な頃の母からは想像できなかった。

呆気に取られた私を前に、母は急にシュンとして、思い詰めた顔で申し訳ながった。何度も何度も謝る。肩を丸めて頭を下げた。台所を回せなくなったのは自身の居場所を失くしたのと同じだったろうし、尊厳を著しく傷つけられたことだろう。

私は、母の薄い背中をさすることしかできなかった。

多くの大事なものを次々失っていく中で、菱刺しは続けていた。

娘にさえも、自分の状態を相談せずに一人で闘っていた母にとって、菱刺しだけが拠り所で、力だったのではないだろうか。当時の母の気持ちを思うと、胸が締めつけられる。

しかし、かつてきれいなひょうたん模様を描き出していた母の菱刺しは、もはや見る影もなかった。めちゃくちゃだった。母の脳内を見たような気がした。糸の絡まりっぷりは混迷を極め、生地は引きつれねじれており、まるで調子の悪いミシンを無理やり動かして縫製したような有様だった。

何とか続けていた菱刺しも、一昨年にはやめてしまう。

その年の雨がざんざん降る夏の日だった。テレビの音が聞こえなくて、壊れた雨どいからは水がジャボジャボと軒下に落ち、泥水を高く撥（は）ね上げ、店の前の道路は川のようになっていた。

せんべい屋の仕事に区切りをつけて、少し休憩しようと居間のガラス戸を開けた。

掃き出し窓からぼんやり表通りを眺めていたはずの母の姿がない。

居間を突っ切って掃き出し窓の外の沓脱石（くつぬぎいし）を確かめる。くたびれ切ったゴムサンダルがなくなっている。

警察に連絡し、私自身も捜し回って、ようやく見つかったとの連絡をもらったのは、日が暮れてから。

病院に駆けつけると、処置室に案内された。

入り口で後ろ手を組んで立っていた警官に頭を下げて、処置室内に視線を巡らせると、数台ある簡易ベッドの一つで、母は口を歪（ゆが）め眉をギュッと寄せ目を閉じていた。この病気になってから、起きていようと寝ていようと常にしかめっつら。

そこにいた医師の説明によると、太腿（ふともも）の骨が折れており、手術が必要だという。

ベッドの横のかごに、濡れて汚れた服が入ったビニール袋があった。ゴムのサンダルはなく、どこかで脱げてしまったらしい。裸足（はだし）でどこまで歩いたのだろう。

母が目を開ける。私を見ると、「ああ、いかった」と眉の間を開いた。

迎えに来てくれて助かったと思っているのか。よかった、はこっちのセリフだ。

これからもこんなことがあるのだろうか、と苛立つ。

「お母さん、雨、ひどかったでしょ。どうして出てっちゃったの」

覗き込んだ私を、あやふやな目で見る母。答えはない。私はひっそりとため息をつく。

警官がちょっといいですか、と経緯を説明してくれた。母は三津郵便局の駐車場の前でうずくまっていたところを、通りかかった人に保護されたそうだ。

「三津郵便局……」

駐車場になる以前そこは、因縁の小料理屋だった。

なかなか帰ってこねすけ、と母がぽつりと言い訳した。あまり表情はないが、しょんぼりしているのは分かる。父が見つからなかったからだろう。

迷子の果てに骨折。

父のせいで——。

気持ちにすっかり決着がついたものと思っていたのに、他の記憶は忘れていくのに、父のことは記憶にこびりついていたのかまだ引きずっていたのか未練があったのかと愕然(がくぜん)とし、私が心配して駆けずり回っている間、母は自分たちを捨てていった男を捜していたのかと、その挙句にこうして周りに迷惑をかけて、それなのにどの面下げて落胆しているのかと、猛然と腹が立ってきた。

「いい加減にしてよ、いつまであんな男にこだわってるの。私たちをないがしろにしたでしょう捨てたでしょう、忘れるならあいつを真っ先に忘れなさいよ」

きつい言葉で詰った私を、母は目を見開いて見つめた。身内に向ける目じゃなかった。知らない人に、全く身に覚えのないことで怒鳴られているという混乱と困惑と恐怖が混じった顔をしている。

私は看護師になだめられ、処置室を出された。そうされていなかったらもっとひどい言葉を投げつけていたに違いない。

思い出すたびに自分の言葉と怒りの強烈さにぞっとし、母を傷つけたことに激しい罪悪感を覚える。

しとしとと雨が降り続いている。

すっかり話してしまうと、より子先生が私の肩に手を置いた。

「自分ば責めねンだ。香織ちゃんはよぅくやってる。うん、頑張ってる。そったに自分ば責めだら、切ねべ」

「いえ。私はまだまだです。もっと頑張ってる人はたくさんいます。もっと過酷な状況の人もいます」

「なあに、頑張りは人と比べるもんでねえよ」

私のことを、『香織ちゃん』と呼んでくれる人は先生以外、いない。母であっても、私が「香織」であるのをそろそろ忘れ出している。そんな中で、先生の『香織ちゃん』は温かい。

賢坊がふいに立ち上がって、私のコーヒーカップを取ると、新しいコーヒーを淹れてくれた。意外と気が利き、思いやりがある。見直した。

「ありがとう」

「どういたしまして」

コーヒーに口をつける。舌が焼けるほど熱い。味の輪郭が際立ち、キリッと苦い。雨天のもったりした空気を斬るようだ。

壁時計がボーンと鳴った。

賢坊が、

「よりちゃん、一〇〇から七を引ける？」

と聞く。

「何いきなり」

綾ちゃんが不審そうな顔を向ける。

「いいから。よりちゃんやってみて」

「はいよ。九三、八六、七九……」

より子先生は澄まし顔で引いていく。

「うわー、最高！」

賢吾が手を叩く。

「はは。最高か。それはいかった。何度もやってるすけ、はあ、覚えでまったじゃ」

「覚えてるの？　マジで？　大したもんだわ。よりちゃん全然ボケてないね」

「うわー、サイコー」

感情のこもらない顔と口ぶりで綾ちゃんが言い、賢吾の腕を引っぱたいた。

「いった！　何すんの」

「あんたって天井知らずの無礼者だね」

「何が？　言っときますけどね叩くほうが失礼だよ」

「針で刺さなかっただけましでしょ」

はははとより子先生が笑う。

一人で菱刺しをするのもいいが、こうして集まるのもいいものだ。

「したども賢坊はよぐこの算数の試験ば知ってらったね」

「部活で老人ホームを訪問したのよ。そこで知ったの」

「はあ、なるほどなあ。我も、忘れっぽくはなったよ。手の動きも鈍くなってな、前より進まね」

　と、手元を見下ろす。四枚の薄い布で暖簾を作っているようだ。グラデーションがにじみ広がり、これは完成したらとんでもない物になると予感させられる代物だ。

「血圧の薬も飲まにゃなんね」

　より子先生は石畳模様のウォールポケットを見やる。三一個のポケットに薬が入っている。今日の日にちと同じ数字のところは空になっていた。

「あれ便利ねえ。売ってるの？」

　賢坊が聞く。

「あれは、舅を介護してる合間に刺したんだよ。それを孫が縫って形にしてくれたんだ」

「それじゃあ、あのポケットの一つ一つには、先生がお舅さんを介護した時間が収まっているということですね」

　私はじっと見入る。

「石畳の意味は何ですか？」

　と、綾ちゃんに聞かれた。

「未来永劫の繁栄とか幸福とかではなかったかな」

　答えると、綾ちゃんは腑に落ちない顔をした。綾ちゃんがイメージする介護と石畳の意味が合わないのだろう。

「より子さん、石畳にした理由ってあるんですか？」

「うーん、そンだなあ。何て言えばいいんだかなあ」

より子先生はまたウォールポケットを見上げて、目尻に優しいしわを集めた。

綾ちゃんも賢坊も私も、そんな先生を見つめる。

ふいに、より子先生が私に顔を向けた。

「香織ちゃん、お母ちゃんの食欲がねえって言ってたども、どうかね、一つ試してみてほしいことがあるんだども」

数日後。

家を出るまでは素晴らしく晴れていたのに、施設が近づくにつれて見る見る曇り、ついにポツリと来た。瞬く間に雨は激しさを増し、フロントガラスを叩く。

ワイパーが、ギュッギュッギュッと力強く雨を拭うフロントガラスの向こう、黒い雲の下に白い二階建ての施設が見えてきた。

雨に煙る正面玄関。その広く張り出した庇の下に、斉藤さんにつき添われた母かね子が見える。車椅子に埋め込まれているように見えた。儚気(はかなげ)だ。

駐車場にとめると、荷物を濡らさないよう抱え込んで庇の下に駆け込んだ。

「こんにちは。いつもお世話になっております」

斉藤さんに挨拶する。

「こんにちは。雨の中ご苦労様です。かね子さん、娘さんがいらしてくださいましたよ」

伝えられても母かね子は、遠い目を私の背後に向けているだけ。

私は母の前にしゃがんだ。

「お母さん、こんにちは」

反応がない。私は斉藤さんを見上げる。

「雨の中、こんなところでどうかしたんですか？」

「かね子さんが玄関に行きたがったんです。この時間に雨が降り出すといつもなんです」

「え？」

「ご自宅ではこういったことはありませんでしたか？」

「ええ。玄関の外に立つということはなかったです。外を気にしてそわそわすることはありましたけど……」

「どなたかを待ってるようなんですよね」

　斉藤さんが母を覗き込む。母は瞬きを忘れたみたいに、表通りを凝視している。

　私はため息をつく。待ち人はきっと父なのだろう。

　車椅子のステップに揃えられた足を見下ろす。子ども用の白いバレエシューズの先が雨だれのしぶきで濡れている。

「お母さん、中に戻ろう？　風邪を引いてしまうよ」

　斉藤さんに荷物を持ってもらい、私は車椅子を切り返そうとした。車がガッと引っかかって動かなくなる。

　よく見ると、母が筋張った両手で車輪を押さえているのである。

「帰ってくるすけ」

　しゃがれ声がその口からこぼれた。

「……帰ってこないよ」

「帰ってくるんだ」

「来ないって言ってるでしょ」

「濡れれば、寒いべ」

母が膝の上の手拭いを上下に振る。聞く耳を持たない。

「出ていったんだよ、もう何十年も前に」

話が通じないと分かっていても告げずにはいられない。

「帰ってくるすけ、今に」

「いい加減にしなさい！」

私は声を震わせた。いつまでもくだらない男に執着する母が、悔しくて恥ずかしい。

ザーザーと雨の音がひときわ大きくなる。

私の足もしぶきで濡れていく。じっとりとまとわりつく冷たい裾が、切なさと忌々しさをかき立てる。

斉藤さんが私の腕にそっと手を置いた。それでも私は構わずに続ける。

「来ないのよ、絶対に戻ってこないんだから、みじめな真似(まね)はやめて」

「帰ってくるんだ！」

母が怒鳴った。こっちを一顧だにせず、じっと通りを見据えたまま。

「ランドセル背負って、走ってくるんだ。オラが待ってるの覚えでて、一生懸命走ってくるんだ。それを迎えてやんねでどうすっか」

どういうことか瞬時に理解できない。

説明を求めて斉藤さんへ視線を向ける。彼女も私を見ていた。

「かね子さんが迷子になった時、郵便局の駐車場で発見されたんでしたよね。郵便局のもう少し先には、小学校がありましたよね」

その彼女の姿が、見る見るにじんでいく。

母を見下ろした。

「……そんな。あの頃、家の前で待ってたじゃない。どうして」

「その日は特に雨が強くて暗かったんじゃなかったでしたっけ。外の明暗で時間の感覚がずれちゃうことがあるんですよ。香織さんの帰宅が遅く感じたのかもしれません。心配になって捜しにお出になられたのではないでしょうか」

あの日、病院に駆けつけた時に「いかった」と笑った母が重なる。あれはもしかしたら、迎えに来てくれたことに対する安堵ではなく、私が「無事に帰ってきた」ことに対しての安堵の笑みだったのだろうか。小学生じゃなく、中年になった娘があの時母にどう見えていたのか見当もつかないけれど。

地肌の見えるつむじにポタリとしずくが落ちると、母が振り仰いだ。

私は母の前に再びしゃがむ。

ポキンと折れ、ボルトが入った太腿をさする。雨の日や寒い日はしんしんと痛むと漏らしていた。

「ごめん、ずっと誤解してた。私が間違ってた」

あれもこれも忘れていっても、娘を想う気持ちは、忘れていないのだ。

母は手拭いで顔を拭ってくれる。

「あんた、つらいことがあったんだねえ」

母はまぶたにしわを寄せ、しょぼしょぼと瞬きをした。

「つらいことじゃないよ。嬉しいことがあったんだよ。私のこと大事に思ってくれて、ありがとう」

涙を拭われた顔で笑うと、母は真似るように笑顔を作った。とても純粋でかわいらしい笑みだ。

斉藤さんが、母の前に身をかがめる。

「かね子さん、その手拭いじゃ今日の雨は拭いきれないですから、中にあるバスタオルを持ってきましょうよ。ちょっと取りに戻るくらい平気ですから」

母を納得させて私たちは部屋に戻った。

部屋に入ると、母はバスタオルの件は忘れたようで、何も言わない。

ベッドに座らせ、濡れたバレエシューズを脱がせた。所在なげに揺れる母の足のサイズは、母が待つ家に勇んで帰った頃の私と同じだ。

ベッドサイドのキャビネットの上を軽く片づけて、保冷バッグを膝の上にのせる。杏仁豆腐を取り出した。

母が手を伸ばしてくる。

食欲が戻ってきたかとスプーンを添えて差し出すと、母の手は杏仁豆腐を避(よ)けて保冷バッグをつかんだ。

角に開いた穴を菱刺しで補修したのだが、その部分をじっと見つめている。

しわしわにしなび、硬くなった手で模様をなでた。

「それ、何か分かる？」

問いかけると、母は目を離さずに頷く。

「あれだ、あれ」

母は口をもごもごさせている。お母さん、頑張れ。

「ひしざし」

「そう！　そうだね。そしたら、この模様は？　よく刺してくれた模様だよ」

母はバッグをひっくり返して、首をひねった。私はヒントを出す。

「『ひ』がつくよ」

「……テレビ」

私は噴き出す。

「ひょうたんだね。魔を除けて、子どもの健やかな成長を願う柄だよ」

母が顔を上げた。私を見つめ、そして頷いた。

ロビーから金属的なメロディーがこだました。

「ああ、時間だ」

母が顔を上げる。

「まんま支度しねば」

お父さんは帰ってこないよと言おうとして、私はふと思い至った。

「ご飯の支度って、もしかして娘さんの？」

「んだよ」

母は当然とばかりにしっかりと頷く。

「そうだったんだ……そうだったんだ」

父の食事の準備じゃなかったんだ。

「娘さんが帰ってくるにはまだ早い時間だよ。それよりこれ素敵でしょう？」

私は菱刺しの保冷バッグで母の気を紛らわそうとしてみる。

「私が学生の頃にお弁当を入れて持っていってた物だよ。お母さん、毎日作ってくれたもんね」

擦り切れたところを菱刺しで補強した。生成りのバッグに緑色の草木染の糸を使った。それは染にむらがあり、葱のような濃くて爽やかな色を刺しているうちにいつの間にか緑青色になっていたりする。境目がなく、色は緩やかに濃くなったり薄くなったりを繰り返す。

凝視していた母はそれをなでた。優しく優しくなでる。見ているうちに、まるで自分がなでられているかのようで穏やかな気持ちになってきた。

スプーンを差し出すと、母は手に取り、杏仁豆腐を口に運び始めた。

数日もすると、施設の中庭の木々の紅葉は進み、いよいよあでやかになった。

その日の光景を私は忘れない。

中庭に面した大きな窓から、秋の陽光が差し込むロビーで、斉藤さんや入所者に囲まれた母の姿があった。

細かな埃がキラキラと舞う中、母は針を手に、菱刺しを入所者に教えているのである。

母に、菱刺しの道具を渡したのは、菱刺しをした保冷バッグを持っていった翌日だ。

職員は針やハサミが危ないと渋い顔をしたが、斉藤さんが取りなしてくれた。

老眼鏡をかけた母は、図案もないのにためらいなく刺していく。はっきり言ってめちゃくちゃだ。偶数も奇数も入り交じる。

しかしなのか、だからなのか、生成りの麻布に深緑色の糸で刺すそれは、ハッとするほど鮮やかで迫力があり、見ていると心が躍る。そのでたらめな代物は、間違いなく、菱刺しなのだ。

斉藤さんと私は、母たちを少し離れたところから見守っている。

「他の方からやり方を聞かれて頼られるのが励(はげ)みになるのか、嬉々(きき)として教えてらっしゃいます。何度同じことを聞かれても、かね子さんは何度でも同じ説明をしてあげてるんです」

私は思わず笑う。そうでしょうとも。教えたことを忘れているのだから。

より子先生のおかげだ。菱刺しを施した保冷バッグとかハンカチなどで差し入れを持っていってはと助言してくれたのだ。

「食堂でお食事もするようになりましたし、食欲も戻ってきたようです。ご提案いただいた流動食は不評でしたので普通のお食事をお出ししてます。ごめんなさい」

「いいえ。逆にありがとうございます。母が詰まると言っていたのは、喉に詰まるじゃなくて、気持ちの面で『つまらない』の言い間違えだったみたいですね」

母の顔は生き生きとしている。目に輝きが戻り、血色もよくなってきた。

「母が、最近、家に帰ると言わなくなりました」

「そのようですね」

前は、帰宅を忘れたのがいいことなのか悪いことなのか判断しかねたが、帰宅が切迫感を抱かせるのなら忘れたほうがいい。

「根本的な問題は解決できなくても、ある面で思いがけなく改善される場合もあるようです。病気は治らなくても、あんなに晴れやかな表情になって、周りの方を楽しませられるようになるなんて、ちょっと前の母では考えられませんでした」

ロビーに時計のメロディーが響き渡る。母は気にせず布目を夢中でふさぎ続けている。

「今は、詰まるんですかね」

母の言い間違いを持ち出すと、斉藤さんは、しっかり詰まってますね、と笑った。

駐車場に戻る前に、一人で遊歩道を歩いた。白樺のスッキリとした白い幹が眩しい。水滴をまとった黄色い葉がキラキラと煌めいている。一本の木でも葉っぱは一枚一枚色づき方が違う。

　黄色い道をたどると、オズの魔法使いを思い出す。うろ覚えでは、確かドロシーたちは乗り物を使わず、徒歩で旅をしていた。長い長い旅だ。

　ドロシーは家に帰りたかった。一方母は、帰りたいと主張しなくなった。自分自身が必要とされ、肯定できる居場所を見つけ、そこが家になったから。

　映画の結末はどうなったのか。ドロシーは帰れたのだろうか。一緒に行った仲間は望みを叶(かな)えられただろうか。

　気になる。週末、ＤＶＤをレンタルしよう。

　さて、私が欲しかった物は何だろう。

　道を振り返る。緩やかに曲がる遊歩道の先に中庭があり、その奥に窓ガラス越しの母が見える。

　顔をほころばせている。私の口角も自然と上がる。

　敷地の外には家が建ち並び、生活の音がしてくる。

　陽光で温められた空気は、落ち葉や枯(か)れ枝(えだ)の匂いがする。

　再び前を向けば、黄色い道はまだ続いている。

　帰ったら菱刺しをやろう。

　うちには道具が揃っているし、そして私は菱刺しができる。

◆　◆　◆

　午後の薄日の中、温かな色に染まる庭はしんと静か。

　呼ばれたような気がしたより子は菱刺しの手を止めて、正座していた足を片方ずつゆっくりと崩して立ち上がる。

膝をさすって痛みを散らし、脛をさすってザワザワした感覚を消すと、後ろ手を組んで玄関へトタトタと向かった。

サンダルをつっかけて、引き戸を開ける。誰もいない。スズメがチッチチチチ、と鳴きながら白い玉砂利の上を跳ねて横切っていった。

引き戸を閉めて、またトタトタと作業部屋へ戻ると、椅子の座布団を縁側の陽だまりに移し両手で軽く叩いてふっくらさせる。それから机の上の菱刺し一式を運んで、そこにちんまりと座った。

今から二〇年ほど前、より子は舅の介護を手伝っていた。

実の親は、とうに亡くなっており、温厚で働き者の姑も早くに心臓を患ってこの世を去った。そのため、義理だろうとなんだろうと親と呼べるものは舅だけになっていた。

その舅は中気当たり……脳卒中で寝たきりで、長男の嫁の明子が本家で面倒をみていた。

当時はまだ、介護は長男の嫁がするのだという考えが残っていた。たとえ、施設に空きがあったとしても家でみる人が多く、入所させるとなると、親類縁者どころか近所からまで白い目で見られたものだ。

より子の夫・諒二は四人兄妹で、上から順に、長男、夫、長女、次女だ。

長男・進一郎一家が住まう本家は、歩いて五分とかからぬところにある。長距離トラックの運転手をしている進一郎は、ほとんど家にいない。一人息子は独立して家を出ている。

普段から家のことは明子が一手に担っていた。家の仕事には、舅が農業の他、アパートを経営したり土地を貸したりしていたため、お客対応や交渉、仲裁、取りまとめ、中には小難しい肩書を持つ背広を着た人との印鑑を使うやり取りも含まれていた。そこに介護が加わったのだ。

諒二の妹に当たる長女と次女はそれぞれ三津町の豪農と、隣町の酒蔵に嫁ぎ、家族を持っている。

より子は本家に介護の手伝いに通っていた。

玄関先で「いたかーい？」と声をかけると、満面の笑みの明子が小走りに出てくる。その顔を見ると、より子は今日も一日、元気に過ごせると思えた。

「やあ、よっちゃん、おはよう。待ってたよ。来てくれてありがっとうね」

「なもなも気にしねで。我のお義父さんでもあるんだすけ」

「だども、オラの役目ば手伝ってけるんだもの。ありがたいっきゃ」

明子は長男の嫁の責任を全うしようと努めていた。

食事の世話はいいとして、清拭(せいしき)や下の世話は、舅の体格がよかったので、二人がかりでないとダメだった。

便秘がひどくてお腹をマッサージしても出ない時は摘便(てきべん)もした。熱心にほじりすぎて出血させてしまうこともあり、痛みにうめく舅に二人は謝り謝り手当てをした。より子が綿を押し込みながら、あらやだこれじゃあ亡くなっちゃったみたいでねえの、と呟くと、明子が、よっちゃん冗談きついよぅ、と舅に気兼ねしつつ眉をハの字にして笑うのだ。

兄弟、親戚連中は時々ふらっと様子を見に来ては、やれ臭いがきついだの、紙おむつより布おむつのほうがいいだの、痩せたんじゃないのか食事が悪いんじゃないのかとケチをつけ指図をする以外、何もしない。

舅は、気難しい人だ。人を何人も雇うほどに大きかった農家を、さらに大きくしてきた。命じることに慣れていて、常に威張っていた。自尊心が高く、それだけにこのような病気になってしまったことが悔しく、我慢がならないようだった。

時に、舅は癇癪（かんしゃく）を起こして怒鳴り、腕を振り回す。二人はその腕に殴られることもあった。腕やわき腹にあざができた。

より子は、危ない時は縛ったほうがいいんじゃないか、と提案したが、明子はそれは気の毒だと難色を示す。主だって介護をしているのは明子なので、その彼女が不要と言うのならばとより子は受け入れるだけ。

より子は、殴られるたびに、明子に謝られた。一日じゅう世話をしている明子のほうが断然殴られているというのに。

進一郎はたまに帰ってきた。帰宅時間はもっぱら昼過ぎ。父親のいる寝室に顔も出さずに酒を飲み、明子が用意した食事を食べて明子が用意した風呂に入った。寝床が整っていないと、より子がいても関係なく明子を怒鳴りつける。明子はよく謝っていた。より子はそんな彼女の力になろうと心がけた。

いろいろ問題はあったが、舅は便秘解消後や、訪問入浴後に歌を歌うことがあって、呂律は回っていないし極めつきの音痴だったが、その歌声を聞くと、へなへなと力が抜けて思わず笑ってしまう。それは介護の息抜きのようなものだった。

もう一つの息抜きは、舅が寝ている間に刺す菱刺しだ。義姉も菱刺しが好きで、二人は、「帰ってきた時に臭いのは我慢ならないから閉めておけ」と義兄に厳命されている舅の寝室と居間を隔てる襖を開け放ち、窓も大きく開けてよく菱刺しをした。陽だまりでそよ風に吹かれながら刺すのが二人のお気に入りなのだ。

「息子にどうも一緒に暮らしてる女の人がいるらしくて」

と、明子が嬉しそうに明かせば、

「おろぉ、それはいかった。結婚すんだべか」

と返すより子。

話が始まると、菱刺しは一時中断。

「どうだかねえ。身を固めてくれればこっちも安心なんだども」

「んだねえ。だども、つつがなくやってくれてれば、結婚してもしねくてもいいよね」

「んだ。それが一番だ」

「息子さん、そういえばアメリカさいるんだったかい？　そうせば、そると……何とかって、冬にオリンピックがあったどこ」

「んだ」

「船木（ふなき）さん、飛んだねえ。あんだけ飛べりゃあ、気持ちがいいだろうね」

「おっかねえよぅ、よっく飛べるもんだ。命綱ねぇんだよ？　下手に落っこちたら死ぬかもしんね。命がけだよ。ほんとにたいしたもんだ」

「あっはっはっは。アキちゃんは、スキーなんちゃ見てらんねべ」

「スキーもだし、スケートもだ。転んであの靴の刃でケガでもしたらと思うと」

明子は体を抱いて身を震わせる。

「心配性だねえ。ほんならあのボウリングみてなのだっきゃ、いんでねぇど？」

「ああ、カーリングかい。あれはいいね。モップば動かすのね。お掃除みてんで、平和でいいねえ」

縁側の、ぽかぽかとした陽だまりで、介護にも親戚連中にも進一郎にも関係のないことをつらつらと話しているうちに、明子は舟をこぐことがちょくちょくあった。夜中も介護は続くので、明子は常に睡眠不足なのだ。

より子は座布団を並べて明子を寝かせ、タオルケットをかけてそっとしておく。それから菱刺しを再開する。

微風が明子の髪をそよがせる。すーすー、と安らかな寝息を聞きながら、より子もまた同じ風になでられ、菱刺しをするこの時間が愛おしい。

ただひたすらに布目を数えて決まった数をすくう。静かで堅実な繰り返し。

数目刺したら布を揉んで糸を馴染ませ、また刺す。同じリズムで同じことを繰り返していると、永遠を感じる。悠久を感じる。ゆったりした大きな流れに身を預けている感覚になる。

明子が腰を痛めたのは、介護生活も三年となった秋の終わりのことだ。

これ以上、介護を続けるのは無理だ。今後どうするかの話し合いの場が設けられて、四人兄妹と、妹の夫が本家に集まった。

いい機会だと捉えたより子は施設入所を提案。

それはもう非難囂々(ごうごう)だった。

この人でなし。嫁の分際で人の親を施設に入れようなんて。あんたら嫁は、介護だけしてりゃいいんだ、親をどうするかはこっちが決める。だいたい施設の金は誰が出すんだ、決めたのはお宅なんだすけお宅がすべて賄(まかな)うんだろうな、いやそもそもより子さん、あんたは腰はやってないんだべ。そんならあんたがみればいいでないの、今までやってきてたんだすけ、わけないでしょ。

一度も介護をしてこなかった面々が、居丈高に舌鋒(ぜっぽう)鋭く弾劾(だんがい)し続ける。

明子はすまなそうに下座で身を縮めていた。座布団すら敷かず、畳に正座している。

より子の隣で、諒二は俯き加減でじっとしていた。昔から長男が一番偉くて、次男坊は逆らえないようだったし、自分も介護に関わってこなかったからなおさら口をはさめないのかもしれなかった。

「我がここさ毎日通うのは無理だじゃ。家のこともある」

より子はそう告げる。

「何を甘えたこと言ってらんだ。そったことが許されると思ってるの⁉」

義理の妹、長女が湯飲み茶碗に手を伸ばしたと思ったら、勢いよくこっちにぶっかけた。

より子は濡れなかった。

諒二がより子をかばって頭からお茶をかぶったから。

場は静まり返る。お茶が諒二の尖った顎から滴り落ち、畳を打つ音が聞こえる。

「オレたちに文句ば言う資格はねぇ。てめえの親をみさせてきたんだ。明子さんは献身的に尽くしてくれた。より子も頑張ってくれた。その間、オレたちゃ何ばしてた？」

諒二が啖呵を切るのを、より子は初めて見た。

義妹夫婦は目を逸らす。

「おめ、誰さ向がってそったただ口利いでらのだ⁉」

義兄が吠えた。

諒二がすわっと腰を浮かせる。

場に緊張が走った時。

うぉぉぉぉ。

窓ガラスがビリビリと震えるほどの大きな叫び声が響き渡った。

全員が身をすくめる。

おぉぉぉぉうぅぅぅ。

舅の寝室からだ。

真っ先に立ち上がったのは明子だ。次により子が立ち上がり寝室へ駆け込む。

他の連中もつんのめるようにして駆け込んできた。

あのプライドの高い舅が、ベッドに仰向けになったまま動かない体を震わせて、慟哭（どうこく）している。

その光景を見て、兄妹たちは立ち尽くしたきり、何も言わない。

空気は気まずく固まったまま、話し合いは終わった。

自宅に向かって五分ほどの道のりを歩きながら、より子はまとわりつく重たい雰囲気を軽くしようと、お茶っこ冷めてていかったねと茶化した。

諒二はハンカチを返しながら「よっちゃんと、明子さんが矢面に立って長いこと罵倒（ばとう）され続けてくれたおかげだ」と真面目なのかユーモアなのかよく分からない答えを返してきた。

いつもの穏やかで冷静な諒二に戻っていて、より子は頬を緩める。

「介護ばさせっぱなしにしてて、悪かった」

「なんもだ。あんだは町の人のために働いてるべ。家のこともあれこれやってける」

諒二は嘱託職員として役場に再雇用されていた。

Yシャツだのズボンだのボタンが取れそうだったら、洗濯機さ入れずに、よけといてくれりゃ、はなまるだ、とつけ加える。夫は頭をかく。

「だども、充分助かってるよ。だすけ我は、本家さ行けるんだ」

より子は、明子の夫を思い返し、自分が恵まれていることに感謝した。

諒二は眉をハの字にしてより子を見下ろす。

「したども、もっと早く施設に入ってもらえばいかったよ。したら明子さんも腰ば悪ぐしねくてすんだべし、よっちゃんも苦労しねかった」

「我はなんも苦労ってこた、ねえよ。施設だばプロがやってけるんだすけ、お義父さんも……」

尻から血を出すこともねかったべ、と続けそうになって、すんでのところで、

「お義父さんの負担も少ねかったべに」

と、言い替えた。

「んだな。……あ、いや、よっちゃんたちの介護がまずかったって言ってるんでないんだ」

「うん、分かるよ」

「よっちゃん、ありがっとうな」

諒二がより子の手を握る。より子はちょっと慌てた。

「おろ。やー、ご近所さんさ見られれだら、しょし」

「なもそったことね。いずれ、こうしてお互いば杖さして歩くことさなるんだ」

より子はあははは と笑ってつないだ手をブンブン振った。

施設の費用は、舅の年金で充分賄えた。

諒二は、舅を施設に入れたからといって我関せずにはならず、着替えの交換や手続きなどのために施設に通ってくれた。

そんな諒二の腹にでき物が見つかったのが翌年の秋で、さらにその年が明けるのを待たずに死んだ。

お互いを杖にする年齢まで到底、達しなかった。

こったに早く死んじまって、ほんだら我は、何ば杖っこさして生きていけばいいのせ。

春彼岸(ひがん)を迎えて飾った仏壇(ぶつだん)の前で、諒二とつないだ手をぼんやりと見つめていると、ふいにその手を藍色の手甲が覆った。

顔を上げると孫の亮平が立っている。一三歳になった彼はずいぶん背が伸びた。

「ばあちゃん、菱刺しやんねの？　もう三か月以上もやってないんじゃない？」

正面に座り、労るように聞いてくる。

「ぼく、ばあちゃんが菱刺しやってるのを見るのが好きだよ」

亮平は、面差しが若い頃の諒二に似ている。郵便局で、菱刺しの手甲をした手で、手紙を渡してきた夫に。

あの手甲を受け取ったから今の自分がある。手甲に菱刺しをした自分が今の自分につながっている。芯から心を捧げられる人を得て、大事と思える家族ができた。愛するこの子もその一人。

より子はその日の夜から再び針を取った。


舅はその五年後に亡くなったのだが、初七日の法要を終えた際に、話に上った遺産相続の件で一悶着あった。

予想していたことではある。

進一郎と二人の妹家族が取り分を主張した。舅を施設に入れる入れないの時は兄妹が結託していたのに、ひとたび利権が絡むと手のひらを返して争い始める。

この人たちを育て上げた舅の人生は何だったのか……。

より子は彼らを眺めながら、虚しさを覚えていた。

揉めているところに、日頃お世話になっている行政書士が公証人を伴ってやってきた。

書類カバンから取り出したのは遺言状だ。書かれた日づけは舅が倒れてから一年ほどあとになっていた。

はて。口が回らない人の言葉を、赤の他人の公証人がよく分かったものだ。自分と明子くらいしか聞き取れないのに、と不思議だったが、こうして実際遺言状があるのだから、どうにかして伝えたに違いない。

そこには遺留分を除くすべての財産を明子とより子に遺（のこ）すと書かれてあった。

驚いた。舅は、最後の最後まで「ありがとう」すら口にしなかった人だったのだ。

妹夫婦は激怒した。そんなのは認めない、無理やりに書かせたんだろう、騙（だま）して書かせたんだろう、無効に決まってるじゃないか、などと喚（わめ）き、しまいには、より子たちが住んでいる土地が、結婚する際に本家から譲渡された物であることまで俎上（そじょう）に載せて非難する。何が何でも嫁である明子とより子にはビタ一文渡したくないようだった。

一方、進一郎は、嫁がもらう財産は自分の物と高を括っているのか、腕組みをして満足気にふんぞり返っていた。

礼を言えないから、舅はお金に頼ったのだろう。ただ、もし舅が言えるような人間であれば、他の兄妹たちの舅に対する無関心な態度も、この有様もまた違ったものになっていたのではないかと思った。

何ともやりきれない。

より子はもらった財産をそのまま明子に渡した。明子は遠慮したが、より子は半ば強引に押しつけた。

さらに半年後、進一郎が風呂で亡くなる。酔（よ）っ払（ぱら）っていたようだ。

一人になった明子は前より明るくなり、肌艶もよくなった。ちょくちょく豊川家を訪れるようになる。玄関先で、「いたかーい？」とほがらかに訪（おとな）いを告げるのだ。

介護をしていた頃から二〇年たった。

「いたかーい？」

玄関から在宅を確かめる声が聞こえる。

その声で物思いから覚めたより子は「ほーい」と返事をして腰を上げる。

玄関の引き戸を開けると、戦友の明子がにっこにこして立っていた。

より子は目を丸くした。

「あきちゃん！　久しぶりだのー。よう来たよう来た。さ、上がって。お茶っこさすべし」

より子はウキウキして中に招き入れた。テーブルの椅子を引いて、「ここさ、ねまれ」と後ろを振り向く。

と、そこには誰もいない。

玄関に戻って、外を確かめた。

午後の薄日の中、錦に染まる庭はしんと静か。

「ばあちゃん、どうしたの」

家の中からの声に顔を戻すと、柱の向こうから孫の亮平が怪訝な顔を覗かせている。

「いや。……なんでもねぇよ」

耳にしっかり残っている明子の声。

より子は降り注ぐ陽光で温められた落ち葉の匂いが立ち込める中、深呼吸した。

そして一〇〇から七を引いてみる。

頭を軽く叩いてふふっと笑って中に入った。

# 四章　真麻の聴色（ゆるしいろ）

誕生日が嫌いだ。

庭で蟬が鳴いている。工房に風鈴の音が響き渡ると、つられたように、テーブルの上のグラスの中で氷が音を立てた。

麦茶を飲み、手土産の南部せんべいを食べて一息ついたばあちゃんは、腰を上げた。

「ほんだら、そろそろやるかい」

作業机の上に糸や布を広げる。

南部せんべいを食べている間もソワソワしていた真麻(まあさ)は、待ってましたとばかりに机に飛びついた。

「わっ。すごいカラフルですね！　糸ってこんなに種類があったんだ。むらのある糸、初めて見ます」

「そりゃあ、草木染だね」

「草木染やばい。興奮しすぎて鼻血が出る」

真麻は鼻を押さえる。

自己流でうろこ紋を刺していた真麻にばあちゃんのことを教えると、「あたし世界で一番ツイてる！　習いたい」と言ったので、会わせることにしたのだ。

「亮やんの糸は、黒糸と白糸しかなかったんですよー。それはそれでイケてたんですけど、カラフルなのは気持ちがパッとしますね」

以前、ぼくの持っている材料を見せたことがあった。生活雑貨店で買った、角が金属で補強されている無地の紙箱に入れている。さすがにばあちゃんのと並べるわけにいかず、今は部屋のクローゼットの中で待機中だ。

「よし、やろう」

真麻が指をポキポキ鳴らす。

「何をする気かな。菱刺しをするのに腕っぷしは関係ないんだよ」

ぼくが落ち着かせているうちに、ばあちゃんが図案集をめくって最初のページに載っている物を指した。

「菱刺しには名前がない図案が結構あんだよ。ほれ、こりゃあ菱形の中さ、ちっこい菱形があるやつ」

「あたしだったら、『ダブルクリスタル』って名前つけます」

「そりゃどういう意味だい？」

英語に弱いばあちゃんが問う。

「二重の水晶（すいしょう）っていう意味です」

「そりゃあいい」

ばあちゃんがほほえむ。

「糸を選ぶのも楽しいですよね～。お、この色いい。このくすんでるのって燻（いぶ）したみたい」

「はははっ。『燻した』はいかったね。真麻ちゃんのうろこ紋もいい糸を使ってるね。ワンピースど合ってらよ」

「ですよね！　あたしもそう思ってるんです。亮やんと買いにいったんですよ」

ご機嫌の真麻だったが、ふいに表情を引き締めた。

「師匠、基礎から教えてください。私のはほんっと自己流なんで、ちゃんと勉強したいんです。よろしくお願いします」

背筋を伸ばして頭を下げる。

ばあちゃんはいたく感心して、針に糸を通す初歩の初歩から教え始めた。

真麻もその方法は知らなかったらしく、これなら簡単に通せますね、あたしの今までの苦労はなかなかのものでしたよ、と感心したり苦労自慢したりする。

ひたすら刺し続ける真麻に、ばあちゃんは時折、麦茶や南部せんべいを勧める。しかし真麻の耳には入らない。真麻は一度集中モードに入ると、気が散ることがないのだ。

代わりにぼくが、あとで食べるよと答える。ばあちゃんは勧めた南部せんべいをパリンとかじり、ここのせんべいは塩加減が絶妙なんだよ、ゴマも多いし、薄焼きで入れ歯でも楽に食べるじゃ、とプレゼンする。口調が軽やかだ。孫が連れてきた子に、しかも菱刺しをやる子に、ばあちゃんは少なからず興奮しているようだ。

しばらく黙々と取り組んでいた真麻が、首を傾げた。

「なんだか違うような気がする」

「え？　どれ。数えてみよう」

ぼくは真麻によく見えるように布を引っ張って、布目を広げる。

真麻がずいっと覗き込む。ゴチッと額がぶつかった。痛い、と真麻が呟いて、ぼくと同時にお互いの額を押さえる。

「やあね、亮やん自分のおでこの心配しなよ」

と、真麻が笑う。

「そっちこそ」

真麻の広い額が赤くなっているが、幸いにもこぶはできていない。

「どりゃどりゃ。見せでのが」

ばあちゃんが大きな眼鏡をかけて覗き込む。

「ああ、ここで間違ったんだ。どれ」

真麻から受け取って針から糸を抜く。針の尻に引っかけて順番にほどき始めた。真麻は、まん丸い目で、ほどかれていく糸を目で追っている。机の上に軽く握った手を揃えて。

「時々、俯瞰（ふかん）で全体と進む先を見ながら刺すといいよ。目先のところだけ見ていると間違ってることに気づかないんだ」

ぼくは横から言った。

「それが難しいんだよね。つい一点集中してしまって」

真麻は熱中すると視野がせまくなるところがある。今の場合は菱刺しだからいいが、そうじゃないことも多く、普段から危なっかしい。

「真麻ちゃんは、なして菱刺しば知ったんだね」

ばあちゃんが問う。

「大学のゼミです。あたしデザイン科なんですが、科の先生が青森県南部地域に古くからあるデザインってことで菱刺しを紹介してくれたんです」

「そうだったのかい」

「八戸市内の小中学校では、家庭科で習う場合もあるけど、学校によるんですよね。あたしの学校ではなかったです」

ぼくが通っていた三津小・中学校でもやらなかった。

「まず、こんな緻密な物を、人が刺したっていうのが信じられませんでした。布の目を埋めようなんてどういうつもりでそんなこと思いついちゃったんだろうと。あ、悪口じゃないですよ」

　ばあちゃんが嬉しそうに頷く。真麻は安心して話を続ける。

「でも、ようく見ると」

　真麻が布をギュッと引っ張って顔を近づけた。

「機械じゃ絶対に出せない、揺らぎがあるんですよ。微妙な力加減が糸に表れていてそこに、人らしさというか手のぬくもりというか、そういうのがあって、いいんですよ」

　ぼくは、ばあちゃんの菱刺しを手に取ってみる。あまりじっくり見たことはなかったけれど、確かにこのささやかな加減は、コンピューターなどでプログラミングされたものじゃなくて感覚の問題だから、手でしか表せないだろうな。

「で、興味が湧きました。菱刺しが生まれた背景は、この土地の厳しい環境だったんですね。それでもこの地で生きていかなきゃならないから、少しでも寒くないように苦肉の策として菱刺しが生まれた。まさに必要は発明の母です。菱刺しに、この土地で生きていく覚悟の証(あかし)を見た気がしました。そういう重厚なドラマが刺し込まれているところが迫力とすごみを感じさせるんでしょうね。ただの刺繡じゃなかったんです」

　真麻は自分の意見を、誰に対しても物怖(ものお)じせずに伝える。

「はあん。なるほどなあ」

　ばあちゃんたちの会話は続く。ぼくは糸をほどき続ける。ほどく時は数を数えなくていいから、ラジオのように二人の会話を楽しめる。

　間違えたところまで糸をほどき切って顔を上げると、ぼくは作りかけのビルの足場に立っていた。

「――え」

凍(しば)れる強風にあおられ、バランスを崩す。

手すりを乗り越え、ぼくは宙に放り出された。

自分の叫び声で飛び起きた。

泡を食って周囲を確認する。

青いカーテン。クリーム色の壁。二〇二二年一二月のカレンダー。枕元の勉強机。出入り口そばのクローゼット。その横のカラーボックス。それには仕事で参考にしていた設備設計の業界誌や空調機のカタログや配管図の雑誌、法律本などが挿さったままになっている。背表紙は色褪せて、タイトル文字が消えかかっていた。

自分の部屋だ。

そしてぼくは、出窓に面したベッドの上。

大きく息を吐く。

汗だくだ。

冷たい空気が、じっとり濡れた首筋に触れる。

何度も唾を飲み込んだ。顔を覆う。手が冷たい。首を手のひらで拭い、それをパジャマに擦りつけた。

ベッドの下に、かけ布団と毛布が落ちている。ぐにゃりと歪んでいた。

震える手を伸ばす。

突然、目覚まし時計のアラームがけたたましく鳴り響いた。びくりとした拍子に、するりと手から抜けて、床に広がる。今度はしっかりつかんで引き上げた。

アラームを止める。針は六時半を指している。時間通りに起きたところで行く当てもないのに、設備設計の会社に勤務していた頃と同じ時刻に起床している。理由はよく分からない。

一階から、味噌汁の香りと、焼ける塩鮭の匂いがしてくる。テレビの音もうっすらと聞こえる。食器が当たる音。冷蔵庫を開閉する音。椅子を引く音。

ぼくはかけ布団の上で手を握り合わせる。息がなかなか整わない。また首の汗を拭う。拭っても拭っても消えない。

何度か手を握ったり開いたりしたのち、ベッドから出た。

着替えるために両開きのクローゼットの扉を開ける。キィ……と音が出る。中には黒か白の似たような服ばかりが下がっている。

扉を大きく開いた。端にカラフルな服が六枚寄せてある。色は赤、黄色、オレンジ……。柄はストライプ、水玉、殴り書きされた擬音語、浮世絵(うきよえ)。場違いなような色柄の服たち。しかしその派手さに白と黒は圧倒され、立場が逆転しているように見えなくもない。

派手な服のポケットや裾や襟の際などには小さな菱刺しが施されている。真麻がプレゼントしてくれた。もっと明るい色を着てみなよ、と。せっかくたくさんの色やデザインがあるんだから、と。

いつものやつがいいぼくは鈍い反応をしたと思う。真麻は、とにかく着てみて。試してみないことには似合うか似合わないか分かんないでしょ。似合ったら楽しみが増えるよ。せっかく生まれてきたんだから、たくさん楽しんだほうがいい――。

そう言って、毎年二月二〇日のぼくの誕生日にくれた。

せっかく生まれてきたんだから、という言葉は、ぼくにプレッシャーを与える。

もらえばその時は身に着ける。真麻は少し離れたところからぼくを眺め、うーん、ちょっと雰囲気が違かったか、とか、そっち系じゃなかったみたいね、などと一人品評に入り、翌年またテイストの違うシャツを用意してくれるのだが、いずれも「うーん、今一つ……というか、だいぶ……」なのだった。

両親が仕事に出かける七時過ぎまで部屋にいる。

ガレージのシャッターが上がり、それぞれのエンジン音が遠ざかると、ぼくは一階に下りていく。

歯を磨いて髭を剃り、顔を洗う。ぼくの歯ブラシやシェーバーは洗面台の下に入っている。そうするように命じられたわけではない。ぼくの考えでそうしている。働いていないのに、みんなの目につくところに並べておけないから。

洗面台、脱衣所、トイレと風呂場を掃除する。便器も水栓コックも湯船もシャワーヘッドも徹底して磨く。これらもやれと指示されたわけじゃない。いつの間にかするようになっていたし、これをすることで無職のひきこもりである肩身のせまさが若干薄れるような気がしているからやっているにすぎない。

本来ならやって当然なのだけど、ぼくはこういうことをするのと引き換えにひきこもりを免除してもらっていると勝手に決めている。

水をコップ一杯飲んだら、シンクの洗い桶に浸けられている三人分の食器を洗う。

そのあと、掃除機とハンディモップを手に各部屋の掃除をする。全室は無理なので日によってキッチンだったり、リビングだったり、両親やばあちゃんの部屋だったり。少なくとも一部屋はするようにしている。天気がよければ布団を干す。洗濯物があれば洗濯機を回す。

そうしているうちに工房が開く一〇時が迫る。他人に会わないよう工房が開く前にミシン部屋へ入る。

六年前、部屋にひきこもるようになると、ばあちゃんは、時々ぼくの部屋の前にやってきてはほのぼのとした口ぶりで「おーい亮平、生きてらどー」と声をかけるようになった。ぼくは黙っていた。返事をするのは申し訳なかった。少しすると、ばあちゃんは部屋の前から離れた。

父は何も言わなかったが、母は気を揉んで、時折、ドア越しに金切り声で責めたり叱ったり、嘆いたり、将来はどうするのか詰問(きつもん)したりした。ドアノブをものすごい勢いで揺さぶることもあったが、開けることはできなかったようだ。

自分がどうしたいのかどうなりたいのか、将来のことどころか目先のことも見えなかったし、考えたくもなかった。

頭の中はずっと混乱していた。

ばあちゃんは菱刺しを勧めた。

ぼくは拒んだ。

それまでは、気持ちが乱れる時などは菱刺しをすれば、落ち着き、頭の中はスッキリと整理され、クリアになったのだが、今回ばかりは無理だった。

ばあちゃんは、そうかと呟いただけであっさり引いた。

断った瞬間、昔、じいちゃんを失ったばあちゃんに菱刺しを勧めたことが、まぶたの裏に鮮やかによみがえった。

ばあちゃんと同じ状況を味わって初めて、自分がしたことは独(ひと)りよがりの押しつけだったと反省する。しかし当時のばあちゃんは、菱刺しを手に取った。ばあちゃんは、強かったのだ。ぼくが思うよりずっと。柳の枝のようにしなやかで強かったのだ。

こくん、こくんと一定のリズムでペダルを踏む。菱刺しが施された布が前へぐいぐい引っ張られる。自分まで前進しているような気がしてくる。

ミシンは、外に出ないぼくを詰らない。叱咤(しった)激励しない。押しつけがましくもない。毎日淡々と二枚あるいは数枚の布を縫い合わせ一つにしていくだけ。ミシンの前では、ぼくは自由で静穏だ。

ミシンを止めると、襖一枚隔てた向こうの作業部屋が静かになっていることに気づいた。

押(お)さえ金(がね)を上げ、布を引き出す。

糸を切り、裏表を確認する。

菱刺し工房の利用者に頼まれたテーブルランナーが縫いあがった。糸くずを払い、角を揃えてたたんで背後の机に置く。

壁の時計は八時を回っていた。

襖にそっと近づく。

作業部屋に人の気配がないことを確かめると、深呼吸して伸びをした。

お腹の上にまくれ上がったセーターの裾を下ろす。

ハンディモップでミシンをなでる。床に落ちた布切れや糸くずを掃除機で吸い、次はばあちゃんたちの作業部屋に取りかかる。

昔、この工房はばあちゃん夫婦と、息子でありぼくの父である遼太郎(りょうたろう)の家だった。父が社会人になり結婚するのを機に、隣に家を建てた。父が今のぼくと同じ三一歳の時にはすでに結婚して、家を建て、子どもまでいたのだ。

ばあちゃんはこっちの工房で暮らし続けるつもりだったらしいが、新築のほうが断熱もしっかりしているし、バリアフリーだからと父に説得されて移った。

ありがたいことだよねえ、とばあちゃんはこの話を語って聞かせてくれた時に感謝していた。

鴨居（かもい）の埃をハンディモップで取る。壁時計、電灯の笠（かさ）。モップが汚れると充実感を得られる。棚の上の作品を動かして棚にモップをかけ、最初の角度や並び順通りに置く。光が入った時に、影が隣の作品に触れないように置くのが好きだ。

利用者が使うテーブルは布巾で磨く。

ばあちゃんの作業机は整えられていた。ハサミや針など、道具は木の箱に収められている。昔、駄菓子屋（だがしや）が閉まる時にもらい受けたとかいうその箱は、ふたがガラスになっているので中身が確認しやすい。

柱にかかる一輪挿しのリンゴの枝に水をやる。今の自分が何かを与えられるのは、これだけだ。

夜間飛行する白鳥の声が聞こえてきた。

先月から白鳥が来始めた。今年は少し早い。

彼らが来ると冬が始まる。

すぐそこの熊原川が滞在の地だ。川にくちばしを突っ込んで、草や茎（くき）を食べている。たまに、田んぼに出張しているのを見かける。泥の中から虫をほじくり出しているようだ。泥の田んぼにいたって、空き缶が浮き沈みする川にいたって白鳥は純白のままだ。

渡ってきたのに、ぼくらと彼らの間には餌やり禁止の看板がそそり立っているので、餌待ち顔の彼らに申し訳ない気分になる。これが人間同士で遠路はるばるやってきた人にお茶の一杯も出さなかったら、もう二度と来ないだろうが、白鳥は律儀にやってくる。

冬を連れてきた白鳥は、三月の末頃、春と入れ違いに飛び立っていく。もっといればいいのにと毎年思う。

玄関の引き戸が開く音がした。スリッパの足音がのんびり近づいてくる。

障子に、ぼくの胸あたりの背丈の人影が映り、開いた。

「明かりっこがついてたすけ、亮平がまンだいるごったな、と思ってさ。おお、掃除ばしてらったか。お疲れさん」

ばあちゃんだ。のそりと入ってくる。

「晩げまんま、まだだべ？」

ばあちゃんがお盆を持ち上げた。

ラップに包んだ大きな黒いおにぎり一個と、湯気の上がる具だくさんのけんちん汁、ぶ厚いたくあんがのっている。

「ありがとう」

受け取ってテーブルに着く。ばあちゃんがサイドボードの上のお茶セットから急須を取る。

ぼくはけんちん汁をすする。食事は母が作っている。いつもの味だ。出汁が利いていて、大根も人参も牛蒡(ごぼう)も椎茸(しいたけ)もこんにゃくも高野(こうや)豆腐も、定規で測ったように大きさが揃えられている。

ラップを剝いておにぎりにかぶりつく。こっちはたぶん、ばあちゃん作。艶のある分厚い海苔(のり)に包まれたおにぎりは砲丸(ほうがん)投げのボール大。海苔の香りが高い。具は、ぶりの照り焼きだ。甘い醬油タレと脂が混じり合ってご飯にこっくりとしみ込んでいる。

ばあちゃんはお茶筒を振って中身を確かめ、ふたを引っ張る。きついらしいので、ぼくが代わりに開ける。ばあちゃんは茶さじで急須に二さじ入れ、それからまたもう一さじ加えると、電気ポットの湯を注いだ。爽やかな香りが立ち上る。

「ばあちゃん、おにぎり旨(うま)い」

「そうかい。それはいかった」

　ばあちゃんがお茶をテーブルに置いて、作業机に着く。虫眼鏡のように大きな眼鏡をかけて机の端に寄せていたやりかけの菱刺しを引き寄せ、刺し始めた。ガーゼっぽい長方形の大きな生地が四枚。暖簾のような物を作っているのは分かるが、何の模様を刺しているのか確かめることはしない。

　たぶん、二月末の美術工芸展に出展する物だろう。

　ばあちゃんは何度か賞を獲(と)ったことはあるが、喜びに浸るとか、沸き立つとかはせず、受賞の連絡をもらった日もいつもと同じように静かに菱刺しを続けていた。

　受賞よりも、作るほうがばあちゃんにとっては大事なのだ。

　ばあちゃんにとって、工芸展に出展するのは、作り上げた物を誰かに見てほしいという無邪気な欲求なのだと思う。受賞した時に地元の新聞社の取材に答えた今後の目標は「ない」だった。新聞社の人は困って何とか目標を聞き出そうとした。ばあちゃんは、毎日刺していられればいいすけ、特に目標はねぇなぁと繰り返した。記事に「毎日刺すことを目標としている」と書かれているのを読んで、ばあちゃんはなるほどうまく書くもんだなぁ、と感心していた。

　ぼくは菱刺しから目を逸らし、ばあちゃんの向こうの壁を見る。日付ごとの薬入れのウォールポケットがかけられている。自分の部屋にかけておけばいいのに……おにぎりをかじる。けんちん汁をすする。

　今日の日付のところにはまだ、半透明のセロハン袋が覗いている。

「ばあちゃん、薬まだ飲んでないの？」

ばあちゃんは老眼鏡を下げて、縁の上からウォールポケットを見上げた。

「おお、忘れでだ」

椅子に正座していたばあちゃんが、足を崩して立ち上がろうとしたので、ぼくは席を立って代わりに取って、ついでに袋を開けた。ばあちゃんは袋を開けるのにも苦労するのだ。

ばあちゃんの湯飲みに残っていたお茶を捨ててすすぎ、水を多めに注ぐ。水がたっぷりじゃないと喉に引っついてしまうらしい。年を取るっていうのはいろいろ大変だ。

「ありがっとう」

喉を反らせて薬を口に空け、水を口に含んで天井を仰ぎ飲み下す。一連の仕事がうまく運ぶまでを見守った。

ばあちゃんは針を持ち直して菱刺しを再開する。ぼくはまた視線を逸らしておにぎりをかじる。

食べ終わると、ばあちゃんが眼鏡を外した。

「んめがったど？」

「うん、ごちそうさまでした」

「はあ、家さ戻るど？」

「ええと、もう少ししてから戻るかな」

タイミングを見計らって家に戻っている。無職のひきこもりの後ろめたさがあるので両親と鉢合わせしたくない。

ばあちゃんは机につかまって、身をよじるようにして右足を崩し、左足を尻の下から引き出して椅子から下りる。菱刺しを片づけて、ぼくが食べた器を盆にまとめて出ていった。

九時を過ぎた頃に家に戻る。玄関横のばあちゃんの部屋からは物音がしない。風呂場とキッチンから水音がしていた。

ぼくは突き当たりの階段を上って部屋へ行く。

こそこそして情けないのは自覚している。このままじゃダメだというのも頭では理解している。仕事を探せ、就職しろ、外に出ろ、自活しろと、頭の中のぼくが追い立てる。

でも、どうにもできない。他人と関わりたくない。気力も湧かない。外へ出て働けば様々な突発的な出来事が降り注ぐ。その急な出来事に対応する気力が、どこをどう探しても今のぼくにはない。

今のぼくには――。今の――。そう言い訳し続けてもう六年だ。

何もしていないのに、していないからなのか、一日が終わると、ぼくは一丁前にひどく疲れている。

デニムの尻ポケットからスマホを出す。六年前からずっと同じスマホだ。現在も未来もかかってくる電話も届くメッセージもない。友人や会社の同僚たちから届いていたメッセージを放置していたら、来なくなった。今後も来ないだろう。履歴だけが、過去だけがここにある。

眉間にしわを寄せた自分の顔が映っている。ロックを解除したものの、ぼくはそのままスマホを伏せてそれ以上操作するのをやめた。

ランチョンマットを二枚仕上げてミシンを止めた。作業部屋に人の気配がないのを確認してから、ミシン部屋を掃除し、隣の作業部屋に移る。

いろんな人が出入りしているが、中でもちょくちょく来ているのは、学生のカップルさんと、近所のせんべい屋さん。少し前まで公民館勤めの女性が来ていたが、結婚して引っ越していったようで、来なくなった。

襖越しにもある程度は把握できる。

ここに来る人たちは、菱刺しを頑張ってやっているふうがない。ただ楽しんでいる。ただ楽しんでいる雰囲気を襖一枚隔てた背中で受けながらミシンを踏むのが心地よい。歯を食いしばりしゃにむに努力している人より、そうじゃない人にぼくは助けられている。

ずっと、頑張る人が出てくるテレビ番組や本、映画などから離れていた。ＳＮＳも避けている。どこにでも頑張る人たちがいて、うっかり見てしまうと、それができない自分が世間に対して申し訳なくて、落ち込む。

視界の隅を白い物が下りていった。

顔を向けると、縁側のガラス戸の向こうで雪が舞っている。

ガラス戸を開け、手を伸ばす。亀甲模様を思わせる六角形の完璧な結晶が指先に下りる。よく壊れないものだ。あんな高いところから下りてきたのに。

掃除機をかけるために椅子をずらしたところ、一枚のハンカチ大の布がはらりと落ちた。菱刺しが途中まで施されて、針がついている。

拾い上げて、その模様を目にしたぼくは息をのんだ。

銀色の糸の亀甲模様の中に、くすんだ薄ピンク色の……聴色（ゆるし）のべこの鞍があしらわれている。

これ、誰が刺した。

「あ、開いてる。助かった」

「おっじゃましまーす」

玄関のほうから男女の声が響いた。この声は、武田綾さんと賢坊だ。ぼくは硬直した。

普段ならミシン部屋に引っ込む。しかしぼくは布を握ったまま、突っ立っていた。

障子の間から男女が顔を出す。

武田さんと思しき人は、小麦色の肌に大きな目と小さな鼻と、薄い唇。髪の毛は黒で肩にぎりぎり触れる程度の長さ。賢坊と思しき人は、ひょろりとした体形で背が高く、襟足が青色に染まっている。浅黒い肌に高い鼻梁(びりょう)、大きな口。

武田さんが目をまん丸くしてぼくを見つめた。ぼくも負けないくらい目を見開き、さらには、息まで止めていた。

壁時計が唐突にボーンと鳴る。八時半。

武田さんが深呼吸したのが分かった。マズい。悲鳴を上げるつもりだと察した時には武田さんの隣から「わあああ！」という太い悲鳴が響いた。

「お前かーい！」

武田さんが賢坊の薄い横っ腹を容赦なくどついた。

「どろぼー！」

武田さんのどつきにもめげずに賢坊が大声を張り上げ、ぼくを指す。

「ち、違います！　こ、ここ、ここの家の者です！　豊川より子の孫の、豊川よ、り、亮平です」

ひっくり返った声で訴えた。

豊川より亮平ですと言ってしまった。比べてどうする。おまけに、孫なのに名字までつけてしまった。

「そ、そっちの部屋でミシンをやっている者です……」

二人が動きを止めた。ぼくを注視する。ぼくは目を伏せる。

「白鳥の人⁉　ついに現る」

賢坊がはしゃぐ。鑑定士のようにぼくを観察しながら周りを二周した。前から襖越しに思っていたが、恩返しというなら白鳥じゃなく鶴(つる)だし、そもそも白鳥にたとえるのは失礼だ、白鳥に。

武田さんが咳払(せきばら)いした。

「初めまして。あたし三津高校二年の武田綾です。こっちは同じクラスの栗生賢吾。より子さんにはお世話になってます」

「あ、いえこちらこそ」

「より子さんに目元と口元が似てますね」

じいちゃんに似てるとは言われてきたが、そうか、ばあちゃんにも似てるのか。

「ということで、その菱刺しを忘れたんで取りに戻ってきました」

武田さんがぼくへ手を差し出してくる。ぼくは渡すことができない。武田さんは手を伸ばしたまま訝(いぶか)し気な顔でぼくを見上げる。

「あ、あの。失礼ですが、この模様はどうして知ったんですか。もしかして、祖母から教わりました？」

武田さんが、首を傾げた。上目遣いにぼくの目を覗き込む。白目と黒目のコントラストが大きく、白黒くっきり分かれている。

その力のある視線にこっちの弱さが炙(あぶ)り出されそうで、ぼくは視線を落とした。すみません、と身をすくめる。

賢坊が腕組みをしてテーブルに尻を引っかけた。

「綾ぁ、迷うことないでしょ。教えたって構わないじゃない。このお兄さん、よりちゃんの孫なんだから」

「でも、マーサさんがあたしにだけ教えてくれたものだし」

武田さんが言いよどむ。

「真麻、やっぱりそうか」

ぼくは力を得た。ひきこもっている間、他人と話をすることもなくすっかり苦手になってしまったが、今は苦手だなんだと逃げている場合じゃない。

「あなたの言うのは小島(こじま)真麻という名前の人じゃありませんか？　八戸市に住んでいて、柏崎(かしわざき)建築デザインに勤めていた」

つい勢い込んで前のめりになると、武田さんは半歩引いた。賢坊がぼくの肩を押さえる。しまった、話し慣れないから、会話の加減を間違えてしまった。

武田さんが首を横に振る。

「彼女の名前も職場も知りません」

口を引き結ぶ。警戒心が垣間(かいま)見(み)えた。話してもらわねばならないぼくは、あとずさって距離を取り、すみません、と謝る。どうしたら話が進むのか考え、唯一の共通点を口にした。

「この菱刺しの模様は『海のべこ』と言います」

武田さんは瞬きした。

「ど、どうして知ってるんですか。あたしはメールで知ったんですよ。ブログには書かれていなかったし、あたしはより子さんたちにも黙ってました」

「ぼくが教えた模様だからです」

武田さんが、見本のような「呆気に取られた顔」をした。賢坊と顔を見合わせる。

賢坊が肩をすくめ、立ち話もなんだからと椅子に腰かけ足を組むと、どうぞおかけになって？　とぼくにも勧めた。

すっかり立場が逆転している。ぼくは言われるままに腰かけたが、縁側のガラス戸を開けっぱなしにしていることに気づいて立ち上がり、今更ながら閉める。雨戸はあとで閉めることにして、掃除機を部屋の隅に寄せ、二人の前に改めて腰を下ろした。

「さてさて、話してもらいましょうか。どういうことかしら」

賢坊が自分を抱くようにして、テーブルに両肘をのせる。

「武田さんにその模様を教えたというマーサは、おそらく……いや、間違いなく小島真麻で、ぼくの恋人です。大学時代からのつき合いです」

武田さんはあからさまに怪しむ顔をした。

「彼女は大学を出てそのまま八戸市で就職しましたが、ぼくは二戸市に職を得たので、通うのに便利なこの家に戻りました。でもつき合いは続いていました」

ふうん、と賢坊が青い襟足を指に巻きつける。

「マーサさんってどういう人なの？」

「明るくて、トライアンドエラーがモットーで、何でもまずはやってみる子です。たまに分かるような分からないような話をするんです」

武田さんの顔つきが変わった。ぼくは続ける。

「行動力があって、それは一般的にはいいことなのかもしれませんが、一方で、ぼくは危うさを感じていました。菱刺しにはまってからは、うちにもよく来て、ぼくとばあちゃんと三人で刺しました」

「あっ。そういえば、より子さんに海のべこを見せた時に、何か様子がおかしかった！　石田さんが気にかけるくらいに」

「そうなんですね」

「より子さんはとっくに知っていたんだ、この模様……」

武田さんは海のべこをしみじみと見てから、ぼくに視線を転じた。

「疑ってごめんなさい。お二人は確かにつき合いがあったってことですね」

「いえ、いいんです気にしないでください。真麻の夢は菱刺しを広めるということだったので、武田さんたちが興味を持ってくださってよかったです……」

そう。真麻には夢が、あったんだ。

「そうそう。マーサさんはそんなことをブログに書いてました」

「ブログにも……そうなんですね」

「お兄さんは彼女さんがブログやってるって知らなかったの？」

「知ってましたが、見ませんでした。プライベートを知っているぼくがそれを読んで知るべきことはないですから」

「え〜、そうかなあ」

「程よい距離があるほうが、息がしやすくて」

二人は納得したようなしないような顔をした。

雪の気配がする。

薄いガラス戸から、冷たい水滴の匂いがしてくる。

束の間、工房は静けさに包まれた。

「そのべこの鞍に使ってる糸の色、素敵ですよね。マーサさんが刺し始めていた菱刺しと同じ色なんです」

ぽつりと、武田さんが言った。視線は、テーブルの上の忘れ物に注がれている。

「聴色です」

ぼくは、色の名前を言った。

そうそう、それです、と武田さんの声に張りが出る。

「奥ゆかしいピンク色で、少しくすんでいるのが甘すぎなくて、切なくて、オシャレで。名前も、きれいで繊細で神々しいなあと、すごく印象に残ったんです。周りをかこっている枠が六角形で亀甲模様を銀色で刺してるところも、雪の結晶みたいで凜とした厳しさとか強さを感じましたし、やっぱりきれいなんですよね。なんて言うか、この模様の佇まいに、憧れさえ抱きました」

ぼくは頷く。それから海のべこを見て、また頷いた。

全体的にうまくまとまっている。配色は洗練されて春の訪れを予感させる。ふわふわしたやわらかさだけでなく、スキッとした強さも兼ね備えている。

柄を教えたのはぼくだが、色の組み合わせは真麻によるものだ。

武田さんが背筋を伸ばした。

「マーサさんは、六年前からブログをやめてしまっています。何か理由があるんですか?」

真剣なまなざしを向けてくる。

賢坊は足を組んで襟足を指先でいじっている。ぼくのほうも武田さんのほうも見ず、ばあちゃんの作業机を眺めていた。おそらく普段の賢坊なら「さっさと教えなさいよ」と催促くらいしただろうが、それをせず、静かに待っている。

ぼくはテーブルの上の海のべこに視線を留めて、自分の覚悟を探る。

覚悟があってもなくても、事実はもう、変わらないのだ。

視線を上げた。

テーブルに手をついて、やたら重たい体を立ち上がらせると、隣のミシン部屋からスマホを取ってきた。あまり見返さないようにしていたメッセージのやり取りだ。

二人に差し出す。

武田さんが戸惑った。

「見てもいいんですか？」

「はい。海のべこを教えるほど、真麻はあなたと親しくされていたようですし、お見せするのはごく日常のたわいない挨拶ですから」

その日常とか、たわいないとかいうものは、びっくりするほど簡単に壊れるものと知らされた、非日常の強烈な挨拶になったのだ。

二人が覗き込む。

一通目。真麻から届いたメッセージ。

【２０１６．２．20　sat　ＡＭ８：30　亮やんごめん。会社に呼び出された。仕事片づけてからそちらに向かいます。一時前には着けるはずです。三津駅にお迎えよろしくです】

２０１６．２．20　この数字の並びを見るのも気鬱になる。

これに対してぼくが、

【２０１６．２．20　sat　ＡＭ８：40　おはよう。もろもろ了解。仕事頑張って】

と、返信している。既読のマークがついていて、小さな熊がバーベルを上げ下げする動くスタンプが返ってきた。

ぼくがまた、メッセージを送っている。

【２０１６．２．20　sat　ＰＭ１：00　真麻。三津駅で待ってたけど、電車が行ってしまっ

たよ。乗り遅れた？】

返事がなく、既読にもならない。

ぼくのメッセージが重なる。

【2016．2．20　sat　PM2：10　また電車を見送りました。真麻どうした？　連絡ください】

　これも読まれず、返事もない。

ないまま、六年たつ。

高校生二人の白いつむじを見つめる。

空気がチリチリしてきた。

「二月二〇日は、ぼくの誕生日です。彼女は毎年、祝ってくれてました……半分は祖母に会うためでしたが」

　武田さんは、メッセージから視線を上げた。

ハの字になった眉の下の瞳が揺れている。

真麻がどうしたのか知りたいのだろう。

当時、まずいことが起こったというのはすぐに察した。

真麻はせっかちだし、時間は守るタイプだ。待ち合わせ場所にはぼくより早く着いていて、決して遅れたことはなかった。

　ただ、仕事が絡んでいれば、見込み通りにいかないこともあるだろう。それでも連絡すらないなど、これまでに一度もなかった。

　連絡できないほどまずいことってなんだろう。

家族の誰かが具合が悪くなったとか、ケガをしたとか。本人の体調が悪くなったのか。まさか事故とか……？　スマホで交通情報を検索したが、引っかかってはこない。他に理由はなんだろう。真麻はどうしたんだろう。

　仕事中に電話をするのはよくないと分かっているが、かけずにはいられなかった。しかし、電源が落ちている旨のアナウンスが流れるばかり。

　ぼくは一時間に一本程度の電車の屋根の菱形のパンタグラフを見送り続け、夕暮れが迫ってきたところで、帰った。

　ガレージに両親の車があった。

　両親は、家に入ったぼくに険しい顔を向ける。ありえないけど、真麻がぼくより先にうちに来て、彼女を待たせてしまっていたから怒っているのだと、そう、一瞬は捉えた。

　そうではなかった。

　あんた、大丈夫なのと母親がなぜか詰るような口調で案じてきた。

　聞き返すと、母は不安気な様子で父を振り向く。

　父はかすかに引きつった顔で、ニュース知らないのか、と聞いた。背中がザワリとした。

　父は自分のスマホを操作して、ぼくにニュースのポータルサイトを見せる。

「青森県八戸市の建設中のビルの八階から女性転落死」という見出しが目に飛び込んできた。

　ぼくは、事故の記事に切り替える。

「今日午前九時頃、八戸市のビルで『八階の足場から人が落ちた』と消防に通報がありました。

　警察によりますと、八戸市の柏崎建築デザインに勤務する小島真麻さん（25）が建設途中のビルの八階の足場から転落し、意識不明の状態で病院に運ばれましたが、およそ一時間後に死亡が確認されました。

当時、現場には小島さんの他、工事関係者が三人いて工事の進捗状況を確認している最中だったとのことです。警察は安全対策に問題がなかったか詳しく調べています」

それ以降の、真麻の母親から連絡をもらうまでの記憶はほとんどない。

三日後、スマホが鳴った。知らない固定電話の番号だった。しかし、相手は何となく分かった。その電話を待っていたような気もするし、避けていたような気もする。恐れ、迷いつつもいつまでも鳴り続ける電話に押し切られる形で出た。

真麻の母親は、スマホもパソコンもロック解除ができていないが、手書きのアドレス帳からたどって連絡したと説明した。声は何度も詰まって震えたが、気丈にふるまおうとしているのが伝わってきた。

明後日、葬式をするという。

ぼくは、いよいよ観念せねばならなかった。それなのに、気持ちの芯の部分がそれを拒否して、どうしても受け入れられない。頭では理解している。が、気持ちは理解できない。頭と気持ちがちぐはぐなのだ。

ぼくは何も考えないことにし、やるべきことをマニュアル通りになぞった。すなわち、喪服を買い、黒い革靴を磨いて、香典を用意し、ばあちゃんから数珠を借りる。

当日、八戸市の葬儀会場まで車で行こうとしたら、今日は車はやめておけと両親に止められたため、電車とタクシーを使った。

受付のあと、真麻の母親に声をかけられた。スマホは当分、解約しないと告げられた。娘とのメッセージのやり取りが消えてしまうのは寂しいからと。

ぼくは知らなかったが、解約してしばらくすると、やり取りが消えてしまうらしい。母親の気持ちは分かる。だが、ぼくに、真麻とのやり取りを見返せる日が来るのかどうか、当時は分からなかった。

線香の匂いが染みついた葬儀会場で、黒い枠に囲まれた真麻の写真を見た。白い花に囲まれた真麻の顔も見た。沈痛な家族の様子も見た。友人知人、同僚らが泣いている姿も見た。なのにぼくは泣くどころかどこまでもぼんやりしていた。

帰りの電車に乗る。

乗り遅れることも、間違い乗車をすることもなく、つつがなく家に帰ろうとしている自分が窓ガラスに映っていた。

窓の外を流れていく景色は、速すぎた。

三津駅で降りたのは、ぼくだけだ。

家へ向かう道すがら、生まれ育った町なのにどこか、自分が馴染んでいないような気がした。妙に浮いているような気がした。

それ以降、ぽっかりと穴が開いているような、逆にタールのような物がみっしりと詰まっているような気分が続き、数か月かけてじわじわとぼくはダメになっていった。

会社は辞めた。真麻を失い、仕事も失い、喪失（そうしつ）感でくたくただった。

人も世間も嫌になって家に閉じこもるようになる。

この状態でも生活を続けられているのは、家族や世の中の人が頑張ってくれているおかげだ。

ありがたいし尊敬もする。しかし、ぼくは頑張れない。頑張らなきゃならないのに、どうしても頑張れない。常に憂鬱で、何もかもに尻込みしている。ぼくは脱落者だ。

かいつまんで話すと、黙って聞いていた賢坊が、不思議そうな顔をした。

「お兄さんは菱刺しはしないの？」

武田さんが、賢坊をコラッと怒鳴る。

「できるわけないでしょ。だからミシンをやってんのに」

声を押し殺して叱った。

ミシンでバラバラの布をつなぎ合わせている間だけは、重たく暗い感情から逃れられた。

最近はこのままでいいとさえ思っていた。

それなのに。

「海のべこ」と再会した。

凝視していると、亀甲模様が波立ってくるように見えてきた。

「その彼女さんのこと、結菜ちゃんや香織ちゃんは知ってるの？」

賢坊が再度問う。

「知らないと思います。……あ、石田さんはどうか分かりません。せんべい屋のお客さんから何か聞いているかもしれません」

「伝えてもいい？」

「賢吾っ」

武田さんが賢坊の袖を引いて目で窘める。賢坊は不服そうな顔をした。

「何よ。黙ってて変な憶測呼んだり誤解されてたりしたら彼女さんだって不名誉(ふめいよ)でしょ」

彼らに打ち明けた時点で、それはもう秘密じゃないし、河原木さんも石田さんも全く知らない人たちじゃない。襖一枚隔てたところで、ぼくは菱刺しを縫い合わせ、彼女たちは菱刺しを刺してきたのだ。

「ええ。伝えてください」

武田さんたちは帰っていった。

「マーサさんのブログ、今も残っています。見てみてください」

そう言い残して。

一人きりになったぼくは、雨戸を閉てから真麻のブログを検索してみた。さっきは見栄を張って「読んで知るべきことはない」なんて言ったが、以前から気にはなっていた。本名ではない名前で綴（つづ）るブログには、ブログ用の顔があって、ぼくには隠したい胸の内などもさらしているかもしれない。だからこそ気になるし、だからこそ、見てはいけないんじゃないかと自制もしていた。

しかし、いかにもたった今まで刺していたような気配が残る刺しかけを見せられては、気持ちが抑えきれない。

『マーサのダイヤモンド』には、菱刺しの他、日常風景を切り取った画像も載っていた。

海沿いを走る鉄道や、岸壁で伸ばした後ろ足をなめている三毛猫。ホタテやウニがたっぷりのったラーメン。ウミネコ。葦毛崎展望台から見える海原。芝生が広がる種差海岸。蕪嶋神社。ホテルの教会。

そうか。真麻はこういう景色を日々見て、菱刺しをしていたのか。

まさにブログのタイトル通り、真麻にとっては、目に映った物たちはみな煌めくダイヤモンドだったんだろう。

真麻は菱刺しを広めたいという意欲に燃えていた。自分のように、地元民でさえも知らない人がいるはずだ。それはとてももったいない。一針一針地道に刺す菱刺しは、地に足のついた生活をそのまま表していると敬愛していた。伝統ある菱刺しを、古くから受け継がれてきた生活の営みごとを、多くの人に伝えたいと将来への展望を語っていた。

武田さんから転送してもらった、刺しかけの海のべこと、図案。

あの頃、確か真麻は大学で受けたという講義をコーヒーショップでぼくに披露しがてら、こう話していた。

この辺って環境がえげつなかったわけじゃん。綿が育ちにくいほどの寒冷地だった上に、凶作飢饉に見舞われれば、あっという間に命を落としてしまう。でしょ？　そういう厳しい環境を生き残るために生まれた保温効果を高めた菱刺しは、美しさの中に重みと強さがある。柳宗悦も言ってたでしょ、用の美って。すごいのは、布の目をふさげばいいんだ、って閃いたことを実践したところだよ。やろうかなやらないかな〜って迷ってたら、迷ってるうちに死ぬからね。さっさとやるって決めたんだ。それしかなかったってのもあったんだろうけど。一刺し一刺し地道に刺していくそのど根性にあたしは惚れたわけ。大変だけど、命がつながるならやるっていうスタンスはシンプルだよね。生きるってことは、案外シンプルなことなんじゃないかな。それに、そういった生活の中で抱える明日をも知れぬ不安を、菱刺しをして紛らせていたのかもしれない。これをやってると、静かな心持ちを保っていられるもんね、亮やんもそうじゃない？　何にでも、それが生まれた背景があるんだなあって知ったよ。特に菱刺しは命と直結してる。そういうバックボーンって訴えかけてくるものが並じゃないんだよ。

真麻は子どものように全力で興奮していた。

祖母がやっていると伝えると、真麻は一も二もなく紹介してくれとせっついてきた。

教わったことをグングン吸収し、自分でもあれこれオリジナルの模様を試していった。ともかく好奇心が旺盛な彼女は何事もまずはやってみてから修正改良をしていく。

「トライアンドエラー。このやり方だとうまくいかないってことが分かったから、次はエラーを一つ減らせる。おめでとう、成功の確率はさらに上がったってこと」

と、どっかの科学者の真似をしていた。

エラーが圧倒的に多かったがめげるということがなかった。

エラーも楽しむ彼女の姿は、生きることを楽しんでいるように見えた。

また、どんな些細なことでもいつもとは違うことを試す人なのだ。靴紐の結び方を変えるとか、入ったことのない店に入るとか。彼女の前に二択を提示したら、間違いなく未経験のほうを選ぶはずだ。人生で選択する機会は限られている。それなら同じ選択をするよりやったことのないほうを選びたい、と。

ぼくは逆だ。靴紐の結び方は決まり切ったやり方をなぞるし、見知った店に入る。二択があったら経験してきたほうを選ぶし、あるいは選択自体しないだろう。

「現状維持が安心安全だよ」

そう伝えると、真麻は「でも、この『海のべこ』は亮やんが作った模様でしょ。新しいことをやってるじゃん」とニヤリとした。

「……それはもともとあった模様の単なるアレンジだから」

「あたしだって同じだよ。やったことがあるものを土台とするから新しいチャレンジができるんだもん」

「うーん……」

「それに、そもそも亮やんは毎日ダイナミックに変化してるじゃん」

「ぼくは何も変化してないよ。変化したくないんだ」

「変化してるよ。気づいていないだけ」

彼女と一緒にいると変化が苦手なぼくも否応なしに変化に対応せざるを得なかった。ハラハラヒヤヒヤさせられる一方、充実感があった。充実感は自信につながった。スマホから顔を上げる。深海を長く漂っていたような心地がする。ばあちゃんの作業机の上の畳まれた菱刺しに視線を移す。ずっと触れていない菱刺し。ぼくは、あの日からうずくまって六年間動いていない。真麻と出会って、変化に慣れてきたというのに、あっという間に前の自分に戻ってしまった。しかもより強固に。

玄関で音がした。

入ってきたのはばあちゃんだ。

「今、綾ちゃんど賢坊が来てらったべ」

「うん」

ばあちゃんは、はあどっこらしょ、と作業用の椅子に腰を下ろす。真っ白な頭にくっついた雪のしずくがキラキラ光っている。

今更ながら、他人と話したことが不思議だ。ばあちゃんは特にそれ以上追及せず、ガラス戸の外を眺め始めた。

「雪、積もるべかなぁ」

「どうかな。積もっても、片づけるから心配ないよ」

「いつもありがっとうね」

「ううん」

「片づけるのは大儀だども、雪っこが降れんば、あったけぇな」

目をしょぼしょぼさせているばあちゃんの横顔を見つめる。しわくちゃの横顔だ。八三年の人生には、きっとしわの数だけ変化があったんだ。

「ばあちゃんは、ぼくと同じ三一歳の頃、何してた?」

「我が三一の頃ってんば……」

ばあちゃんは指を折って数え始めたものの、途中で折るのをやめてしげしげと手を見、握ったり開いたりして首を傾げた。

「五二年前」

「はあ、そったになるってか。たまげたなあ。うーん、なんかあったっけかなあ」

ぼくはスマホで一九七〇年の出来事を調べた。

「大阪万博だって。月の石がお披露目されたってね」

「ああ、んだんだそうだった。月に石があったのかってびっくりしたじゃ。あの頃なあ。遼太郎がいじめさ遭ったんだ」

ばあちゃんがさらりと言ったことに、ぼくは面食らった。

「え、父さん、いじめられてたの?」

「んだ」

「……学校に行きたくなかっただろうね」

「本人は言わねかったども、そンだべね。自分ばいじめる人間がいるところさ行きてやつはいねぇよ」

「学校には行ってた?」

「行ってたね」

父と比べて、外出すらできないぼくは申し訳なくなる。

「何が原因だったんだろう」

「はあって、なんだったべなあ」

ばあちゃんは宙に目を据えた。本当に忘れたのか、とぼけているのか。

「解決はしたんでしょ？」

「んだ」

「自分で解決したのかな」

「うーん……。自分で解決できねことぁ、この世さばごまんとある。解決できねことのほうが多い。その時にゃ人様だ。そういう時のために、自分以外の人がこの世さいる」

ぼくは、ひきこもっていた部屋から出た当時を思い出した。

いいにしろ悪いにしろ、転機というものは本当に突然来る。

解決とまではいかないが、ぼくを部屋から出したのはあのニュースだ。

ひきこもって三年目の秋のこと。

テレビを見るのを控えていたのだが、天気予報だけは見ていた。これも外出しないのにどうして見ているのか自分でも説明できない。

その日もそろそろ放送時間だと、テレビをつけた。天気予報前のローカルニュースが流れる。

しまったと思った。こういう番組は、頑張っている人や会社や地域などが好きだ。見たら、落ち込んでしまうのは目に見えている。プレッシャーがかかるだけだと思い、消そうとしてリモコンを向けた。だが電源ボタンを押せなかったのは、よく知る企業名が聞こえたからだ。

柏崎建築デザイン。

真麻の勤めていた会社だ。

ニュースは、民事再生法の適用を伝えていた。驚いた。潰れるか復活するかの瀬戸際だというのだ。

その晩は眠れなかった。

まんじりともせず、朝を迎えた。

両親が仕事に出るのを待って、工房を訪ねた。

ばあちゃんは日当たりのいい外廊下に椅子を据え、新聞を麻紐で括った物をオットマン代わりにして、菱刺しをしていた。

ぼくの気配を察したのだろう、こっちを振り向く。目をわずかに見開いた。次の瞬間には、

「おや、いらっしゃい」

と、満面の笑みで受け入れてくれた。

ぼくは、ひきこもりを謝るべきだと思った。でも言葉が出てこない。

ばあちゃんは、なんのわだかまりも見せずに流れるように菱刺しを再開した。刺している模様は、ばあちゃんが持っている古い手甲と同じ亀甲模様だ。

三年ぶりに、菱刺しができていく過程を見ている。

ぼくはばあちゃんから柱一本分離れたところに立って眺めていた。ばあちゃんは並縫いのように、目をまとめてすくい、一気に糸を引き抜く。針を刺す時も糸を引き抜く時も音はない。光の中にわずかに繊維が舞って煌めく。

「ばあちゃん」

「ん」

「潰れそうなんだって」

ばあちゃんは目を数える手を止めてぼくを見上げた。

「……柏崎建築デザインっていう会社。覚えてる？」

真麻が勤めていた、という補足をどうしても加えられない。

ばあちゃんは庭へ顔を向けた。頷く。

「おべでらよ」

期待した言葉が返ってきたのに、ぼくの気持ちはすくむ。

ばあちゃんは膝の上の菱刺しに視線を落として、手のひらでなでた。

「孫娘だと思ってらったすけな」

胸が詰まった。

ばあちゃんも、つらかったんだ。

ばあちゃんは菱刺しから顔を上げ、再び庭を眺めた。

秋の庭は赤や黄色に染まっている。

年の締め括りに向かって準備を始めていた。

利用者が来る一〇時前に、ぼくは自分の部屋に引っ込んだ。

あのニュースを見たからと言って、どうして部屋から出たのか、自分でも説明ができない。

しかし、きっかけはここでも真麻だった。

翌朝、家族が起きる前にぼくは着替えて、伸びた髪を後ろで一つに結い、工房へ行った。

ひきこもっている時のルーティンと違うことをしているので緊張する。

　工房を見回し、棚の上の菱刺しを並べ直したり、タペストリーの傾きを直したりしているところに、ばあちゃんが「出勤」してきた。

「おや。おはよう亮平」

「おはよう」

ばあちゃんは特に何も言わず、菱刺しを始めた。

それをチラチラと見ながら掃除をしていると、ばあちゃんが、

「亮平はミシンば、使えるか」

と、聞いてきた。

「できるよ。学校で習ったから」

「んだか。それだばマットば縫ってけねか？」

「マット？」

「ご飯の時に敷くマット」

「ああ。それか。分かった。ミシンは？」

「ほれ、隣の部屋だ」

ばあちゃんが襖を開ける。その部屋は使わなくなった物や季節家電などをしまっておく物置のため、ぼくはあまり入ったことがない。部屋の奥に何があるか知りもしなかった。

カビと埃の臭いがする。空気が冷たい。

パイプで組まれた洋服かけや衣装ケース、ソファー、扇風機(せんぷうき)、丸められたよしず……。ミシンは――？

ばあちゃんが窓のそばまで行ってテーブルらしき物にかけられた風呂敷を取った。現れたのは足踏みミシンだ。

「てっきり電動だと思った」

「いぐなぐなって、なげた」

なげた、とは捨てたという意味だ。

「足踏みは壊れにくい。まンだ使えるはずだ」

戸惑うぼくをよそに、ばあちゃんはふたを開け、窪(くぼ)みに埋まっているミシンを起こした。

そこから使い方を教えてくれる。糸のかけ方と動かす順番――ハンドルを回してからタイミングを合わせてペダルを踏み込む――。おおまかには電動とさほど変わらない。

ばあちゃんがやって見せてくれた。

ぎこちなくて、深みのある温かい音が聞こえ始める。

「ばあちゃんはわりとリズム感がいいんだね。足と手を一緒に動かすんだから」

「なも。菱刺しと一緒。一度体が覚えればあとは簡単だ。我ははあ、こえくて長えことできねくなってしまったども、亮平が使ってけるんだば嬉しい」

こわい、とは、疲れるという意味だ。

「分かった。やってみる」

初めてのことに緊張と抵抗はあったが、元から何かを作ることや手を動かすことも好きだったし、機械にも電動で慣れていることからハードルは低く、要領をつかむとスムーズに動かすことができた。

スマホで動画を流し、参考にしながら、ランチョンマットを縫った。

それからは、リクエストをもらうとバッグや財布、名刺入れなどを縫い始めた。

工房に来た人たちが、「足踏みミシンの音だね」「懐かしい音だなあ」「安らぎますね」などと話しているのが聞こえてきた。

息をひそめてひっそり生きてきたが、ぼくが立てる音で、安らいでもらえるのは嬉しいものだ。菱刺しをやらずとも、誰かが一針一針刺したそれを縫い合わせることならできる。いてもいいという許可をもらえた気がした。

二〇二三年のカレンダーはガス屋からもらった物で、名久井岳の向こうから朝日が昇る写真が載っている。空が燃えていた。

武田さんたちと話した翌朝、ぼくは悪夢を見ることなく目を覚ました。

前の日のことを思い出して、話しすぎたかもしれないと後悔がにじむ。しかし、気持ちは軽くなっていた。

ぼんやりしているうちに両親の車が出ていく音を聞いた。

ベッドを出て、クローゼットを大きく開けた。キィ……と軋(きし)む。

何度か扉を動かし、鳴っている蝶番(ちょうつがい)を確認すると一階に下りて、ガレージに向かった。

ガソリンの臭いと雪の匂いが混じるガレージの隅っこで、もう使わなくなったぼくの車が六年分の埃(ほこり)をかぶっている。壁につけられた棚の工具箱を開け、オイルを取った。

ガレージを出たところで、エプロンに赤い綿入れを羽織って長靴をはいたおばさんと出くわした。隣の人だ。回覧板を持っている。彼女は目をまん丸くした。

「あ、お、おはよう。ええと。豊川さん、だよね？」

おばさんの声は軋んでいる。

「豊川さんのお孫さん、だよね……？」

武田さんたちとは真麻絡みで話すことができたが、隣のおばさんは真麻とは関係がない。ならば、逃げるか隠れるかするのが常套(じょうとう)なのに、ぼくはそうしなかった。

「はい」

おばさんはぼくを見つめたまま、回覧板をそろそろと差し出してきた。

「ありがとうございます」

受け取った。

おばさんは門のほうへ戻っていきがてら、二回振り返った。ぼくはぺこりと頭を下げた。

頭を上げるとおばさんの姿はなくなっていた。長い息を吐いた。

家の中に入り、回覧板をリビングのテーブルに置いてから自室へ上がった。

クローゼットの蝶番に油を注す。少し手が震えた。

扉を開け放ち、奥の派手な服の下に置いていた紙箱を取る。四隅が金属で補強されている箱だ。ふたを開けた。

先の丸い針、一〇センチ四方のコングレス、色とりどりの糸。その中には聴色もある。

六年ぶりに開けた箱には、六年分の時間がそのまま閉じ込められている。

ぼくは床に座り込み、それと向き合った。

しばらくしてのち、ふたを閉め、地味服の下に置いてクローゼットの扉を閉める。

軋み音はしなくなっていた。

正月明けの静かな朝、工房でミシンを踏んでいると、スマホが通知音を発した。こんな早くになんだろう、と見てみると武田さんからで、新年の挨拶だった。何年かぶりで正月の挨拶をもらった。昔は友人や会社の同僚から来ていたが返事をしなくなったら、いつの間にか来なくなっていたのだ。それでいいと納得していたのに、こうしてもらってみると、感謝が湧いてきた。

武田さんは冬休みに入ってから、二日おきくらいに工房に通っている。海のべこを作っているようだが、進捗具合を教えてくることはない。この共通項は癒やしではあるが、痛みでもあるから。

ぼくは、新年の挨拶を送り返す。武田さんやご家族にとってよい年でありますように。

スマホをミシンの端に置いて、再びペダルを踏み込んだ。と、いきなりペダルが軽くなり、針が止まった。

針の押さえを上げ下げしてみたり、糸巻を確認したりしていくうちに、ペダルと連動する車輪のゴムが外れていることに気づいた。こんなことはこれまでにない。

引っかけ直しているうちに、何とも言えない嫌な予感がしてきた。

襖を開ける。

作業部屋にばあちゃんの姿はない。

今何時だろう。

壁時計を見上げる。

八時二〇分だ。ばあちゃんはいつも八時にはやってくるのに。

家に行ってみる。

両親が出勤したあとの家はしんとしていた。

玄関を開けると、家の奥から重機が立てるような音が響いてきた。テレビでもつけっぱなしにしているのだろうか。

ところが。

リビングに入ると、テレビは消えていた。それでもなお、奥のキッチンから聞こえている。

おそるおそる覗いたぼくの目に入ってきたのは、流しの前で倒れているばあちゃん。重機音のような大きないびきをかいている。

じわりと冷たい汗が染み出す。

「ば、ばあちゃん……？」

呼びかけたが、起きない。いびきも治まらない。

ぼくは狼狽えうろつき、テーブルに足をぶつけた。激痛が頭のてっぺんまで駆け上がる。

そうだ、救急車。

尻ポケットからスマホを取り出し、取り落とし、拾って番号を押してすかさず「き、きゅうきゅうしゃをいちだいおねがいします」とつっかえながら要請すると、こちらは警察だから一一九番にかけろというようなことを淡々と指示された。動揺しつつかけ直す。手がヌメリ、震える。

消防職員に聞かれるままに答えた。

「できれば、横向きにして衣類を緩め、毛布をかけてあげてください。揺さぶらないで」

指示通りにする。ばあちゃんは体を半分持っていかれたんじゃないかというほど軽い。

救急車が来るまで気が気じゃなかった。門を出たり入ったりしながら両親に連絡する。

サイレンが近づいてきた。通り沿いの家から人が出てくる。

救急隊員がばあちゃんを運び出しどこかに連絡している。そんなことより早く病院に連れていってくれ。

救急車が作った雪のわだちを踏んで野次馬の中から駆け出てきたのは、秋頃に庭の手入れをしていた時に出くわしたせんべい屋の石田さん。

「どうしたんですかっ」

救急隊員に飛びつく。

「ばあちゃんが」

ぼくが口にするとこっちを振り向き、目を丸くした。その目が泳ぐ。

ぼくのことは忘れているだろう。

「あの、ぼくは孫の……」

「すみません、つき添いをお願いします」

救急隊員に促され、ぼくは彼女に一礼して乗り込んだ。

進行方向に向かって横向きに座り、目を閉じて横たわるばあちゃんを見下ろして、タクシーを呼ぶみたいに「一台お願いします」なんて呼んでしまった、とそんな眠たいことしか考えられなかった。


久しぶりの外出が、ばあちゃんの生死に関わることになろうとは。

「手術室」の表示が赤く光っている。廊下はしんと静まり返ってその静けさが薄ら寒い。両親は長椅子に腰かけ、ぼくはその横に立っている。

正午を告げるチャイムが、防災無線から町じゅうに響き渡ったのはどれくらい前になるのか。

「家が寒かったんだべか。血圧が上がったんだべ。ストーブばもっと焚けばいかったのに」

「おばあちゃん、節約してくれてたんでないかしら。あたしも料理の塩分ばもっと減らせばいかった。食卓から醤油ば引っ込めることもできたのさ」

父は身をかがめて手術室の扉を睨み、母はハンカチを口に押しつけて後悔を口にしている。

二人とも違う。ぼくのせいだ。いつまでもひきこもってる孫を苦にしていたに違いない。

もっと早く、ばあちゃんが元気なうちに外に出られていればよかった。安心させればよかったのだ。

しかし、それは図星すぎて口に出せない。

手術室の明かりが消えた。審判が下される。

観音開きの扉が開いてストレッチャーが滑り出てきた。

ばあちゃんは目を閉じている。唇の色が白い。

日が暮れた頃帰ると、せんべい屋の石田さんと学生の武田さんが鍵の開けっぱなしだった工房の留守番をしてくれていた。

ばあちゃんのことは石田さんから武田さんに伝わっていた。

二人に、ＩＣＵに移されたことと、意識が回復していないことを話す。

一連の出来事を話しながらこうして、二人の他人を前にしている自分を不思議に思う。ばあちゃんが倒れてから今まで、無我夢中で、外出の恐怖を感じるどころじゃなかった。

話を聞き終えた二人は、何とも言えないため息をついた。そのため息がぼくを詰っているように思えてくる。

武田さんがおもむろに作業机に近づき、やりかけの菱刺しをじっと見つめた。

それは展示会用の作品で、春から少しずつ進めていた四枚編成の暖簾だ。

ひょっとしたら、この菱刺しは完成を見ないかもしれない。

そんな残酷な予感がひょいと浮かぶ自分が嫌になる。

二人が帰ったあとの工房は、異様に静かだった。

時計が、今夜は鳴らない。

見上げると、八時二〇分だ。変な感じがしてスマホで時刻を確認すると、七時半だった。

それじゃあ壁時計は、今朝見た時には止まっていたのか。

電池を探して、サイドボードの引き出しの中に見つけ、交換した。

再び、こち、こちと動いていくのを見守った。

一夜明けて、門に、「工房主の体調不調により、工房は当面の間休みます」と書いた紙を貼り出した。それから、ばあちゃんの見舞いに行くためバス停へ向かう。

　ガレージにぼくのコンパクトカーはあるが、免許は失効している。見舞いにはバスかタクシーで行くしかないが、タクシーは避けたい。知らない人間と気を遣いながら会話する羽目になるくらいなら、何の話もせずにすむバスを選ぶ。

　緊張して乗り込んだバス車内はビニールっぽい臭いや香水、整髪料、携帯電話の音、話し声、人いきれで満々としていた。それに加えて独特の揺れ、アナウンス、ボタンを押さない限り降りられないというプレッシャーにさいなまれ、何より、時速五〇キロがぼくには速すぎて、降りる頃にはくたくたになっていた。

　ＩＣＵのばあちゃんの心電図は低めで安定している。声をかけても反応はない。

　院内に響くゴム底の靴の音や話し声、ワゴンが走る音などが水の中のようににじんでいた。

　帰りは徒歩にした。

　この速度がちょうどいい。

　今日は陽気がいい。ここ数日で雪どけが進み、地面がまだらに現れている。

　家の外の風は、庭に吹く風と違う。音も匂いも違う。

　町はよそよそしかったし、ぼくも町に対してよそよそしいのだろう。

　熊原川に差しかかる。風が吹いて川岸の背の高い草が荒涼（こうりょう）とした音を立てる。

　いつかの二月二〇日。真麻とここを散策した。風は冷たかったが日差しはぽかぽかとし、川面（かわも）の照り返しが眩しかった。風にススキやガマの穂がいっせいに揺れていた。ぼくは、森の音だねと言った。真麻は波の音だと言った。たったそれだけなのに、ぼくはどういうわけか、何とも言えない気持ちになった。

数日後の昼過ぎ。

工房の軒のつららから、雫（しずく）が滴っていた。時折、鳥の鋭い鳴き声が響いている。

たとえば、チームとして応募してみるのはどうですか、と提案してきたのは、武田さん。

ぼくはきょとんとした。

「え？　すみません、聞いてませんでした。何がですか？」

ぼくはついさっきまでミシンを踏んでいたのだ。いつもと同じだ。ところが「いつもと同じ」は、午後七時になると、あっさりと破られた。

襖の向こうから武田さんの声で呼ばれたので、注意深く出ると、武田さんだけではなく、賢坊と石田さんも立っていた。

「より子さんの作品の続きをやってもいいですか？　って聞いたんです」

「え、あ、はあ……」

「完成させて展示会に応募したいんです。もちろん、あたしの作品として応募するのでも、より子さんの作品として応募するのでもなく、チームでの作品ってことで」

「菱刺しって昔から引き継がれてきた物ですよね。より子先生のを引き継ぎたいです。もしやらせてもらえるのなら、私も参加したいです」

石田さんも乗り気だ。

武田さんが一歩前に出る。ぼくは一歩下がる。

「あたし、続きをやりたいです。完成させたいです。多くの人に見てもらいたいです」

それは何となくぼくも望んでいたことだ。途中までやっていたのがお蔵になるなんて納得できない。でも。

「でも展示会まであまり日が残っていません。来月末なんです。それにばあちゃんの作品の続きをできるわけが……」

「やーねー。できないかもしんないけど、できるかもしれないじゃない。展示会に挑戦するって決めることもできるけど、挑戦しないって決めることもできるでしょ」

躊躇（ちゅうちょ）しているぼくの背をぐいぐい力任せに押す賢坊。

挑戦する。

しない。

ひきこもってから、挑戦など一切してこなかった。挑戦しないほうを選択し続けてきた。

「うちは母もできるので手伝ってもらうわ。いいよね」

と、石田さん。

「もちろんっ。チームだもん」

と、了承した賢坊がぼくに顔を向ける。

「リョーヘーセンセッ」

賢坊の手が肩にのる。

「せ、先生？」

「センセだよ。よりちゃんの愛弟子（まなでし）の」

孫と言われるより愛弟子のほうが嬉しいけど、今はのんきに喜んでる場合じゃない。

「センセが図案を読んで、指揮（しき）を執るのよ」

「はい？　ぼくがですか？　ぼくも参加することになってるんですか？　しかも指揮なんて。ぼくみたいな落伍者（らくごしゃ）になんかとても無理です」

「はあ？　落伍者って何。意味分かんない」

「落ちぶれた人とか負けた人という――」

「そんなことくらい知ってるわよ！」

賢坊がぼくの二の腕に強烈な張り手を食らわした。屋根から雪が落ちた。土嚢でも落としたみたいな重たい振動が伝わってくる。

「落伍者なんて、自分で決めてどうするのよ。自分で決めていいのは、いつだって『ワタシって凄い！』一択よ。グチグチしない。さっさと動き出すの。どのみちやってみなくちゃ分かんないんだから」

高校生に、腕ばかりか寝ぼけた横っ面をはたかれた気がした。

「それは人による」

と、バッサリ斬る武田さん。賢坊がぼくの肩に腕を回して、武田さんに向かって首を傾げる。

武田さんがぼくをチラッと見る。

「それと亮平さんの事情は別。動き出すより動かないほうがいい場合だってあるの」

後半は声が小さくなる。

「亮平さんは無理しなくていいですよ。許可をくれれば、あたしたちだけでやりますから」

「今は」

賢坊がぼくの両肩をつかんで正視し、片眉を上げた。ぼくは顎を引く。

「今はその場合じゃないわ」

やるとしたら、今までずっと避けていた菱刺しをすることになる。できるのか？　やるのか？

「し、指揮は何もぼくじゃなくたって……」

「指揮はセンセしかいない。代役はいない」

ドキリとした。

「やってみるだけでもいいんじゃないでしょうか。もしダメだったらその時にまた考えませんか」

石田さんが提案する。

真麻だったら、とぼくは想像した。

彼女は迷ったりしない。やってみる。トライアンドエラーだ、と舌なめずりでもして取りかかるに決まっている。

ばあちゃんの刺しかけを一瞥する。毎日刺していられればいいすけと言い、倦まずたゆまず本当に一日一日こつこつと続けていた。それをここで途絶えさせてしまっていいのか――。

張り手を食らった腕がひりひりとし、熱を帯びてくる。血が回り出した。

「分かりました。やりましょう」

ぼくは同意していた。

賢坊の後ろで武田さんと石田さんが、目を見合わせ小さくガッツポーズをしたのを見た。

なんだ、とぼくは苦笑いをこぼしそうになる。初めから口裏を合わせていたんだな。

そうと決まれば、と武田さんがスマホを取り出し、片手で目にも留まらぬ速さで文字を打つ。

「結菜ちゃんに知らせるの？」

石田さんが尋ねる。はい、と返事をしたのち、武田さんが顔を上げた。

「河原木さん、やるそうです」

「はやっ」

「チーム菱刺し工房、やるわよ！」

賢坊が右手の人差し指を高く掲げた。

武田さんと石田さんが「おー！」と拳（こぶし）を掲げる。ぼくに注目が集まった。賢坊が左の手を返して、揃えた指をひらひらと動かす。

ぼくも拳を軽く握る。

「チーム菱刺し工房、やるわよ！」

「おおー！」

みんなの拳に、ぼくの拳が加わった。

ばあちゃんが手がけていたのは、八五センチ×五〇センチの四枚組の暖簾。四枚の布はそれぞれ同じだけ針が進められていた。見比べて色や目数を揃えていたようだ。

ガーゼみたいな布は、賢坊によるとコットンボイルオーガンジーという物らしい。薄手で透け感がある。目が粗く、サリサリとした手触りだ。

やりかけの菱刺しをよくよく見て、ぼくはハッとした。亀甲模様の中にべこの鞍の模様。海のべこだ。まだ刺されていない部分を図案で確認すると、海のべこを敷き詰めて吉兆の彩雲を表現しているのである。

彩雲の下にはリンゴの枝。これまた海のべこで表現されている。暖簾一枚に一枝。一枚目は花、二枚目は葉っぱ、三枚目は赤いリンゴの実、四枚目は雪をかぶった枝。リンゴの状態で四季を表していた。

今までで一番手が込んでいる。その作品に海のべこを使うのか。

ばあちゃんは、真麻を「孫娘だと思ってらった」と言ってたっけ。だからこの模様を起用したのか。

担当を決め、武田さんは春を、石田さんは秋を、ぼくは冬。明後日にはこちらに来るという、田向井さん改め、河原木さんには夏をやってもらう。

図案をテーブルに広げて全員で囲む。

「光はどっちから当たってるの？」

と、賢坊。予想外の質問にぼくはうろたえる。

「ひ、光？」

「そうよ。なんにだって光は当たるよ。光が当たると、色が違ってくるの。髪の毛もそうだもの」

「そんなこと考えてもみなかった……。確かに光の影響は必ず受けますよね」

石田さんがぼくをまっすぐに見てくる。何となく、試されているような気がしてきた。ぼくは座り直し、図案と対峙（たいじ）する。

光の強さ、傾き、色。

ばあちゃんはどうやって書いてたっけ。書いてる場面は見ていなかったが、そこに至るまでのことは覚えている。

ミシン部屋の窓から、風がやわらかくなった春の庭を散策するばあちゃんの姿をよく見た。後ろ手を組んでゆっくりゆっくり歩いていた。足の裏で、眠りから覚めたばかりの地面の感触を味わっているように見えた。

ばあちゃんは時々足を止めて、足元のそよぐ草をわずかに首を傾げながら見下ろし、しばらくして工房に戻ってくると、作業を始めるようだった——。

ばあちゃんの道具箱のガラスのふたを開けて鉛筆を取り出す。どれもこれも短い。軸には、黄色いモンスターのキャラクターがちりばめられている。ぼくがとうに使わなくなった鉛筆だ。そのコーティングもところどころ剝げて木地が露になっている。ほとんどを小さい鉛筆削りで削っていたようだが、下のほうには刃物を使った形跡のあるものもあり、溝がデコボコしていて芯の先は菱刺しの針のように丸みを帯びていた。刃物は力を要するから、結構前に削った物だろう。

「ええと、そうですね……光は東から。右側から注いでいることにしましょう。ですからこの」

と、鉛筆を走らせ影をつける。軽い力でしっかり書ける。

「ここは灰色がかった白にしてください。五枚の花びらが重なるここのところと、おしべめしべの影がこっち側にできるので、ここにも影をお願いします」

「あらいいじゃない。さすがね」

賢坊が褒める。

「もしかして美術系やってたとか？」

「いえ、ただの設備設計です」

「うまいよ」

「ありがとうございます。祖母を真似てみました」

ぼくは説明しながらだんだん夢中になって、影を図案に入れていく。

「より子さんが図案を書くのを見てたんですか？」

武田さんが意外そうな顔をする。

「昔は見てましたが、ここ数年はほとんど見てません。ただ、普段の祖母なら目に入っていたので。祖母は何でもよく観察してそれを、図案に落とし込んでいたようです」

「立体的になってきましたね。分かりやすいです」

図案を覗き込んで石田さんが言う。

「リンゴの実にもお願いします。なんたって、実りの秋。集大成ですからしっかりお願いします」

いい匂いがする、とばあちゃんは秋の陽光が注ぐ庭で深呼吸するのがお気に入りだった。雨上がりの、水分をたっぷり含んだ庭は、特に芳しいらしい。葉に残った雨が落ち葉を打つ音も安らぐ音色だそうだ——。

光には匂いも、音もあるんだ。

この季節は、タペストリーや座布団、こたつがけ布団のカバーの作品が増えていく。温かな落ち葉色の糸で布の全面に刺された物を見た。模様は冬にかけて緻密になっていった。

「夏も命の盛りだから、大事ですよ。すべてが生き生きとしてなきゃ。でも光の加減は難しいかも。日が当たりすぎても当たらなすぎてもダメ、日が強すぎても弱すぎてもダメ。雨ばかりだと病気になるし腐っちゃうし、かといって降らなすぎたら枯れる」

「綾ってば農家じゃないのに、んまー知ったふうに」

「母親が農機具屋勤めだし、父親の信用組合には兼業農家の人もいて、時々、そういう話を聞くんだもん」

スチームオーブンに閉じ込められているような夏。その都度、水を飲むように言わないと飲まなかったから、ぼくは、夏場は特に意識して声をかけていた。こやかましい孫だと思っていたかもしれない。想像したら、ちょっとおかしかった。

平衡感覚を失わせるほどの蟬時雨の下、暑さに耐えている褒美としてごくたまに吹く風が風鈴を揺らす。ばあちゃんは、目を細めて風になでられていた。

この季節は薄い生地に菱刺しをした。水色と緑色を基調とした糸を使い、余白を多く取って暖簾や風鈴の短冊なんかを作っていた。風を受けてはためく様子はいかにも涼し気で、暖簾を通り抜けてきた光には、慎ましく清楚な手触りがあった——。

「二人とも、案外、冬が一番大事という線もあるよ」

　と、石田さん。

「えーそう？　どれもこれも全然生き生きとしてないじゃない。みんな停止中。活動なんてしてないのに大事なの？」

　賢坊が不思議がる。

「冬にしっかり休んで栄養を蓄えないと次の春に花を咲かせられないからね」

　三人の会話を聞きながら、ばあちゃんから学んだこと、ぼくが彼らに伝えねばならないことを図案に入れていく。こんなに賑やかな場に自分がいられるというのが不思議だ。そしてなかなか悪くない。

　白銀色に煌めく冬には、ばあちゃんは窓から庭を眺めて、雪っこが降れんば、あったけぇなと言っていた。冬の作品は、白を基調とした物が多く、数種類の白を重ねた作品は、どうあってもふっくらと温かかった。

　光には当然、ぬくもりもある。気配もある。

　年とともに足腰が弱くなって外出が減ったばあちゃんは、近所にせんべいを買いにいったり、病院や墓参りに行く程度で、あとはほとんど家にいた。

　ぼくはひきこもるようになって、襖一枚隔てた向こうにばあちゃんの気配を感じていた。ばあちゃんはほとんど音を立てない。鳥の囀りや梢が揺れる音、虫の音といった外の音のほうが大きいくらいだ。周りに溶け込んでいる、あるいは取り入れて一体となっているようでもあった。

そうして作品を生み出し続けた。ばあちゃんの作品の源は常に生活圏内で、つまりはここだった。

ここで目を凝らして、耳を澄まして、よくかいで、触れて、すべてを菱刺しに投影していた。

できた図案を見てもらう。

「ばっちりじゃない？」

と賢坊。

「緻密な部分が、この図案なら分かりやすいです」

と、武田さん。

石田さんが針についている糸を調べる。

「より子先生は、白系の糸をちょっとずつ交ぜていますね」

白は白でも色に違いがある。それで虹色の雲の濃淡をつけるらしい。

「元からグラデーションになっている糸もありますが、より子先生はそれを使っていませんね」

「今回はより緻密で繊細な変化を見せたいですし、オリジナルを出したいので、その都度糸を変えましょう。おそらく、元から染めてある物よりむらが出せると思います。そこが、彩雲の独特な揺らぎを表せると思うんです」

ぼくは提案した。

三人は、じっとぼくを見た。

職場でのプレゼンを思い出す。

賢坊が親指を立てる。

武田さんが胸の前で小さく拍手をする。

石田さんが頷く。

案が通った。

仕事の時と同じ晴れ晴れとした気分で息を吐いた。

図案をファックス機で四枚ずつコピーして各自に渡していると、石田さんが「手が真っ黒ですよ」と、ぼくの右手を指した。見ると小指の下が黒光りしている。

「ああ、本当だ」

より子先生もそうでしたねと、石田さんは目を細めた。

擦ってみたがなかなか取れない。

「念入りに洗ってから菱刺しに取りかかります。……ええと、それから糸ですが、ここにある物を自由に使ってください。必要な色があったら遠慮なく仰ってください」

ばあちゃんの道具箱のガラスのふたを開けて見せる。みんなは興味津々に覗き込んで、

「はい」「了解でーす」「分かりました」と声を揃えた。

「あの、図案ですけどあたしのパートだけで充分です」

と、武田さん。「コピーがもったいない」

「隣の図案とつながっています。隣り合う部分をピタリと合わせてほしいんです。それに全体を見て刺してもらいたいです」

三人は顔を見合わせると、分かりました、としっかり頷いてくれた。

二日後。

　ふわりふわりと雪が舞い下りてくる。実に優雅だ。

　三津駅の小さな駅舎の出入り口のところには、雪だるまがいる。木炭を目鼻口に見立てた古式ゆかしい雪だるまだ。

　パンタグラフをのせた青い森鉄道の車両が駅を出発していく。

　ぼくと石田さんは軽ワゴン車から降りる。

　駅舎から、オフホワイトの分厚いコートに身を包んだ河原木さんが出てきた。ずいぶんそっくり返っているな、と思ったら、そのお腹が大きい。

「お迎えありがとうございまーす。こっちは雪が少ないねー」

　大きなスーツケースを転がして近づいてきた河原木さん。

　河原木さんに、三津駅までお迎えに上がりましょうかと申し出るのは勇気が要った。三津駅にはあれ以来足を向けていない。ぼくにとっては鬼門だ。

　電話の向こうで、河原木さんは思案するような間のあと、いいですか？　と慎重に聞き返してきた。ぼくは、はい、と答えた。

　鬼門に臨むため、今朝はクローゼットを大きく開いて、端に寄せていた服の中からからし色のパーカーを選んだ。

　タクシーで迎えに行こうとしていたところ、石田さんが車を出してくれた。電車の到着時刻がせんべい屋の休憩時間と重なったためと、面識のない人が迎えに来てもそれを信用するかどうか分からないから、というごもっともな理由による。ありがたい。助かります。そして、からし色のパーカーを着たぼくを見て、石田さんは、お、という顔をしたけれど特に何も言わなかったのも、ありがたい。

「河原木さん、お久しぶりー」

石田さんが手を振りながら歩み寄っていく。

河原木さんの視線が石田さんの背後にいるぼくに行き着いた。ぼくは頭を下げる。

「豊川亮平です」

「あ、どうも。白鳥の恩返しの人ですね」

鶴……。

「お腹、大きくなったねえ」

石田さんが車のバックドアを開ける。

「改めて、おめでとうございます」

「おめでとうございます」

石田さんに続き、ぼくも寿ぎ、スーツケースを荷室に載せた。

「ありがとうございます」

予定日は三月下旬だそうだ。

「今日は、旦那さん一緒じゃないの？」

「本人は来るって言ったんですが、断りました。邪魔くさいじゃないですか」

「あらら、そう。初孫にお父さんとお母さん、喜んでるでしょう」

「それはもう。必要以上にベビーグッズを揃えてました。レンタルするって言っても聞かないんです。まだ生まれてもないのに、この間スマホ越しにガラガラを振って『じっちゃだよ〜』『ばっちゃもいるよ〜』ってやってました」

ぼくは思わずははっと笑った。二人がこっちを見た。失礼だったろうか。笑いを引っ込める前に、彼女たちも笑った。

河原木さんは後部座席に、ぼくは助手席に乗る、運転席から石田さんがぼくの肩に手を伸ばしてきた。指先で何かに触れた。それを、ぼくと河原木さんに見せてくれる。ひとひらの雪だ。

わあ、きれい、と河原木さんが華やいだ声を上げる。

「結晶だね。よく壊れないものですね」

「ほんとね。六角形だからかな」

と、石田さん。

「蜂の巣のハニカム構造も六角形だし。あれって強度が大変なもんなんでしょ？」

「その亀甲模様も六角形ね」

河原木さんが、ぼくの肩口を指す。

そこには、真麻が刺した海のべこがある。青と緑のグラデーションで、凪(なぎ)の時の八戸市の海を想起させる。

亀の甲羅も強いってことなんだねえ、と二人が言い合う。

まずは病院へ向かう。時速五〇キロはぼくにとってはまだ速い。石田さんはバックミラーに目を走らせると、「お先にどうぞ」と、車を左に寄せる。後続車は風を切って追い越していく。

病院が見えてくると、車内の空気が引き締まった。

ＩＣＵは消毒液の刺激臭の他、装置からも臭いが放たれ充満しているよう。いろいろな機材やポンプやモニターなんかがごちゃごちゃと置かれている。その中に横たわるばあちゃんは、物置小屋に放置されたマネキンのようだ。

横たわるばあちゃんの姿に、河原木さんは言葉もなく立ち尽くしていた。

工房に着くまで、誰も口を利かなかった。

壁時計がこっちこっちと鳴っている。石田さんが、葉のないリンゴの枝が挿さっている一輪挿しの水を取り替えてくれている。

ぼくは河原木さんに布と図案を渡して説明した。

「分かりました。任せてください。目を覚ましたより子先生がびっくりする物を作りますよ」

河原木さんが力強く請け負った。

「無理しないでね。大変になる前に声をかけて」

石田さんが案ずる。

「はい。ありがとうございます。無理はしないと思うんですが、つい夢中になって結果的にそれが無理さささることはあるかもしれません」

ささる、は自然と無理してしまっている、というこちらの方言だ。津軽のほうもそうなのだろうか、それとも津軽には別の方言があって、河原木さんは南部弁が抜けないだけなのだろうか。

「確かに。私も菱刺しをしていると他のことを忘れていることがちょくちょくある。お腹も空かないし眠くもならないんだもの」

不思議、と二人が声を合わせる。

河原木さんが、作業机から淡くくすんだ桃色の糸を手にした。

「聴色の『ゆるし』って、人を許すとかいう『許し』と関係があるのかな」

「どうだろうね。……でもこの色って目に優しいし、見ているとくつろぐね。許されている感じはあるかな」

と、石田さん。

「素朴で、素直です」

ぼくもつい、会話に加わっていた。二人がこっちを見た。横から口をはさんだぼくを邪魔っけにする様子はない。発言者に注目しているだけといった感じの表情だ。だからぼくは続けた。

「『素朴』や『素直』は、こっちを受け入れてくれるような気がします」

二人は黙ってぼくを見つめる。ぼくは視線を落とした。

「『受け入れる』と『許す』って似ていますね」

石田さんが呟く。

「許さないということは、拒絶ということだから、逆に言えば、許すことは受け入れるということになるんですよね」

石田さんは、自分自身に確かめるようにそう言った。

「私、母親にきつく当たっちゃったことがあるんです。母は覚えていないだろうけれど、私自身は覚えているから、私自身をいつまでも許せないんですよね。そんな心持ちだから母を前にすると、『私この人にひどいことしたんだ』と思い出して顔とか体が強張るのが分かります。それって母にも伝わっているんですよ。だから、身勝手だけど、ひどいことをしてしまった自分自身を受け入れて許して、これから変なわだかまりを見せずに、母には『いい娘』で接していきたいんです。母も長くはないんだから」

父のことも、憎しみを手放したいから、憎んでいた自分を受け入れて許そうと思う、と続けた。

「あたしは許されてきたほうかな。兄は実家を任せろって言ってくれてるし、両親にはとことん世話になったし、それでこうして送り出してくれたんですから。許されてきたことを、子育てで還元していくことにします」

と、河原木さんはお腹に触れる。

ぼくも許しを乞う要素がある。ひきこもって家族に迷惑をかけているし、こんなのは真麻に対しても面目が立たない。だけど、ただただ、許してください、はないだろう。

ぼくは、作業机に置いてある暖簾の海のべこを見つめ、自分の手に視線を転じた。みんなで掲げた拳にこの手は確かに交じっていた。


一人になった工房で針を握る。その力加減が定まらない。針はこんなに細かっただろうか。先はこんなに丸かっただろうか。こんなに冷たくてすべすべで硬かっただろうか。

まじまじと見る。この針は何というか、冷静で誠実な感じがする。信頼できる。

暖簾とコングレスを重ねてその上から刺すのだが、正しい位置を探してふらふらとさまよい、やっと位置を定めても、一刺し目は震えた。聞こえるはずもないが、プッと小さな音が聞こえたような気がする。手応えがある。ゴマ粒を潰したようなささやかながらくっきりとした感触が硬い針を通じて伝わると、コングレスも針も、準備よし、とエンジンをかけたような気がしてきた。

針を進める。あの日以来の一針一針。縦糸を数え、布目のすき間を色で埋める。時折、別の色の糸と撚り直して続ける。境目を悟られないほどなめらかに、知らずしらずのうちに変わっているように。

ばあちゃんみたいにできないかもしれない。できない。

それでも、やる。
四、八、六、二……。

焦りそうになるが、間違えたらほどく手間がかかって余計に遅れるので、気持ちを抑えて刺す。淡々と。一定の速さで。

運針に立往生したら、ばあちゃんが途中までやっていた部分を検(あらた)める。刺す場所によって糸の本数を変えているのが分かった。なるほど。それによって奥行きが出ていた。ほんのささやかな工夫が、離れたところから眺めた時に大きく影響してくる。

一度やんだ雪が再び降り始めた。

手元が見えづらくて顔を上げると、部屋は薄暗くなっていた。白い庭は山の向こうへ沈む夕日の残光で、仄明るいみかん色。

部屋の明かりをつけ、雨戸とガラス戸を閉めた。

寒さを感じてファンヒーターの室温を確かめる。一〇度だ。道理で手が冷たいわけだ。スイッチを入れる。

利用者が来ている時はファンヒーターとエアコンを併用しているが、ばあちゃん一人になると、エアコンのみにしていたようだ。ファンヒーターのほうが温かいのだが、灯油を入れる手間がかかる。ぼくが入れていたものの、遠慮があったのかもしれない。

ヒーターがカチッという音をさせ、灯油の匂いとともに動き出した。この匂いは凍える身としては頼もしい。

カレンダーが温風にめくれる。隣のウォールポケットにはまだまだ薬が残っている。

ばあちゃんの空の椅子をぼんやりと眺め、時計のこっちこっちという音を聞く。

その音が、ぼくの頭の中に心電図の波形を呼び起こす。

止まりませんように。

ぼくは再び刺し始める。

針が進むとぼくも前進しているような気がしてくる。ミシンと似ているが、ミシンは手縫いより速い。ミシンが車だとすると、こちらは徒歩だ。自分の足で確かにしっかりと歩いているような気がしてくる。

一緒に歩む相手がいなくなり、実際は一歩も進めなくなっても、針を止めない限り、ぼくは進み続けていると思いたい。

ふと、机の端に何かが見えた気がして視線を向ける。何もない。何もないそこに、軽く握った両手を揃えて、ぼくの手元を覗き込んでいる真麻の残像がよみがえってきた。

縦糸を四、八、六、二、と数えてプツリと刺す……。

一緒に布の目を数えているような気がしてくる。真麻がいなくなってぼくは確かに一人になったが、今この時だけは違う。

菱刺しをしたら、真麻を思い出してまた痛い思いをするんじゃないかと懸念したが、それほどではない。それどころか、静かな気持ちになっていく。真麻も似たようなことを言っていたっけ。

布の裏を確かめる。表がそっくりそのまま反転している。

真麻がそばにいるような気がすることで、いない輪郭もまた際立ってくる。

ともにいる感覚といない感覚の二つを、真麻は遺してくれた。

こう考えられるのも、当時の痛みが薄らいでいる証拠だろう。

実際、初めのうちは真麻の死がショックでひきこもってしまっていたのだが、ひきこもりが長引けば長引くほど、自分でももう何が自分をひきこもらせているのか定かではなくなっていたのだ。

こんな状態は真麻を裏切っているような気もするが、薄らいでいるという事実だけを認め、受け入れる。

この場では、いいも悪いもない。

針の冷たさと硬さ。針を刺す手応え、糸が布目を抜ける音、布の手触り。ここで必要なものは揃っていて、それらは何かを受け入れられるほどに、ぼくに余裕を作ってくれる。

夜のＩＣＵには、信号音が一定のリズムで響いていた。ベッド横のモニターに、より子の心臓が可視化されている。どちらかというと、モニターが心臓を動かしているよう。

より子の乾いたまぶたはぴたりと閉ざされている。

まぶたの下では、子どもの頃から今までその目に映ってきた物が流れていた。

戦後、さつま芋と大根を煮た味のない物でもありがたがって食べる中、当然、着る物にも苦労した。より子の母のもとに、服の補強と補修のため菱刺しを教わりに来る人もいた。中には女房を亡くした男性も交じっていた。彼は小さな服を手にしていた。

友だちが母親と連れ立ってくると、子どもは子どもで集まって刺した。

みんなが貧しかった。が、中でもひときわ貧しい子はいじめられた。貧しい子がさらに貧しい子をいじめるのだ。ただし、いじめる子がいれば、かばう子もいる。

ある日、何人かでまとまり、いじめっ子といじめられっ子に、菱刺しを一緒にやらないかと声をかけた。おとながそばで菱刺しをしているので、そうひどいことはしないだろうという目算もあったのだ。

その子らに布や糸を渡してやり方を教える。いじめっ子といじめられっ子が一緒に教わるうちに、お互いの目が合うようになる。そのうち気まずそうに笑みをこぼすようになって、一言二言言葉を交わすようになっていった。

菱刺し仲間の一人は、ある日随分と黄色くなっていた。顔も手も白目も黄色かった。その子はいつの間にか、より子の家に来なくなり、学校でも姿を見なくなると、間もなく亡くなったと知らされた。

より子は菱刺しをした巾着袋を手に、アッパとともにお悔みに行った。その子の家はひどく粗末なものだったし、きょうだいは八人もいた。みんな痩せっぽっちでくたびれた顔をしていた。より子は巾着袋をお棺に入れてくれと、これまた紙のように薄い体つきをしたおばさんに渡す。

数日後、その巾着袋を手に八百屋から野菜くずをもらっているおばさんを見かける。

より子の胸がギュウッと締めつけられた。

泣きながら走って帰った。ひどく悔しくて悲しくて切なかった。

アッパが、どうして泣いてるのかと聞いてきたが、答えられない。ただ、おばさんが巾着袋を使っていたことばかりが理由ではないことだけは、はっきりしていた。

より子が二九歳の時、十勝沖地震が起こった。朝の一〇時前だ。庭に張った紐に洗濯物を干していると地面がもくもくと動いたのだ。大きな生き物の上に立っているように気持ち悪い。立っていられずしゃがみこむ。

これは大変なことになったと、隣近所の奥さんたちと小学校に我が子を迎えに走った。校庭に避難していた子どもたちの中から、遼太郎が駆け出して飛びついてきた。仕事で二戸市に行っていた諒二は歪んだ線路を歩いて帰ってきた。諒二の姿を見ると心の底からホッとした。近隣の小学校で、子どもが亡くなったのを知った。

　時代はどんどん明るく豊かになっていく。継ぎの当たった服を着ている人は減り、簡単に服が手に入るようになってくると、菱刺しは貧乏臭く古臭い物と遠ざけられるようになる。それでもより子は刺した。好きなことに時代は関係ない。

　諒二の勧めで、自治体や法人が主催する美術工芸展へ菱刺しを出展し始めた。次第にぽつりぽつりと賞をもらうようになってくる。受賞は嬉しいが、それ以上に多くの人に見てもらえるというのが励みになった。多くの人が知れば菱刺しに興味を持つ人ややりたい人が増えるかもしれない。活気が出て、もっと楽しくなるのをより子は期待しつつ、自由に、自分のペースで針を進めていった。

　今の亮平と同じ三一歳の頃。ちょっとしたことが起こった。

　大阪で万博が開催され、月から持って帰ってきた石のお披露目があった年だ。フォークグループの競馬馬の歌があちこちで流れて、ラッパズボンやホットパンツをはいた女の子たちが闊歩していたあの頃。

　息子の遼太郎は、当時小学三年生だった。

　遼太郎は夏休みが明けた頃から朝食を残すようになった。箸運びはのろのろとして、たびたび諒二に「遅刻するぞさっさと、け」と急かされる。

　遼太郎は口数も少なく、むっつりとしていた。夫は、反抗期だべと簡単な判断を下す。

　単に反抗期なだけだべか……。より子は、我が子が眉間にしわを寄せているのを見ると、胸がふさぐ。

　それが反抗期からくるものではないと知ったのは、家の裏の水道で上履きを洗っているのを見た時だ。

「おろ。自分で洗えるんだか？」

背後から感心とからかい交じりに覗き込むと、遼太郎はビクリと背中を縮めて振り向いた。泣いていた。

より子は面食らいつつ、彼の手元に目を移す。

息子は運動靴にみっしりと詰まっている泥をかき出しているのだった。

何があったか問い質したが、そうすればするほど息子の口は堅くなった。

聞き出せないまま一週間がたった、九月も半ばの午後のこと。

より子が台所で豆を煮ながら菱刺しをしていると、学校から帰ってきた遼太郎がそばに来た。ランドセルも下ろさず、突っ立ってじっと見下ろしている。

「何か話したいことがあれんば、話せ。アッパは何でも聞くよ」

水を向けると、遼太郎はようやく話し出した。

やはりいじめに遭っていた。原因は夏休みの宿題である工作らしい。一部の男子が、遼太郎の菱刺しを、女みたいだとバカにしたのだという。さらには、母親に手伝ってもらったんだろうと言いがかりをつけ、それ以降、卑怯者と白い目を向けてくるようになったそうなのだ。

毎日こつこつと刺し続けていたのを知っているより子としては胸が痛んだ。

アポロが月に行ったって、人の根性は変わらねもんだな。

遼太郎が、ごめんね、と謝る。視線は菱刺しに注がれていた。

より子は息子を抱きしめた。

「よく話してけだ、よく話してけだ。つらかったね、切ねかったね」

いじめってのは嫌なもんだ。被害者が自分を責め始めるんだ。

より子は、遼太郎が寝たあとで、布団にうつぶせになって本を読んでいる諒二に話した。諒二は本を閉じて座り直して聞いてくれた。

すっかり話してしまうとより子は、

「ということで、明日、学校さ行ってくる」

と、告げた。もう、着ていく物も準備して鴨居にかけてある。いつも参観日に着ていく着物だ。樟脳（しょうのう）臭いが仕方がない。いや、逆に臭いで制圧できるかもしれない。

諒二は、眉をひそめる。

「行ってどやすんだ」

「先生と話ばしてくる」

「ダメだ」

「なして」

「子どものケンカだ。親が出張るもんでない」

「いじめはケンカでねぇよ」

「同じことでねえか」

「全然違（つが）る」

二人ともだんだん声が大きくなってくる。

「オレは反対だ。今ここで、親が出てったら遼太郎はずっと弱虫のまんまだべ。親がいつまでも守ってやれるわけでねえんだ。自分で何とかしねばなんね日は必ず来る。だすけ、こういうのも社会勉強のうちだ」

「分からねくはねんども、限度があるべ。遼太郎は我慢してきたんだ。勉強っていうんだば、はあ充分だ」

言い争いは初めてだ。大声を聞きつけて目を覚ましたのだろう、遼太郎が切羽詰まった顔で飛び込んできた。

「アッパ！　やめてよ。そったことしたらもっといじめられるべな」

「だども、このままだばいぐね」

「いいよ、我慢すればいいんだもん」

「何さでも程度ってもんはある。これ以上の我慢はいぐね。いじめっ子さとっても、いぐね」

袖をつかまれながらより子は諭す。遼太郎は首がもげるほど横に振る。

より子はため息をつくと、分かったと言った。諒二はホッとした顔をし、遼太郎は探るような顔をする。

「ほんだら、いじめのことは先生さばしゃべんね」

「いじめの『ことは』？」

父子の声が揃う。

一週間後、より子はおしろい粉を顔にはたき、髪をカーラーで大仏のようにきつく巻き、樟脳の臭いが残る着物に身を包んで、三津小学校の家庭科室の教壇に立っていた。

遼太郎のいじめを諒二に話した翌日、より子はＰＴＡ役員に連絡したのである。そこから教育委員会に「菱刺しを子どもたちに伝えたい」と持ちかけた。

より子が教えようと思いついたのは、菱刺しを知れば、楽しんでもらえれば、それを理由にしたいじめはできなくなると踏んだからだ。それと裏の目論見(もくろみ)は、親が出張ることでのいじめっこへの牽制(けんせい)だ。諒二は、我がやっていることを間違いと言うかもしれない。だが、間違っていようといまいと、我は子を守りたい。

家庭科室には遼太郎のクラスの子と校長以下、手の空いている先生が集められた。

教壇に立ったより子は、しっかり緊張していた。

人前に立ったことはあるが、それは菱刺しで受賞したほんの数回なのだ。

四人がけの作業机には学校が用意してくれた人数分の針と布、糸が配られている。子どもたちはそれをいじくっていた。遼太郎は俯いて、母に心細気な視線をチラチラと向けている。失敗するんじゃないかとか、恥をかくんじゃないかなどと心配しているのだろう。そんな息子を見たら、緊張はかき消え、背筋はすっと伸びた。

アッパに任せなさい。

そう、遼太郎に念を送る。

教壇に先生と並んで立つ。先生が「静かに。針ばちょすな！　手はお膝！」と叱った。ちょすなというのは、いじるなという方言だ。

「ええ、みなさん。今日の先生を紹介します。こちらの豊川より子先生は、遼太郎君のお母さんで、菱刺しという刺し子でつい最近も県のコンクールで素晴らしい賞を獲られた方です」

先生がより子を紹介している間、さて、うちの子をいじめてくれたのはどの子だろうと見回す。

目が合ったとたん、視線を逸らし身じろぎする男子が三人いた。

「では、豊川先生、お願いいたします」

促されて、より子は先生と場所を替わる。

菱刺しの説明を軽くしてから、すぐに実践となった。

一人一人にやり方を教える。

目を逸らした男子にも、より子は他の子と同じように教えた。

「うまいもんだねえ」

褒めると、その子は鼻の穴を膨らませて得意気な顔をする。他の子となんら変わらない。

アポロが月に行っても、人ってもんが変わらないのなら、新しいことができた時の達成感や嬉しさもまた変わらないはずなのだ。

「うちさ帰って、ダダやアッパさ上手にできたこと自慢せばいいよ」

「お父さんもお母さんも、見てくれない」

「忙しいの？」

「うん、あ、はい」

「そんなら、うちさ来ぉ。おばちゃんが見てでけら」

「ほんと？」

「ん。来ぉ。おやつもある」

「行く！」「ぼくも！」「ぼくも行きたい」

目をキラキラさせて挙手をする子たち。その素直に伸びた手により子は希望をもった。

授業が終わりに近づき、より子は再び教壇に上がった。

「さてさて、みんな上手だったねえ。どんでしたか、楽しかったですか？　菱刺しは、家族のため、大切な人のために一針一針刺していぐもんです。やませが寒ぐねぇように、風邪っこ引かねように、頑張って働いで手に入れだ貴重な布ば無駄にしねように。そういう気持ちがこもっています」

親の気持ちは、と続けようとして、さっきのいじめっ子の一人に気づいた。

「いつの時代も同じ。みなさんが元気で毎日過ごせますようにって願ってる人は必ずいるもんです。みなさん一人一人が、そういうふうに願われる子たちなんです」

しん、とした。

遼太郎はより子をじっと見つめている。

いじめっ子三人も真面目な顔で注目していた。

より子はにこりとした。

「これで、おばちゃんの菱刺しの授業はおしまいです」

その授業以降、遼太郎はいじめに遭わなくなった。諒二は、いいような悪いような曖昧な顔をしていた。とにかく、親が出張ったことは出張ったが、いじめの「い」の字も出すことなくこの件はかたがついたのである。

舅の介護中も菱刺しをしていたし、諒二が、腹のでき物のせいで入院した時も、ベッドの横で刺していた。諒二は横になったまま、より子が刺しているのを眺めていた。

「落ち着くなあ」

と、より子がしみじみ呟けば、

「病院で、落ち着くんでねえよ」

と、諒二が苦笑いする。

諒二に、ぼちぼち帰ってもいいぞと促されても、より子は、切りのいいところまでやっちゃってから帰ると言って、刺し続けた。

病気が見つかってから葬儀を出すまでわずか三か月。

死んだ諒二の手には、より子が子どもの頃に刺した、藍色の地に真紅の亀甲模様の手甲が握られていた。夫婦で使っていた桐簞笥にしまっていたものだ。入院するにあたり、持ち出していたようだ。

握り締めて痛みに耐えていたのだろう。あの苦笑いも、痛みが誘発したものだったのかもしれない。女房がそばにいる間は、無理して笑っていたのだ。長居した日はそれこそどれほどの苦しみだったのか。

早く帰れと怒鳴ればいかったのさ。まったく、もぉ。

二月も半ば。

県南が一年で最も凍れる時期だ。雪が少ない代わりにマイナス一〇度や一五度まで容赦なく下がる。

午後六時過ぎ。

みんなで菱刺しをやっていると、石田さんが大鍋を抱えてやってきた。

「お腹空(す)いたでしょ。休憩しよう」

鍋はところどころ凹(へこ)んでいて金たわしのキズが無数についている。底のほうは黒ずんでいた。この鍋で作られる煮物は間違いなくおいしいと思わせる風格を醸し出している。

シンバルのようなふたを取ると、出汁の匂いのする湯気が立ち上って、一瞬、部屋を曇らせた。

「お煮しめ。母と作ったの。ええと、亮平さん、お椀(わん)ありますか？」

「あ、はい。持ってきます」

サイドボードにはないので、家へ取りに行く。

リビングの窓にかかる遮光カーテンの隙間から明かりが漏れている。両親は帰宅していた。

リビングのソファーでローカルニュースを見ていた父が、入ってきたぼくを目で追う。キッチンに向かうと、母は包丁の手を止めた。

ぼくは食器棚からお椀を一、二、三、四と取り出す。お椀や茶碗などは無限にある。次いで箸が収まる引き出しを開けた。

「なしたの」

母が左手を腰に当て、少し硬い口調で聞いてきた。

「石田さんが煮しめの差し入れしてくれたから、お椀と箸を借りていくよ」

何か文句か苦言でもぶつけられるだろうか、いつになったら働くのか、と詰問されるかも、と覚悟したが、母は少しの間のあと、「あそう」と平らかな口調で言い、「お玉も必要でしょ」と流しの上からお玉を取って、さっと水ですすぎ差し出してくれた。ぼくは母を見る。特に感情の起伏は見られない。

「ありがとう」

と受け取った。

石田さんがみんなに配ってくれる。

煮しめは、わらび、ぜんまい、根曲がり竹、雪人参、蕗、凍み(し)豆腐、こんにゃく、牛蒡。昆布(こんぶ)と椎茸の出汁。

「お母さん、施設から帰ってきたんですか？」

と、武田さんが石田さんに問う。

「一時帰宅」

「お料理できるんですね」

「できないできない。調味料も量れないよ。それでも何とか自分でやろうとするの。だから『お母さん、確かお醤油は二杯だったよね』とか『今日は寒いからお酒をもう一杯入れようか』とか相談するていで誘導するの。母のプライドを傷つけなければ問題ないから」

石田さんは軽やかに笑って、南部せんべいを割り入れる。

「こういう食べ方初めてです」

武田さんが興味深そうに箸ですくう。

「出汁を吸ったせんべいはおいしいのよー。好みの硬さでどうぞ」

武田さんはせんべいを細かく割り、沈め、しばらく箸で押さえる。石田さんはせんべいの中心まで汁がしみ込まない程度で引き上げる。

ぼくはすぐにさくさくとかじった。

「ああ、これはおいしいです。河原木さんにも食べさせてあげたいですね」

ぼくは大きなお腹を抱えてのしのしと歩く河原木さんを思い出す。かっこよかった。

「ご両親が、風邪引いたり転んだりしちゃおおごとになるからって家から出さないらしいですよ」

「寒いですし、道はアイスリンクになってますからね」

武田さんが麩(ふ)のようになったせんべいをほおばる。

「わっ。出汁がしみてます。山菜もやわらかくてほんのり苦くて、でもえぐみがなくて食べやすいです」

「ありがとう。母直伝の灰汁(あく)抜きだからね」

重曹入りの熱湯に入れて火を止め、放置。冷めたら洗ってカラカラになるまで天日干しにして、密閉袋に入れて保存しておくそうだ。

「そういうのは覚えてるのね」

賢坊が不思議そうな顔をする。

「そうよね。不思議だよね」

石田さんが湯気の中で表情を和ませた。

「ワタシ、煮しめってあんまり好きじゃなかったけど、これは好き。おいしい」

賢坊はお椀の中身を、せんべいでぐるぐるとかき混ぜ口に運ぶ。

「具の種類が多かったからかな。出汁がいっぱい出るから」

「一つ一つは地味な味だけど、合わさると一気に味わい深くなりますよね」

誰からともなく、暖簾に目を向ける。


もう一時間くらい頑張ろうと、みんな、再開する。

武田さんの手元を、賢坊が隣から見ている。

「あ、間違えたよ」

「え？　嘘」

「ほらここ。四本のところ、五本またいでる」

賢坊がその箇所を指す。

「一、二、三」

二人は声を合わせて数え、賢坊が「し」と数え、武田さんが「よん」と声が重なる。

「ああ、ほんとだ。間違えてる。てか、あんた『し』って数えるんだね。今まで気づかなかった」

「ひいばあちゃんが『し』って数えてたんだもん」

「毎日禁煙に失敗し、咳した時に漏らし、くしゃみした拍子に入れ歯を便器に落とし、最大の失敗は生まれたこと、とひ孫に言い放つつくも神になったおばあちゃんね」

「まだ人間よ、多分」

「だけどさっき『し』じゃなくて『四本』って言ったよね。それって、『よん』って数えてるってことだよね」

「あら。そうだね」

「『なな』は『しち』って数える派？」

「そうね。で、『ななつ』って数えるわね」

「ふうん」

それからまた、二人は熱心に目を数える。

二人が頭を寄せ合っているのを見ると、ぼくはまた、真麻のことを思い出す。けれど、胸に痛みを感じることはない。逆に穏やかでやわらかな心持ちになる。

「先生」

武田さんが手を上げる。

「あの……先生と呼ばれるのはこそばゆくて、尻の据わりが悪いんですが」

「今に慣れるわよ」

と、賢坊。

「先生、リンゴの花なんですが、図案には縁の色が『赤』としか書いてないんですが、実物はじんわり赤っぽいじゃないですか。どうしたらいいですか」

「ええと……」

ぼくはばあちゃんの作業机を漁って、いくつかの白い糸を見比べながら　黄色がかった白や青みがかった白糸を取り出した。それからスマホでリンゴの花を検索し、拡大する。

「中心部にはおしべめしべがあるからその反映で、めしべと同じ黄色を白い糸に少しずつ混ぜ込みましょう。外側に行くにしたがって黄色を減らし白の割合を増やして、この辺りから青も入れましょう。ほんの少しで大丈夫です。ここからは赤を刺しましょうか」

図案に書き込みながら、新しいことをさせてしまうと、拒否反応を見せるかな、と心配したけど、

「あたしが今までやってた菱刺しと違って、絵を描くみたいですね」

武田さんの声には張りがある。ぼくの心配は杞憂に終わった。

そして、展示会申し込み締め切りの三日前に暖簾は四枚揃った。

「どうですか？」

春を担当した武田さんが、真剣な表情で差し出してきた。

作業机に広げてみる。

彩雲の見せどころは、夏と秋にかけて。武田さんに手がけてもらった春のパートにかかる雲は端のため、彩雲にはならず白が基調となる。数種類の白色同士が馴染んで立体感が出ていた。端っこなだけあって糸の本数を減らし、透け感も見事に表現されている。特に伝えたわけではなかったが、他の人のやるのを見たり、聞いたりして学んだのだろう。すごいな。

白いリンゴの花は、その周囲がほんのりと赤く色づいていた。中心部からそこに至るまでに、ミルク色のやわらかな白と、雪のような純白のくっきりした白など何種類もの白を使い分け、さらに黄色や青の糸を、適宜一本二本と撚り合わせている。それによって、色の層が成され、赤のコントラストとともに花の生き生きとした息吹が感じられた。また、花びらの薄さを表現するためか、雲と同様に透け感を出している。これはぼくの図案にはない。工夫

して、超えてくれたのだ。

それらを伝えると、武田さんは愁眉（しゅうび）を開き、瑞々しい笑顔を見せてくれた。

「センセ、ワタシはここをやったの」

賢坊が枝を指す。

「白い水玉模様も入れたのよ」

「なるほど。こうして目の当たりにすると、確かにリンゴの枝には斑点（はんてん）がありましたね。よくご存じで」

「あら、だってその柱にいっつも飾ってあるじゃない」

ぼくはすっかり感心した。そんなのを賢坊が目に入れているとは思ってもみなかったから。

賢坊は、さあどこからでも褒めてくれと言わんばかりに顎を上げて足を組んでいる。ぼくは、思わず笑みをこぼした。

「たいしたもんです、賢坊。あなたはきっと評判のヘアスタイリストになる。細かいところまで見落としなく気を配れるんですから」

賢坊は完璧に整えられた眉を、満足気に上げ下げした。

「ありがと。未来の評判ヘアスタイリストからついでに言わせてもらえば、センセのその後ろの髪、ないほうがいいと思う。使い古しのほうきみたいで気になってたのよね」

「賢吾、そのたとえはダメだよ」

武田さんが渋い顔をする。

「なんで？　だってそうじゃないの」

「たとえるにしたって他に何かあるでしょ」

高校生が言い合っている横で、石田さんが手の甲を口に当てて横を向く。

「どうしました石田さん」

ぼくは問う。

「ごめんなさい、私はウサギのしっぽだと思ってたからほうきと聞いて、なるほどそれも似てるな、と思ってしまったんです」

「ウサギ！　なら、かわいいわよ」

賢坊が両手を打ち合わせる。

「ええと、それが……」

石田さんが遠慮しているので、ぼくは何を言われるかと、内心警戒しつつ、

「なんでしょう」

と促す。

「私のイメージではウサギは『臆病』っていう勝手なイメージがあったんで。失礼ですね」

「確かに～、ウサギって野生じゃ穴に隠れてるもんね」

と、賢坊。

ああ、ぼくがひきこもりだからか。大いに納得。

「そのうち切ります」

「そうね。ウサギのしっぽがないほうがセンセには似合うよ」

賢坊が断定する。この自信の一〇分の一でもぼくにあればなあ。

「断髪式はワタシがやってあげる」

「あんたね、関取（せきとり）じゃないんだから」

「その時はよろしくお願いします」

次いでぼくは、石田さんの「秋」の暖簾に注意を向けた。

夏と秋にまたがる彩雲は、光を味方につけ圧倒的に美しかった。目を凝らしても境目を見つけられない。繊細な七色の移り変わりの中に凜とした芯が見え隠れしている。これから冬へ向かう覚悟だろうか。

「石田さんのも素晴らしいできですね」

「ありがとうございます。雲は母も刺したんです」

「そうですか。それはよかった」

頷くと、三人が笑った。何です？　と問いかけると、今の言い方より子先生そっくりですと返ってきた。

「よりちゃん、『それはいかった』って言うもんね」

と、賢坊。ぼくは思わず頰を緩めた。

「石田さん、お母さんにどうもありがとうございましたとお伝えください」

「はい、喜ぶと思います」

「虹色から外れたほうは秋らしいひつじ雲ですね。羊毛みたいにふかふかで、いかにもひつじといった感じです」

「ふっくらさせたくて、八本取りの刺繡糸にしたんです」

「ああなるほど。六本取りよりふっくら仕上がりましたね。しかもとても丁寧です」

「ええ。『これ、展示会に出すのだからね』と伝えるたびに、気を引き締めているようでした」

「ええ〜かわいい」

賢坊が声を上げる。

石田さんはほほえんで頷いた。

「何度も確認して慎重に刺していましたよ」

「まだまだいけますね」

と、菱刺しに見入る武田さん。

「そうですね。同じ数をすくうのであれば、大丈夫みたいです。というか、回復してきたようにすら感じることがあるんですよ」

熱意をとても尊敬しています、と石田さんは誇らし気だ。

「お母さんと菱刺しをするのは久しぶりですか？」

「ええ。何度も同じことを聞かれると、さすがにうんざりするのですが、私も現金なもので菱刺しは別なんですよ。特に腹も立ちません。夢中になる母の気持ちは理解できるし、私は確かにこの人の娘なんだなあとしみじみ思えてきて、怒りなんて湧きようがないです」

ぼくは、ほほえましくも、敬虔（けいけん）な気持ちになった。

「葉っぱの一枚一枚もそれぞれに赤みや黄色みの割合を変えてくれたんですね」

「ええ、緑を要所要所でほんの少し交ぜるのがコツです」

「奥深くなっています。朽ちかけた葉っぱや、鮮やかな葉っぱがにじむように入り交じって画（え）が豊かですね」

「ありがとうございます」

「さて、こちらが河原木さん担当の夏です」

郵送されてきた物を広げる。

「石田さんの秋の暖簾と並べてみましょう」

一同から、おお、と声が漏れる。

「すごい。ぴったり合わさってる」

賢坊が手を叩く。

「河原木さんのところにおうかがいしたり、画像を送り合ったりして細かいところを詰めたんです」

「え、そんなことまでしてくれたんですか。ありがとうございます」

「お礼には及びませんよ。とても楽しかったんですから。河原木さんのご両親とおしゃべりできて、大らかな時間を過ごせました。私すっかりくつろいじゃって」

と目を細めた。

「彩雲、ダイナミックですね」

武田さんが夏の彩雲に見入る。

「雲に躍動感があって明るくて華やかで」

「結菜ちゃんにそっくりじゃない？」

賢坊の意見は、この場の総意だ。

彩雲の下のリンゴの葉は瑞々しい。密生した葉に光が当たれば影が多くできる。彩られた光は重なり合った最下層の葉にまで、たとえかする程度でも一枚の取りこぼしもなく、すべての葉に注がれている。

「眺めていると、光に見守られてる気がする」

石田さんが頷く。

「こっちにまで光がこぼれてきそうだね」

と賢坊。

「これって手間がかかったんじゃない？」

「手間なのがいいんだよ。ずーっと刺していられるもん」

　武田さんが言ったのに、賢坊はまじまじと彼女を見て、あんた本当に変わったね、と言い、武田さんはありがとうと返した。

　葉っぱは透明感がある。

「夏らしい爽やかな感じですね」

　石田さんが目を細める。

　ぼくは糸を指で押し広げてみた。

「糸を三本に減らしているようです」

「なるほど。だからさっぱりスッキリしてるんですね。輪郭もはっきりしてます」

「夏の日差しの強さも、この辺りのくっきりしている感じで伝わってきますね。じゃおじゃおっていう夏特有の音まで聞こえそうです」

　と、武田さん。「河原木さん、向こうの雪深さに、夏への渇望（かつぼう）が半端ないって言ってましたよ」

　全員が納得の、ああと呻（うめ）くような声を上げた。

　最後はぼくのだ。

　ぼくのパートは彩雲から外れた雲。輪郭がぼやけた冬の雲がかかっている。地味な白梅鼠（しらうめねず）色。灰色に近い白に、若干藤色の気配がある色だ。物思いに沈んだような色。光の具合を見て、白っぽい水色と灰色の混じった藍白（あいじろ）を差し色として忍ばせた。

　春は白い雲同士が混じり合い、夏と秋は光と混じり、そして冬は空と混じる。

　ばあちゃんとよく見上げた冬の空だ。雪っこ降るべかなあとばあちゃんはいつも案じる。ぼくが除雪することに気兼ねをしているのだが、ばあちゃんは雪自体は嫌いじゃないのだ。こちらまで漂白されそうなくらい純白の庭を、その景色も、反射する光の眩しさも、雪の匂いも静けさも、それらすべてにすっかり身を預けるように目を細め眺めていた。

「静かですね。凛としてます。小説とか詩のようです」

と、石田さん。

ああ、まさに、と武田さんが同意する。

「冬の空ってこんな感じだったって思い出しました」

「枝が冷たそう。しっかりモノトーンで」

賢坊が腕をさする。

ぼくのは雪をかぶったリンゴの枝。花も葉も実もない。

「雪が温かそうに見えるのが不思議です」

「ねえ、これってつらら？　そうだよね、つららよ。もうすぐ春が来る時のつららだわ。溶けかかって透明だもの」

賢坊がつららに顔を近づける。武田さんがおもしろそうに問う。

「そんなに近づいて、氷の匂いでもするの？」

「するような気がする」

つららが最も苦労した。水彩画の描き方の本を参考にして、黒の刺繍糸を二本に減らして輪郭を取る。つららの根元はかすかに青みがかった月白色の糸で、しっかりくっついている硬い氷を表現した。先へ行くに従って透明に見えるように、内側は刺さず、生地を透かす。白と白鼠色で光の当たる面の氷を刺した。また、所々に黒や茶色、すみれ色を使って、枝や空といった背景の映り込みを氷に落とし込んだ。

「光が射す方向を賢坊が聞いてくれてよかったです」

「でしょ？」

「ほんっと繊細ですね」

武田さんがじっと見る。

「細かいのは好きなんです」

「そういうことならやっぱり、設計図書いたりするのも性に合ってますよね」

と、石田さん。

「そうかもしれません」

部屋のカラーボックスにはまだカタログや業界誌などが挿さっている。

「そういうのってリモートでもできるよね」

と、賢坊。

そうか。働き方は変わってきているんだ。

「にしても、暖簾が締め切りに間に合ってよかったっ。ギリギリだけどね」

賢坊が声を弾ませカレンダーに目を向けて、あら、と声を上げた。

「センセの誕生日過ぎちゃってる」

武田さんもカレンダーを振り返ってから、ぼくをうかがう。

二月二〇日のぼくの誕生日は真麻の命日だ。

「気づいたら過ぎていましたね」

「ひどいね」

石田さんが眉をひそめた。

武田さんが石田さんに注目し、表情を硬くする。

でも石田さんは腕を組んで続ける。

「真麻さん、忘れられて怒ってるんじゃないかな」

ぼくは視線を落とす。何も考えずに「そうですね」と同意しかけたぼくの目に、菱刺しが入ってきた。

菱刺しに没頭していて、忘れていた。

菱刺しに没頭していて……。

ぼくは顔を上げた。

「真麻は、喜んでくれているような気がします」

石田さんが静かにぼくを見据える。視線が強い。この人も失ったものがあって、今また、少しずつ失いつつあるものがある。それをちゃんと知っている人だ。

ぼくは体を向けて対峙した。

「毎年、『今日は真麻が死んだ日』と意識していました。嫌な日でした。何もせずに無為にやり過ごしてきました。ところが今年は、真麻が死んだ日を忘れて、ただ菱刺しをしていました。何より菱刺しが好きだった真麻の供養（くよう）になったと信じたいです」

石田さんは、厳しい表情から打って変わって、満面の笑みを浮かべた。

「それが聞けて、よかった。真麻さんも安心したんじゃないかな」

初めて見るような、晴れ晴れとした笑みだ。

ぼくは、武田さんと賢坊にも視線を巡らせた。

「菱刺しをさせてくれたみなさんのおかげです。ありがとうございます」

「どういたしまして」

賢坊がそっくり返る。

「そんな。お礼を言われるようなことは……」

武田さんが胸の前で両手を左右に振る。

「あたしは、より子さんの菱刺しがあったから、続きをやりたいと思っただけです」

「いい誕生日になったね、おめでとっ」

賢坊に背を叩かれる。

来年からは二月二〇日を嫌わずに、受け入れられるだろう。

「で、いくつになったの？」

「三二です」

「結構おじさんだったのね」

「賢吾、あんたいい加減にしなよ。失礼も休み休みやんな」

武田さんが叱る。

「さっきも使い古しのほうきとかって言っちゃったじゃない」

「だから切ってあげるっつってんのよ」

「失礼を失礼のままにして話を発展させるな」

「亮平さん、これ、よろしくお願いします」

石田さんが四枚の暖簾を丁寧に重ねる。

「はい」

コットンボイルオーガンジーは、最初よりコシが出て、重くなっていた。

みんなが完璧に刺してくれたこれを、縫い合わせる時にずらしてしまうわけにはいかない。

慎重にミシンをかける。

こくんこくん。カタタタタ。じゃろっじゃろっ。

みんなの時間が刺し込まれている暖簾。

こくんこくん。カタタタタ。じゃろっじゃろっ。

前進するようにペダルを踏みしめ、それぞれの時間を縫い合わせていく。

翌日。

できあがったそれを手にバスで病院へ向かった。

ばあちゃんは相変わらず意識の回復をみないまま、ＩＣＵからＨＣＵに移された。面会時間と面会人数を制限された部屋で、ばあちゃんは眠り続けている。

「ばあちゃん、今日は暖簾を持ってきたんだ」

ブラインドが下がる窓を背にして立ち、暖簾をかざすと、そこに天使のはしごのような光が当たる。そうするとさらに彩雲の濃淡が際立ち、ふっくらと浮かび上がる。

素朴さと奥ゆかしさが持ち味の草木染の糸によって、虹は緩やかで淡いグラデーションに彩られた。温かみのある虹色は、水がにじみ広がるごとく雲の白い部分と、自然に溶け合っている。

雲の下のリンゴは、それぞれに花の香り、瑞々しい葉脈、真っ赤な実の艶まで表現されていた。自分で言うのもなんだが、雪をかぶる枝の乾いた質感も表れている。

暖簾一枚一枚の雲とリンゴがピタリとつながり合って、風が吹かない限り境目は分からない。八五センチ×二〇〇センチの中で四季が緩やかに移り変わっていく。

「みんなが刺してくれたんだ。見てよ。きれいだよ」

彩雲を通り抜けた天使のはしごが注ぐ。ばあちゃんは一切反応しない。

毎日来て毎日呼びかけているが、変化はない。今日もそうだろう。ため息をついて暖簾を下ろそうとした時だ。

ばあちゃんの右手がゆっくりと持ち上がった。

ぼくは息をのんだ。ナースコールに手を伸ばす。

と、ばあちゃんの手が人差し指と親指をくっつけていることに気づいた。何かを摘む形だ。

ナースコールに手を伸ばしたまま、ばあちゃんの手を目で追う。

長い間風雨にさらされた流木のような皮膚。ゴツゴツとした立派な関節。その指が何かをそっと摘んでいる。

手が温かな日の光に触れると、ゆっくりと波状に一回二回小さく動く。それから満足のため息をつくように、ふう、と下りた。ベッドに手が着いた音はしなかった。

それがばあちゃんの、最期だった。

三月下旬、板塀に沿って水仙が咲いている。春を寿ぐ野鳥の声が庭中に響き渡っていた。

武田さんと賢坊、石田さん、ぼくは、庭に立って、揺れる暖簾を眺めている。

「やっぱり亮平さんに指揮を執ってもらってよかったですね」

武田さんがみんなを振り向く。

「そう言っていただけると、何と言うか……嬉しいです」

「全然、落伍者なんかじゃないわ」

賢坊が親指を立てる。ぼくは真似て、おずおずと親指を立てた。

サッパリと刈られ、おまけに青色に染められたぼくの襟足を、春めく風が抜けていく。来週、オンラインの就職面接を控えていると明かしたら、賢坊が後ろ髪を切ってくれたのだ。その流れでブルーハワイ色に染められた。それを見てブルーハワイの顔色になったぼくを、

「相手には見えないわよ。さあこれでしっかり前へ進むの！」

と応援してくれた。

美術工芸展に出したこの「彩雲の四季」は次点を獲った。

「よりこさんにこの結果を見てもらいたかったね」

と、誇らしさと無念が混じる武田さん。

彼女は菱刺し部の部長として、高校生対象の美術展にも参加しているそうだ。その活動のおかげで新入生が増えたらしい。学校からボーナスが出ればいいのに、とぼやいていたが、賢坊がそんな彼女を尻でどついて「あんた、ちゃっかりパパから阿呆みたいに高い布っ切れを部員全員分買ってもらったそうじゃないの。それがボーナスでしょ」と暴露されていた。

「よりこ先生はこの結果を知れば喜んだろうけど、それ以上に嬉しいことがあったんじゃないかな」

と、石田さんがぼくに視線を転じた。

「そうよ！ ひきこもりの孫が人と協力したんですもん。そりゃ嬉しいわ」

賢坊がぼくの肩を叩く。ぼくの胸が熱くなる。

「ありがとうございます」

ぼくは深く頭を下げた。みんなとそしてばあちゃんに。それから、真麻に。

石田さんはこの間、車椅子のお母さんをここに連れてきた。八戸の手芸屋に連れていった帰りだという。気に入った布や糸を選んでくれたと、充実感いっぱいの顔をしていた。

お母さんはぼくに「娘がお世話になっております」としっかりした挨拶をしてくれた。

石田さんが「よそ行き用なの」と耳打ちする。

お母さんはすぐに菱刺しを見つけ、「これやってもいいかい？」と断ってから、黙々と刺し始めた。ばあちゃんの手とは違う手だが、たくましく実直な手に、ぼくはしばらく釘づけになったのだった。

河原木さんは無事に出産を終え、今は赤ちゃんと病院にいる。来週退院だそうだ。

先日、みんなでお祝いに行った。

赤ちゃんは、旦那さんの腕の中で寝ていた。包んでいるガーゼタオルには、ひょうたんの菱刺しが施されている。

赤ちゃんは、予想以上にふにゃふにゃしていて、ぼくはちょっと腰が引けた。

恐れを知らない賢坊が「やだ、かわいい！」と騒いで、赤ちゃんを起こした。赤ちゃんは生きるか死ぬかの瀬戸際みたいに泣き出す。賢坊が「あらあらまあまあ。何があったのか知らないけれどそんなに泣かないで」と本人なりにあやすも、赤ちゃんはいよいよ根性を入れて激しく泣き、河原木さんに抱き取られてやっと泣きやんだ。結菜さんは、病室の中で一番落ち着いていて、ちょっとやそっとじゃびくともしないように見えた。

コウコウと丸い鳴き声が降ってくる。

ぼくらはいっせいに水色の空を仰いだ。

「あ、彩雲」

武田さんが驚きの声を上げた。

ぼくたちの頭上で、虹色をやわらかくまとった雲が流れていく。

みな、しばらく見惚れた。

その吉兆の下を白鳥が、羽を伸びやかに動かして横切っていく。

「まだこの町に残ってた子たちがいたんだ」

「マイペースですねえ」

と、石田さんと武田さん。

「あの子たちには家までの黄色い道が見えているのかな」

石田さんが呟いた。

「黄色い道？」

武田さんが問い返す。

「光の筋なら黄色い道になるかもね」

と、賢坊。

「そっか。ドロシーたちが歩いたのは光の道だったのかもね」

「どろしーって誰。友だち？」

「オズの魔法使いというお話に出てくる子よ」

「ふうん」

彩雲は流れて普通の雲になった。

白鳥は、早春の清々しい空に声だけを残して見えなくなった。

「あの」

ぼくは気になっていたので、ここで言っておこうと声を上げた。

三人の視線が集まる。

「白鳥じゃなくて鶴です」

「何？」

「開かずの間の恩返しのことです」

三人はここからじゃ見えない玄関の奥の襖を見るように視線を移し、数秒後に、「ああ、鶴……」と気の抜けたような声を漏らした。

「どっちも真っ白な鳥よね」

と、賢坊。ぼくは、まあ、そうですね、と同意した。いや全然違うよごめんなさい亮平さん。悪かったです、と女性二人が謝る。ぼくは、いえ謝ることではないです逆にすみませんこんな小さなことで、と返す。

そう、こんな小さなことより。

「ぼくは、ばあちゃんと真麻に恩を返せていないな……」

「え？　どうしてそう思うんですか？」

武田さんが意外そうな声を上げる。

「恩なんて返すもんじゃないわよ」

と、賢坊。石田さんがちょっと笑う。

「返せていると思うよ。私たちをここまで連れてきてくれたんだから」

石田さんは穏やかなまなざしを、そよぐ暖簾に向けていた。

「そうですよね。それに、菱刺し工房を続けてくれるって言うし。あたし嬉しいです」

と、武田さん。

「ここ、寝やすいんだよね。なくなっちゃうのは嫌」

と、賢坊。

そういえば、「帰る家は多いほうがいい」と河原木さんも菱刺し工房の存続を歓迎してくれて、あんまり帰ってくるもんじゃないよと石田さんに笑われていた。

「私もここが続いてくれるのはありがたいです。けど、亮平さんは無理してませんか？」

「ぼくも、好きですから」

武田さん、賢坊、河原木さん、石田さん、そしてマイペースに刺しにくる人たち。

ばあちゃんと菱刺しを通じて教わったのは、布の目をふさぐのは、糸ばかりじゃなかったということ。それぞれに、それぞれのふさぐ物があるんだ。

ばあちゃんがベッドで持ち上げた手は、まぶたにくっきりと刻まれている。

ばあちゃんは最後の最後まで好きな物とともにあった。手放さなかった。それが自分を支え続けてきた物だから。

最後のあの仕草は誰にも明かしていない。

暖簾の彩雲が心地よさそうに揺れる。

見つめていると、それが今にもひらりとめくれ、雲の向こうに必ず太陽があるように、その向こうにばあちゃんの姿が見えるような気がする。

ほっこりとした笑みを浮かべて「おや、いらっしゃい」と迎えてくれる。

## 参考文献


「菱刺しA to Z」八戸工業大学菱刺しラボ

『南部菱刺しの現状と課題――地域の伝統文化の継承と活性化に向けて――』川守田礼子　八戸工業大学紀要

『はじめての菱刺し　伝統の刺し子を楽しむ図案帖』倉茂洋美　河出書房新社

『南部菱刺し』西野こよ　菱繡館

『南部つづれ菱刺し模様集』田中忠三郎　北の街社

『菱刺しの技法　伝統の模様から現代作品まで』八田愛子　鈴木堯子　美術出版社

『古作こぎん刺し収集家・石田昭子のゆめみるこぎん』石田舞子編著　グレイル ブックス

『日本全史　ジャパン・クロニック』宇野俊一ほか編　講談社

『保存版　八戸・三戸今昔写真帖』三浦忠司監修　郷土出版社

『写真で見る　三戸町の百年（一八八九～一九八九）』百周年記念誌編集委員会編　三戸町

『三戸町郷土誌稿』山崎俊哉編　三戸町教育委員会

『新編　八戸市史　民俗編』八戸市史編纂委員会編　八戸市

『青森県史』青森県史編さん通史部会編　青森県

『ぼけますから、よろしくお願いします。』信友直子　新潮社

『認知症世界の歩き方　認知症のある人の頭の中をのぞいてみたら？』筧裕介　ライツ社

『南部のことば』佐藤政五郎編　伊吉書院



取材協力：八戸工業大学感性デザイン学部感性デザイン学科准教授　川守田礼子氏

技法の取材：まちぐみ菱刺し部部長　江渡恵子氏

この作品は書き下ろしです。

この作品はフィクションです。実在する人物、団体等とは一切関係ありません。

高森美由紀

1980年生まれ。青森県出身・在住。2014年『ジャパン・ディグニティ』で産業編集センター出版部主催の第1回暮らしの小説大賞を受賞。2015年『いっしょにアンべ！』で第44回児童文芸新人賞受賞。『花木荘のひとびと』が集英社の2017年ノベル大賞を受賞。他の作品に「みとりし」シリーズ（産業編集センター）、『山の上のランチタイム』『山のふもとのブレイクタイム』（中央公論新社）などがある。

藍色ちくちく
――魔女の菱刺し工房

2023年1月25日　初版発行

著　者　高森美由紀
発行者　安部順一
発行所　中央公論新社
〒100-8152　東京都千代田区大手町1-7-1
電話　販売 03-5299-1730　編集 03-5299-1740
URL https://www.chuko.co.jp/

ＤＴＰ　平面惑星
印　刷　大日本印刷
製　本　小泉製本


Published by CHUOKORON-SHINSHA, INC.
Printed in Japan　ISBN978-4-12-005620-8 C0093

定価はカバーに表示してあります。落丁本・乱丁本はお手数ですが小社販売部宛お送り下さい。送料小社負担にてお取り替えいたします。

# 山の上のランチタイム

**髙森美由紀**

イラスト／マメイケダ

都会で修業したイケメンオーナーシェフ・登磨に片思いする美玖は、アピールポイントが柔道部で鍛えた足腰の強さだけというおっちょこちょい（失敗ばかりで解雇の危機も）。

さらに、レストランに集う少々変わったお客たちにも翻弄されて――。

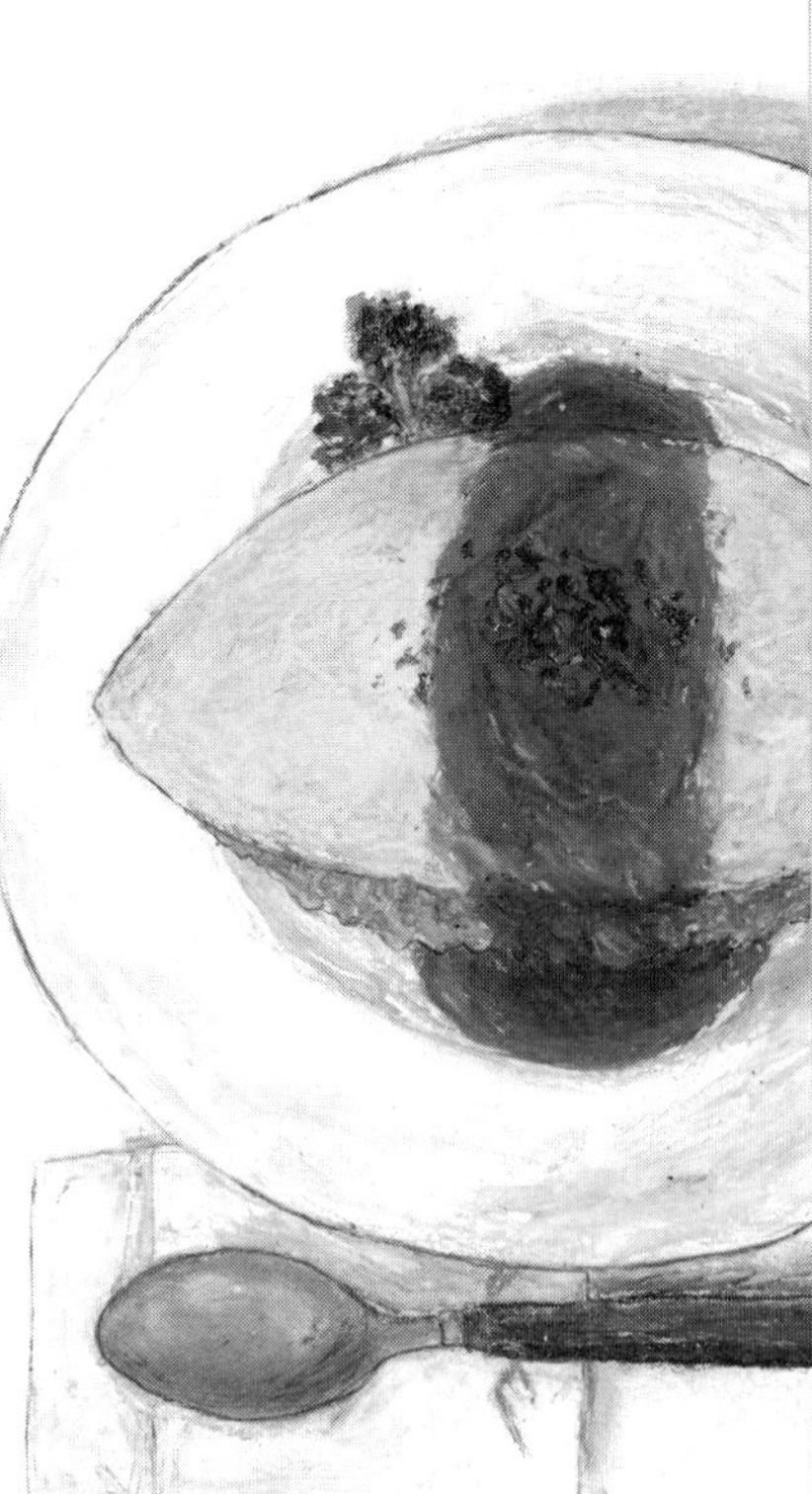

中央公論新社の本◈単行本